名家精注精评本

曹操 曹丕 曹植集

张可礼 宿美丽 编选

凤凰出版社

图书在版编目（CIP）数据

曹操曹丕曹植集 / 张可礼，宿美丽编选. -- 南京 : 凤凰出版社，2014.10（2024.10重印）
（名家精注精评本）
ISBN 978-7-5506-1687-5

Ⅰ. ①曹… Ⅱ. ①张… ②宿… Ⅲ. ①曹操（155～220）—文学欣赏②曹丕（187～226）—文学欣赏③曹植（192～232）—文学欣赏 Ⅳ. ①I206.2

中国版本图书馆CIP数据核字(2014)第160681号

书　　名	曹操曹丕曹植集
编　　选	张可礼　宿美丽
责任编辑	汪允普
封面设计	徐　慧
责任监制	程明娇
出版发行	凤凰出版社(原江苏古籍出版社) 发行部电话025-83223462
出版社地址	江苏省南京市中央路165号,邮编:210009
照　　排	南京凯建文化发展有限公司
印　　刷	唐山楠萍印务有限公司 河北省唐山市芦台经济开发区场部
开　　本	787毫米×1092毫米　1/32
印　　张	10
字　　数	208千字
版　　次	2014年10月第1版
印　　次	2024年10月第6次印刷
标准书号	ISBN 978-7-5506-1687-5
定　　价	89.00元

(本书凡印装错误可向承印厂调换,电话:022-69381996)

目　录

曹操文选

曹丕诗选

曹丕赋选

曹丕文选

曹植诗选

曹植赋选

曹植文选

前　言

建安时期，天下大乱，豪杰并起，军阀混战，形成于秦、历经两汉的皇权名存实亡，中央集权全面解体。天下大乱，导致了意识形态领域里的思想解放，儒、道、法、名等多种思想并存发展，形成了多元文化的格局。人的地位得到了提升，以才性气质为标志的个性意识得到了张扬。就文学自身来说，自先秦到两汉，也积累了丰富的创作和理论成果。上述这些，从不同的方面，为建安文学的发展提供了机遇，创造了一个相当自由的空间。

在中国古代文学史上，建安文学是一次飞跃，是一个高峰。钟嵘《诗品序》说："东京二百载中，惟有班固《咏史》，质木无文。降及建安，曹公父子，笃好斯文；平原兄弟，郁为文栋；刘桢、王粲，为其羽翼。次有攀龙托凤、自致于属车者，盖将百计。彬彬之盛，大备于时矣。"曹丕《典论·论文》说：建安时期的作家"咸以自骋骥騄于千里，仰齐足而并驰"。曹植在《与杨德祖书》中也描绘了当时的作家"人人自谓握灵蛇之珠，家家自谓抱荆山之玉"的情况。在人才辈出、文人荟萃的建安文坛上，成就突出的有三曹、七子和蔡琰。其中，成就最高、影响最大的是三曹。所谓三曹，过去基于政治地位，指的是曹操、曹丕和曹叡。后来鉴于曹植的文学成就远胜于曹叡，因此，就以曹植取代了曹叡。

曹　操

曹操(155—220),字孟德,小字阿瞒,沛国谯(今安徽亳州)人。是中国古代少有的政治家、军事家和文学家兼而合一的人物。曹操出生于官宦家庭,少年时任侠放荡,机敏有权术,又好读书习艺。东汉灵帝时,举孝廉,为郎,任洛阳北部尉,执法严厉,不避豪强和宦官近亲。后因能明古学,征拜议郎。黄巾起义,任骑都尉,镇压黄巾。继任济南相,严惩贪官污吏,禁断淫祀。献帝时,他支持反对宦官。董卓篡权作乱,曹操变易姓名,逃离京都,散发家财,招募士卒,联络豪杰,讨伐董卓。在豪杰并起、军阀混战时,曹操奉献帝迁都许昌,从此“挟天子以令诸侯”。后来任大将军和丞相,掌握了朝廷的军政大权。他适时地实行屯田举措,解决粮荒,发展经济;在平定战乱的同时,注意恢复文教。经过多次战争,并辅之以许多适合当时的政策,逐渐削平了北方的割据势力,统一了中原地区,建立了曹魏政权。被封为魏王。曹丕称帝后,追尊他为武帝。

作为一位封建政治家和军事家,曹操顺应了历史的发展,作出了杰出的贡献。而作为一位文学家,他的贡献也是巨大的。曹操十分重视招揽和任用人才。在他招揽和任用的人才当中,不仅有智勇兼具的武将和富有智慧的谋士,还有陈琳、王粲、徐干、阮瑀、刘桢、应玚、邯郸淳、吴质等著名文人。这些文人先后聚集在邺城,形成了邺下文人集团,促进了当时文学创作的繁荣。此外他还设法把女诗人蔡琰从南匈奴赎回中原。

曹操自己能诗亦能文。在诗歌方面,他特别长于创作乐府诗。两汉时期，文人对乐府诗不太重视，写作的乐府诗不多，署名的更少。而曹操却对乐府诗情有独钟，着力创作，现存曹操诗二十多首，全是乐府诗。他继承了汉乐府“感于哀乐，缘事而发”的优良传统，借乐府旧题，写时事，抒胸怀，留下了不少名篇佳作。

曹操的乐府诗，虽然也有成功的五言诗和杂言诗，但成就最突出的还是四言诗。四言诗在《诗经》之后，汉人沿用，数量很多，但优秀篇章较少。曹操的四言诗，打破了汉代重骈偶和每隔八言要叶韵的常格，用韵自由，同时注入了时代的重要内容和个人独特的审美情思，使四言诗这种旧诗体再次大放光彩。

曹操抱负远大，以天下励己志。青年时期，就自觉地投身于激烈的政治斗争和军事斗争，对长期动乱的社会现实有切身的体验。其所作乐府诗选取的多是亲身经历的大事件，写作时能从大处着笔，善于概括，诗的境界开阔，慷慨沉雄、刚健浑朴。这是他独特的、开放的内心世界的表现。同时，也在很大程度上体现了建安风骨的特点。

曹操是诗人，也是散文家。今存曹操的散文，比较完整的和片段的加起来约有一百六十多篇。就体裁而言，几乎全是应用文，主要有上书、表、令、教、论、策、书信、祭文等。其中，令占的比重最大。就内容来说，主要涉及的是军事、政事和文教，有少数几篇是有关治家的。

作为一位政治家和军事家，曹操写作散文，不是为文而文，而是基于社会现实和维护家世的迫切需要。这就使他的散文，具有明显实用的特点。曹操性情豪爽，思想开放，注重实际，又长期身居高位，享有他人不可能有的自由“话语权”。这就使他的散文，少有伪饰，少有顾忌，能够相当真实地写事实，抒己情，言己志。曹操的散文多是应时应急之作，加上他在审美情趣上，崇尚质朴，反对浮华，所以他的散文突破了东汉散文重骈俪辞采的倾向，语言质朴自然，行文几乎全是散句，甚至使用俗言俚语。

曹操著作丰富，涉及的方面很多。他的诗文别集，《隋书·经籍志》著录《魏武帝集》二十六卷(注:“梁三十卷，录一卷。梁又有《武皇帝逸集》十卷，亡。”)。又著录《魏武帝集新撰》十卷。

建安时期，曹操虽然在文学上作出了重要的贡献，但由于他忙于操持军政要务，自然无暇过多地顾及当时的文坛。当时有时间经常和文人接触的是曹丕。实际上曹丕是当时文坛上的领袖人物。

曹　丕

曹丕(187—226)，字子桓，曹操次子。曹操在世时，任五官中郎将、副丞相，被立为魏太子。曹操去世后，嗣位为丞相、魏王，不久代汉称帝，国号魏。死后谥曰文，史称魏文帝。

曹丕有才好学。受父亲曹操的熏染，自少年开始，就诵读诗、论，博览古今经传、诸子百家和《史记》、《汉书》等。同时，又习骑射，六岁知射，八岁能骑射。多次随从曹操南北征战，可谓生长在戎旅之间。他爱好广泛，多才多艺。热心写作，八岁时就能作文。后来他长期生活在邺城，安定舒适，经常同胞弟曹植以及王粲、徐干、陈琳、应玚、刘桢等著名文人，一起游览饮宴、唱和诗赋。父亲曹操的影响和自身的学养及经历，在很大程度上为曹丕的文学创作奠定了根基。

曹丕执政期间，采取了若干措施，治理社会，积蓄力量，又使用武力，平定了几次叛乱，使得中国北方比较稳定，社会各方面均有所发展。但他多"文士气"，缺少曹操那样的雄才大略和进取精神，守成有余，开拓不足。他在文化上的建树，同他在政治上的业绩相比，倒是相当突出。基于北方社会的稳定，曹丕在称帝前后，一直重视文化。他推尊儒家，认为孔子有"大圣之才"，修孔庙，奉孔子之祀。下令复兴经学，规定选士要"儒通经术"，立太学，制定五经课试之法。他重儒家经术，但也不废道、法和纵横诸家。曹丕能和当时许多著名文人友好相处。邺下文人集团的形成、文学创作的活跃，曹丕起了主要作用。阮瑀、王粲、徐干、陈琳、应玚、刘桢去世以后，曹丕搜集他们的诗文，编成了一部总集。曹丕把多人的诗文编为一部总集，具有创始之功和深远的影响。又使诸儒历经多年，编成《皇览》。此书撰集经传，随类相从，共千余篇，合四十余部，每部有数十篇，总共八百多万字。开创了中国古代编辑类书之先河。

曹丕擅长文学创作。在建安文人中，他的诗、赋、文流传下来的数量仅次于曹植。

曹丕创作了很多诗歌。到南朝梁代钟嵘写《诗品》时，还能看到他写的五言诗一百余首。今存曹丕诗歌四十多首，残篇断句若干。他的诗歌，有四言、五言、六言、七言和杂言等。其中乐府诗和古诗约各占一半。曹丕诗歌的题材，大致可分为三类：一是游宴。这类诗歌，主要写曹丕、曹植兄弟游赏饮宴的生活，有园林山水描写，文词比较华美，多对偶句式，表现了曹丕摆脱功利、追求审美愉悦的心态，对后来的游宴诗和山水诗均有影响。二是军事征战。这类诗歌，或写征战的艰难和“救民”、“靖乱”的志向，或写将士的威武和“不战屈敌虏”的气概，描写了曹丕自己的征战体验和他对军事的重视之情。三是为他人代言，写得较多的是游子、思妇的离别相思之情。这类诗歌在其作品中占的比重很大。建安时期，动乱多，战争多，夫妻离别多。曹丕这类诗歌的写作，虽然受到以前诗歌特别是《古诗十九首》的沾溉，但主要还是源于当时的社会现实。他的这类诗歌，多写女性，特别注重女性微妙心态的刻画，写得婉约缠绵，表现出阴柔的特点，为其他建安诗人所不及，常为后代所称颂。

曹丕的《燕歌行》是现存中国古代最早的完整的七言诗，也是七言诗成熟的标志。七言诗起源很早，先秦就有以七言为主的诗歌，汉代的谣谚和文人诗中也有一些七言诗，但不规整，数量很少，不被重视。建安时期，一般诗人留意的是五言、四言，而曹丕却与众不同，特别青睐七言，创作了不少成功之作，使七言逐渐成为古代诗歌的重要体裁。另外，在今存曹丕的诗歌中，有四首六言诗（《黎阳作》四首其四、《寡妇诗》、《令诗》、《董逃行》）。像曹丕这样如此多的写作六言诗，是前所未有的，在建安诗坛上也是少见的。

曹丕的诗歌，在继承汉乐府民歌优良传统和吸纳汉代文人诗成果的基础上，在艺术上有新的突破。他的抒情，婉约细微。他的语言，能把民歌的质朴和文人的工丽融合在一起。曹丕乐府诗与非乐府诗并重。他的诗歌的艺术特点，从一个方面显现了建安时期，诗歌由汉乐府向文人诗的过渡。

建安文坛，重视赋的创作。曹丕同样爱好此道。今存曹丕比较完整的和残缺的赋近三十篇。同过去相比，曹丕赋的主要特点有三个。一是篇幅短小，全是小赋。两汉时期，大赋是主流。东汉后期，出现了小赋，但数量很少，带有偶发的性质。而今存曹丕的赋，全是小赋。他在《典论·论文》中标举的赋作，也全是小赋。他之所以采用小赋的形式，主要是时代使然。战乱频仍的时代，使文人不得不放下大赋这种宏大而沉重的形式。二是内容的拓展，抒情、审美情趣的突出。曹丕赋的内容，涉及了征战、田猎、游览、妇女的遭遇、咏物等多个方面，拓展了赋的内容，使赋贴近了生活和世事。其中虽不乏客观的叙写，但主要表现的是缘情的审美情趣。体现了建安时期人的审美情趣的拓展。三是语言句式的多样与出新。曹丕的赋，有少数用骚体句式的，有以四、六句式为主的，有杂言的。特别值得注意的是，他有接近一半的赋，通篇使用了六言的句式。这在中国古代赋史上是十分独特的。

曹丕重视散文。他在《典论·论文》中，特别称许陈琳、阮瑀的章、表、书、记，赞扬徐干的《中论》"成一家之言"。论文体的四科，除"诗赋欲丽"一科外，其他论"奏议宜雅，书论宜理，铭诔尚实"三科，都属于散文的范围。在创作实践上，曹丕自己也擅长散文。他的散文，可以曹操去世、曹丕做魏王为界，分为两个阶段。他做魏王之前的散文，主要是《典论》和书信。

《典论》是曹丕自己编辑的一部论文集。曹丕曾用素抄写《典论》及诗赋送给孙权，又曾用纸抄写了一份给张昭，可见他对《典论》的重视。唐代吕向说《典论》有二十篇（《文选》六臣注）。全书已经散失。今存经后人著录或辑录的比较完整的有《论文》、《奸谗》、《内诫》、《酒诲》、《论却俭等事》、《自叙》、《论孝武》、《论周成汉昭》和《终制》等。其中特别值得重视的是《自叙》和《论文》。《自叙》主要是曹丕追述自己少年时学习骑射、击剑的状况。全文以叙事为主，多具体描绘，有生动的对话，笔调轻松，时时流溢出豪爽和得意的神态，带有自传的性质。中国古代的文人，关注的主要是诗文，一般不太重视写作自传。就现存不多的自传来看，内容大多是有关历史境遇的，把自我放在历史境遇当中，写大事、要事，对能表现个性的小事和内心世界不太留意。而《自叙》却舍弃大事、要事，津津乐道自己的骑射和击剑，写出了自己形象的一个侧面，表现了自己的心态，使《自叙》具有真正的文学作品的意味。《论文》是中国古代文学理论批评史上第一篇文学专论。文中批评了文人相轻的陋习，第一次提出并论述了“文以气为主”的问题，论述了“文章”的重要作用，同时涉及了对当时重要文学家的评论以及文体论等问题。全文论析和事实相结合，有理有据，笔端时带感情。

曹丕喜好结交朋友。书信是曹丕同朋友交流谈心的重要方式。今存曹丕多封写给朋友的书信，其中常为后人称许的是他写给王朗和吴质的几封。曹丕给吴质的，比较完整的书信有两封，后人常题为《与吴质书》、《又与吴质书》。在这两封信中，曹丕谈往事，叙旧情，悼念死者，感伤生者，有快乐，有殷忧，有思念，有宽慰。写得轻松自如，叙事抒情，坦诚真实，更多地体现了文学写作的自由和人的自然属性。在语言上，这两封信，对偶句式较多。第一封信，共五十七句，其中四言句式四十三句。从中可以窥见诗、赋、文在当时的交融和散文骈化的进展。

由于地位和身份的重大改变，曹丕做魏王和皇帝以后所写作的散文，主要是有关朝政的令、诏和策等。这类散文，不仅具有史料价值，有助于后人了解当时的社会、政治、经济和文化等方面的一些真相，同时也有文学价值。刘勰在《文心雕龙·诏策》中，称赞曹丕的诏书“辞义多伟”。他的这类散文，主要有感于社会现实多方面的需求，长于思考，以理取胜，有些写得有感情、有个性。

曹丕的著作，《三国志·魏书·文帝纪》说，曹丕自己曾编辑近百篇。《隋书·经籍志》著录十卷(注:梁二十三卷)。

曹 植

曹植(192—232)，字子建，曹操第四子，曹丕同母弟。他四十一岁的人生，波浪起伏，变化很大。其一生，以建安二十五年(220)为界，明显地分为前后两个时期。

曹植“生乎乱，长乎军”。从十五岁到二十四岁，至少有五次随从父亲出征，对征战和动乱的社会现实有亲身的体验。外出征战之外，他大部分时间生活在邺城，生活豪华，斗鸡走马，游宴赋诗，过的是贵公子生活。他特别喜欢结交朋友和文人。当时邺下文人集团的游宴和创作等活动的主要组织者是曹丕，其次就是曹植。曹植任纵狂放，不讲威仪，追求自由，不重法规，有侠士之气；同时又有“戮力上国，流惠下民，建永世之业，留金石之功”(《与杨德祖书》)的壮志和理想。曹植兴趣广泛，博学渊识。爱好文史，长于思考和评说。他“十余岁，诵读诗、论及辞赋数十万言”(《三国志·魏书·陈思王植传》)。曾同邯郸淳“评说混元造化之端，品物区别之意，然后论羲皇以来，贤圣名臣烈士优劣之差，次颂古今文章、赋、诔及当官政事宜所先后，又论用武行兵依伏之势”。

他爱好民间文学，一次“能诵俳优小说数千言”（《三国志·魏书·王粲传》注引《魏略》）。曹植爱好写作，“思捷而才俊”（《文心雕龙·才略》）。二十一岁时陪曹操登新建的铜爵台。曹操使诸子当场作赋。曹植援笔而成。曹操看后，大为惊奇。曹植“自少至终，篇籍不离于手”（《三国志·魏书·陈思王植传》）。他“精意著作”，以致“食饮损减，得反胃病”（《魏略》）。曹植虽然长于写作，但不自负，特别喜欢别人批评、修改自己的作品。他多才多艺，好音乐，能书能画能舞，善跳丸，好击剑。由于曹植才华超众，又有雄心壮志和仁爱慈孝之心，故深受曹操宠爱。曹操认为在诸子当中，曹植“最可定大事”（《三国志·魏书·陈思王植传》注），想不顾常规，立曹植为太子。曹植心领神会，也很想当太子，于是同曹丕各拉党羽，相互争夺。最终因曹植任性放纵、不设防而又少权谋，逐渐失宠，在他二十六岁时，曹操确立曹丕为太子。曹植争夺太子的失败，是他后期多遭迫害的根源。二十九岁时，曹操去世，曹丕继任魏王、丞相，不久代汉称帝。这是曹植人生的转捩点。从此，他步入了人生的后期。

曹植在后期，由高高在上、受人推崇的显贵，一下子降落为名为侯王、实同软禁的囚徒。曹丕先是杀害了曹植的好友丁仪兄弟及其男口，接着迫使他同兄弟曹彰和曹彪等离开京都，各居藩地，彼此不得通问。曹丕还借曹植醉酒悖慢、劫胁使者一事，加以治罪，以至想杀之，幸亏母亲的援救，才使他免遭一死。接着是多次被贬爵徙封，所居之地，皆为荒土。曹丕去世后，曹丕之子曹叡继承帝位，即明帝。明帝鉴于曹植的特殊地位和影响，对曹植怀有很重的猜忌之心。把曹植由雍丘徙封浚仪，又徙封东阿。曹植曾几次上疏，请求任用，均遭拒绝。最终因壮志难酬、孤独困顿、抑郁寡欢，发疾而死。曹植最后被封为陈王，死后谥“思”，故世称陈思王。

综观曹植的一生，不难发现，他并不是一个单向度的存在，而是由浪漫多情的才子、身居高位的公子、学识渊博的士人和爱好文学创作的文学家等多种身份和精神素质构成的复杂的“这一个”。他任性放达，散漫自由，享受生活，但又有政治意识。他有理想，积极入世的儒家情感是他的主要精神支柱。他有深厚的文化根底和多方面的审美情趣，但又不是书斋型的文人。他富有感情，常怀激情，但缺乏理性的节制。他虽然聪慧，但有时又显得愚拙。他一直不想淡化自己的身份、激情和理想，骨子里是一个理想主义者。在后期，他有时也预感到自己的理想难以实现，但却一直在争取、在吁求，表现了少有的执拗和“傻劲”。他没有想到，他执拗的请求任用，不仅不可能得到应允，反而会增加文帝和明帝的猜忌。曹植热心政治，一直想在政治上有所作为，但他对实际的政治，懂得不多，认识较浅。他不像曹丕那样多理智，懂政治。曹植在骨子里是一个书生气十足的、审美型的文人。因不切实际的理想把自己置于无奈的、危忧的境遇，最后以悲剧结束了自己的一生。其悲剧的造成，主要根源在曹魏上层统治者的权力争斗，同时也与他的个性禀赋、独特的地位、阅历和坚守理想密切相关。历史上有不少著名的人物，一生在某一方面失败了，却导致了另一方面的成功。曹植在政治上失败了，但他一生的起伏经历、不同境遇和精神世界，却经由不同的中介，在很大程度上影响了他的创作和审美取向，留下了丰富的诗歌、赋和散文作品，使他成为继屈原、司马迁之后最杰出的文学家，以致被日本的汉学泰斗吉川幸次郎视为“从六朝到唐初时代的诗神”（吉川幸次郎：《中国诗史·关于曹植》，复旦大学出版社 2001 年版）。

曹植一生勤于创作，作品数量繁多。综观流传至今的建安文人的诗、赋和散文，曹植的篇数居于首位，其中有许多上乘之作。

现存曹植比较完整的诗歌有七十五首，另有十八首有题目而仅存残句，还有失题残句七则。曹植有一部分诗歌，从不同角度叙写了动乱的社会现实，表达了对人民的同情和关怀。在曹植之前和魏晋的诗歌中，很少见到像曹植这样关切农事、体恤农民、叙写农事和农民的作品。曹植宣称自己要“流惠下民”。这些诗歌，就是他“流惠下民”的理想在一个方面的折射。

在今存曹植的诗歌中，有些诗歌，叙写的是曹植在邺城的贵公子生活：斗鸡、骑射、游赏园林、饮宴、歌舞等，表现了他对豪华的物质生活和精神愉悦的追求，是他在邺城生活的一个重要侧影。这些诗歌，有明显的贵族青少年生活的内容，又常常流溢着侠士之气，伴随着对人生的感喟。摆脱了道德教化，拓展了人们的审美情趣。

曹植是一位重友情的诗人。这在他前期写的不少赠答诗中有明显的表现。这些诗歌，叙友情，抒忧伤，有劝告，有宽慰，不见贵公子的傲气，只见平等、真切、笃厚的友情。吉川幸次郎评价说：“曹植诗中所见对友情如此强烈的赞美，在文学史上具有划时代的性质”，“在曹植之后，友情成为中国诗歌最为重要的主题，它所占有的地位，如同男女爱情之于西洋诗。这个主题的创始者就是曹植。换言之，是曹植发现了友情对于人生的价值”（《中国诗史·关于曹植》)。

曹植是一位多情善感的诗人。他的多情善感,有时表现在对不同类型妇女的遭遇的关注和同情上。这些诗歌,过去多认为是有所寄托,主要是寄托作为臣子的曹植同作为皇帝的曹丕和曹叡的关系。但这种解读,完全是根据文本之外的臣子与皇帝的关系,带有很大的臆测性。其实,我们在没有充分的证据时,最好还是依据文本,从文本的形象特征和抒情特点来解读,把这些诗歌作为写实之作来看待,而不必像古代一些注释家那样去比附。

曹植一生,常常以“烈士”和“壮士”自况,关注国家的安定和统一,并表示自己要心甘情愿地为此效命。不管是在生活顺适的前期,还是在倍受迫害、身处逆境的后期,都有许多诗篇,满怀浪漫的激情,吟唱自己想为国立功、尚武征战、统一天下的壮烈情怀和英豪气概。

曹植后期,由于先后受到曹丕父子的猜忌和迫害,诗歌的题材有明显的变化。其中抒发骨肉相残的忧伤和怨愤的诗篇尤为突出。综观今存建安诗歌,有关这方面的内容,不见于其他诗人的作品,但却是曹植诗歌的重要内容。曹植这方面的诗歌,拓展了建安诗歌的内容,有许多都是为历代人们所首肯的著名篇章。

同曹操一样,曹植也爱好写作游仙诗。今存曹植的游仙诗和曹操一样,全是乐府诗。在建安诗人中,曹植流传下来的游仙诗最多。以前的研究者,一般都认为曹植不相信神仙。其实,曹植有时也相信神仙。他曾说:“松子久吾欺。”(《赠白马王彪》)有时将信将疑:“松乔难慕兮谁能仙,长短命也兮独何愆。”(《秋思赋》)只是随着自己的经历和体验的丰富,到了后期,他才明确地说“求列仙”是“虚无”，不再相信神仙(《赠白马王彪》)。曹植游仙诗的写作时间，难以确定，一般都认为作于后期。从内容看，有对长寿的期望和对神仙生活的向往，更多的则是对自由的追求。

今存曹植完整的诗歌，有四言、五言、六言和杂言等多种体裁，其中五言五十五首，占总数的73%。汉末出现的五言《古诗十九首》，虽是成熟之作，但作者失名，社会上并不看重，而且风格相近。在建安诗坛上，曹植创作的五言诗最多，也是中国古代诗歌史上，第一个署名作五言诗最多的诗人。曹植的五言诗，有自己的个性，做到了健康的情思和艺术形式的统一。以他为代表的建安五言诗体现了五言诗这种新兴诗体的优点，确立了五言诗的价值，结束了五言诗自发的、自然的阶段，使五言诗从此成为中国古代诗歌史上最富生命力、使用最多的诗歌形式。

曹植是一位重视继承优秀传统的诗人，十分注意学习汉乐府。今存他的完整诗篇中，乐府诗四十三首，占57%。不过，他的乐府诗有些不是配乐演唱的。此外，曹植的诗歌中，也吸纳了以《古诗十九首》为代表的文人诗的成果。

曹植的诗歌，讲究艺术，善用比兴。不管是通篇用比兴，还是片段用比兴，都做到了新颖而贴切。他的许多诗篇，结构紧凑，一气贯通，“极工于起调”(沈德潜《说诗晬语》)。建安文坛，从文学理论到创作实践，都重视艺术形式。这在曹植的诗歌中得到了集中的体现。曹植诗重视艺术形式，但基本上保持了汉乐府民歌和《古诗十九首》自然质朴的特点，“辞采华茂”而不显雕琢。

曹植的文学创作，重视诗歌，更重视赋。他在《前录·自序》中说:“余少而好赋。”他鉴于自己所作“芜秽者众”，生前曾“删定别撰”了赋选集《前录》。他的赋，特别受到当时文人的推崇。吴质在《答东阿王书》中，称赞曹植为“赋颂之宗，作者之师”。

曹植在《前录》中，选录了七十八篇赋。既有《前录》，当有《后录》。由此可以推测，曹植写的赋是相当多的。今存曹植比较完整的以赋名篇的有四十余篇，另有几篇，如《九咏》、《九愁》、《七启》、《释愁文》，虽未名为赋，但实际上属于赋。综观今存建安文人的赋，曹植的数量最多。

曹植的赋，主要是触物有感而作的抒情小赋。内容涉及了社会、自然和人生等多方面，大多是写自己的生活感受和体验。

曹植在散文方面也多有创获。今存他的散文，有颂、碑、赞、铭、章、表、令、序、书、论、说、诔、哀辞等多种体裁。其中比较重要和多为后人认可的是他前期写的书信和后期写的表。曹植还写过几篇“说”。其中的《说疫气》，写瘟疫造成的深重灾难，情理兼具。在建安散文中，独具一格。

曹植心存立言不朽的理念，具有传播意识，珍重自己的作品。他生前编过自己的文集和著述目录。死后明帝景初时，下令撰录曹植“前后所著赋、颂、诗、铭、杂论凡百余篇，副藏内外”（《三国志・魏书・陈思王植传》）。《隋书・经籍志》著录《陈思王曹植集》三十卷。

现存三曹集有多种版本。本书曹操部分，选用了中华书局1974年出版的《曹操集》为底本。曹丕部分，选用了明末张溥所辑的《魏文帝集》做底本。曹植部分，选用了人民文学出版社1984年出版的赵幼文的《曹植集校注》为底本。并参考了其他版本。

对于所选作品，按体裁分别编辑。每类作品，大体按写作的时间编次。写作时间难以考定的，放在最后。

本书注意校勘。对于重要的异文，尽量标明，以备读者参考。

注释部分，重点注释难懂的词语和典故，对个别不易理解的句子，适当串讲。对于用典或化用前人诗文的句子，尽量注明出处。整个注释，力求繁简适当，尽量避免“当注不注、不必注而注”的弊病。考虑本书各篇相对独立，书中同一需要注释的词语出现在各篇中的，一般随文注释，以免读者翻检之劳。

本书的品评，尽量注意全面观照和突出重点相结合。在全面观照方面，注意对作品的写作背景、主要内容、层次结构等艺术表现的揭示和分析；在突出重点方面，注意评述作品的主要特点和“筋节处”。

本书在撰写的过程中，除参考了上面所列举的有关三曹的著述外，还参考了中华书局 1980 年出版的河北师范学院中文系古典文学教研组编的《三曹资料汇编》、上海辞书出版社 1992 年出版的《汉魏六朝诗鉴赏辞典》、东北师范大学出版社 1994 年出版的王巍、李文禄主编的《建安诗文鉴赏辞典》等。在此，对各位著述者和出版社，表示由衷的谢忱！

本书中的曹丕部分，由宿美丽撰写。另外，她还负责了全书的校对工作。

“世人之著述，不能无病。”限于水平，书中定有不少疏误和不当之处。敬请批评指正。

曹操诗选

薤露行[①]

惟汉二十世，[②] 所任诚不良。[③]
沐猴而冠带，[④] 知小而谋强。[⑤]
犹豫不敢断， 因狩执君王。[⑥]
白虹为贯日，[⑦] 己亦先受殃。[⑧]
贼臣执国柄，[⑨] 杀主灭宇京。[⑩]
荡覆帝基业，[⑪] 宗庙以燔丧。[⑫]
播越西迁移，[⑬] 号泣而且行。[⑭]
瞻彼洛城郭，[⑮] 微子为哀伤。[⑯]

【注释】

①薤露行：乐府旧题，郭茂倩《乐府诗集》入《相和歌·相和曲》。原是送葬时唱的挽歌。薤，一种草本植物。古人以薤上的露水容易消失，比喻人生短暂。 ②惟汉二十世：一作"惟汉二十二世"。有人认为应作"惟汉廿二世"。全诗是完整的五言诗。从汉高祖刘邦到汉灵帝刘宏，共二十二代，说"二十"，是取其整数。惟，语首助词。 ③所任：所任用的人，指汉灵帝任用外戚大将军何进。 ④沐猴：猕猴。冠带：戴帽穿衣。猕猴冠带，是讥讽何进像戴帽穿衣的猕猴，只有小聪明。 ⑤知小而谋强：言何进才智

小却硬要谋划诛杀宦官这样的大事。知，通“智”。 ⑥犹豫不敢断，因狩执君王：灵帝死后，何进召董卓入京谋诛宦官，事败反被杀。宦官劫持少帝刘辩出走洛阳北的小平津。狩，本来指古代帝王外出巡视。这里用“狩”，是为皇帝隐讳。 ⑦白虹为贯日：古人迷信，认为白虹（白色云气）贯日将有杀害天子的事发生。⑧己：指何进。 ⑨贼臣：指董卓。执国柄：把持朝政大权。⑩杀主：指毒死少帝。灭宇京：指董卓纵兵焚烧京城洛阳。宇京，京城，这里指东汉首都洛阳。 ⑪荡覆：倾覆，摧毁。帝基业：指东汉王朝。 ⑫宗庙：帝王的祖庙，古代把它看成是政权的象征。燔丧：烧毁。 ⑬播越西迁移：指董卓胁迫献帝及百万吏民由洛阳西迁长安。播越，流离失所。 ⑭且：通“徂（cú）”，往。⑮郭：外城。这里泛指洛阳城郊。 ⑯微子：名启，商纣的哥哥。《尚书大传》说商朝被周灭亡后，微子路过商朝国都朝歌，看见宫室成了废墟，长出禾黍，作《麦秀之歌》以抒哀伤。这里是诗人以微子自比，以商朝宫室的被毁喻洛阳的被毁。

【品评】

东汉中平六年（189），汉灵帝死，少帝刘辩即位，何太后临朝听政。当时宦官和外戚两大集团的矛盾激化。何太后的哥哥大将军何进谋诛宦官，何太后不准。何进招大将董卓进京，以胁迫何太后。当时在京城的陈琳谏劝何进应当果断地诛杀宦官，不必召集大军，何进不听。谋划泄露，宦官张让等杀死何进，劫持少帝出走小平津。董卓进京后废少帝，立献帝刘协，杀何太后，自任相国，独揽大权。初平元年（190），东方州郡起兵讨伐董卓。董卓鉴于山东兵盛，胁迫献帝迁都长安，驱徙民众数百万随迁，焚烧洛阳，二百里内，室家荡尽。曹操目睹了上述内乱，看到了董卓的专权和残暴，愤慨充膺，忧伤不已，唱出了这首具有“诗史”特点的乐府诗。

这首诗以时间为序、以叙事为主。全诗十六句，大体上可分成两个层次。前八句以中心人物何进为主线，重点叙写何进图谋诛杀宦官而反被宦官所杀的史实。开始两句，既概括地揭示了灵帝时滥用无能之辈的朝政，同时也领起了下面对何进的叙写，写出了何进的无能，表明他的被杀并非偶然。诗中写何进，主要是谴责，用的是讽刺轻蔑的笔调，突出形象。后八句紧承前八句，是第二层次。“贼臣执国柄”六句揭露了董卓的专权独裁、杀害少帝、焚烧宗庙、挟持献帝及百姓西迁长安的罪行。诗人看到洛阳被焚毁时的心情，就像商朝微子当年看到殷墟时难以抑止的悲伤一样，因此最后用“瞻彼洛城郭，微子为哀伤”两句收束了全诗，悲痛哀伤。

明代钟惺说这首诗是“汉末实录，真诗史也”（《古诗归》卷七）。叙写汉末何进为诛宦官、招董卓进京导致了国家丧乱的史实，是这首诗的主旨，也是这首诗的一个特点。这首诗仅有十六句，篇幅不长，但它所以能取得“汉末实录”这样的艺术效果，主要是由于诗人身历其境，对所叙写的内容有深切的体验，同时能够俯视历史的大局，从全局着眼写局部，抓住了何进和董卓这两个人物及其典型的妄想非为，把宏大的叙事和个人的体验熔于一炉，寓愤慨与哀伤于叙写中，不计细节，善于概括，写出了这段有关国家丧乱的历史。

我国古代，早在先秦时期，就有“诗史”这类诗作。《诗经·大雅》中，如《生民》这样的诗篇，就是用诗歌的形式叙写周民族的历史。到了两汉，很少见到这类诗歌。曹操作为一个封建政治家、军事家和杰出的诗人，关心并实际参与了朝政，继承了《诗经》中“诗史”的传统，在建安文坛上，借古乐府写时事，又一次奏响了“诗史”的乐章。

善哉行[1]（其二）

自惜身薄祜，[2] 夙贱罹孤苦。[3]
既无三徙教，[4] 不闻过庭语。[5]
其穷如抽裂，[6] 自以思所怙。[7]
虽怀一介志，[8] 是时其能与？[9]
守穷者贫贱， 惋欢泪如雨。[10]
泣涕於悲夫，[11] 乞活安能睹？
我愿于天穷，[12] 琅邪倾侧左。[13]
虽欲竭忠诚，[14] 欣公归其楚。[15]
快人由为叹，[16] 抱情不得叙。[17]
显行天教人，[18] 谁知莫不绪。[19]
我愿何时随？[20] 此叹亦难处。
今我将何照于光曜？[21] 释衔不如雨。[22]

【注释】

①善哉行:乐府旧题,属《相和歌·瑟调曲》。今存曹操《善哉行》二首。这是第二首。 ②祜(hù):福。祜,一作“祐”。 ③夙(sù):早年。罹(lí):遭受。孤:指丧父,曹操父曹嵩,董卓之乱,避难琅玡,兴平元年(194)为陶谦所害。 ④三徙教:孟子年幼时,他的母亲为了使他受到良好的教育,曾三次搬家,选择邻居。后来用孟母三徙来表示母亲的教育。 ⑤过庭语:孔子的儿子孔鲤,经过庭中,孔子让他学《诗》,学《礼》。后来常用“过庭”表示父教。 ⑥其穷如抽裂:意思是悲痛之极,身心好像都崩裂了。⑦怙(hù):依靠。这里指父亲。 ⑧一介志:很小的志向。⑨是时其能与:意思是时世能让我随心所愿吗?与,同“欤”,表示反问的语气词。 ⑩欢:一作“叹”。惋叹,悲叹。 ⑪於(wū):感叹词。於,一说当作“于”,连词,而。 ⑫于:通“吁”。天穷:疑为“天穹”,即苍天。 ⑬琅邪:山名。曹操父亲曹嵩在琅邪被陶谦杀害。这里用琅邪山的倾倒,比喻他父亲的被杀。 ⑭虽:本,本来,语气副词。 ⑮欣公归其楚:“公归其楚”化用《谷梁传·襄公九年》记鲁襄公自楚归鲁一事。此句指兴平二年(195),长安乱,杨奉、董承等护献帝东迁,建安元年(196)七月,还洛阳。 ⑯快人:使人欣喜。由:同“犹”。由,一作“曰”。 ⑰抱情不得叙:意思是没有机会向天子叙说自己的忠诚之情。建安元年(196)正月,曹操派遣曹洪西迎献帝,董承及袁术的将领苌奴拒险,曹洪无法前进,未能迎到。 ⑱显行:公开执行。天:指天子。 ⑲绪:余绪。 ⑳随:顺,指实现。 ㉑光曜:日月。 ㉒释衔:解除忧愁。衔,含。

【品评】

这首诗写于建安元年(196)。写的是自兴平元年(194)曹嵩被杀到建安元年献帝东归洛阳三年间,诗人的遭遇及其忧伤。

诗从开始到“琅邪倾侧左”十四句,主要是抒发父亲被害后难以抑制的悲伤。在不少人的心目中,曹操是一个不孝不忠的“奸雄”,其实这一看法与曹操的实际表现并不相符。曹操受过传统的伦理道德教育,还是重视道德的。这在这首诗中有具体、真切的体现。曹嵩被杀时,曹操已经是四十岁的成年人,在各方面都已经相当成熟,但他仍然因父亲的被害而不能再听其教训而悲伤泣涕。曹操是一个重孝道的人,是一个重亲情的人。在这方面,他同普通人并没有什么不同。

“虽欲竭忠诚”以下十句,重点叙写由献帝的东归而引发的欣喜和忧伤。献帝即位后不断地被挟持,流离转徙,现在终于返回了故都洛阳。这自然给悲伤不止而又想竭尽忠诚的诗人,带来了一些欣喜。“欣公归其楚”和“快人”云云,就是这种欣喜之情的突出表现。但这种欣喜之情是微弱的,是短暂的,更深沉的是贯穿着全诗的痛苦和悲伤。这种痛苦和悲伤不止体现在“内痛父死,外悲君难”(朱乾《乐府正义》卷八)上,还体现在诗人有志难申的悲叹上。仔细体味这首诗,可以发现,诗人不论是写“内痛父死”,还是写“外悲君难”,一直糅合着一种建功立业的志向和尽忠为国的抱负都难以实现的慨叹。诗中“虽怀一介志”、“虽欲竭忠诚”、“我愿何时随”等句,都是这种悲叹的直接吐露。更值得注意的是,诗人看到了志向难以实现的根源在于“是时”,即自己所处的时世。诗中把痛父死、悲君难和自己有志难申的悲叹及其原因等融合在一起，这就使这首诗除了表现“至情”、“至性”的亲情和忠君之外，还具有相当丰厚的历史内涵。

蒿里行[①]

关东有义士，[②] 兴兵讨群凶。[③]
初期会盟津， 乃心在咸阳。[④]
军合力不齐，[⑤] 踌躇而雁行。[⑥]
势利使人争， 嗣还自相戕。[⑦]
淮南弟称号，[⑧] 刻玺于北方。[⑨]
铠甲生虮虱，[⑩] 万姓以死亡。[⑪]
白骨露于野， 千里无鸡鸣。
生民百遗一，[⑫] 念之断人肠。

【注释】

①蒿里行：乐府旧题，属汉乐府《相和歌·相和曲》。蒿里，本是地名，古代迷信传说，人死后魂魄聚居在蒿里。 ②关东：函谷关以东地区，今河南、河北、山东一带。义士：指起兵讨伐董卓的诸州郡首领。 ③群凶：指董卓一伙。 ④初期会盟津，乃心在咸阳：意思是本来期望同心合力，讨伐董卓，兴复王室。盟津，即“孟津”，故地在今河南孟州南。相传周武王伐纣时曾在这里大会八百诸侯。乃心，其心，指“义士”之心。咸阳，秦京都，这里借指

汉长安皇室,当时汉献帝被挟持到长安。长安与咸阳都在关中。今属陕西。 ⑤力不齐:指讨伐董卓的诸州郡首领各有打算,力量不集中。 ⑥踌躇而雁行(háng):此句正常语序应为"雁行而踌躇",为叶韵,故前后移置。踌躇,犹豫不前。雁行,阵名,横列队伍,如飞雁的行列。 ⑦嗣还(xuán):其后不久。戕(qiāng):杀害。 ⑧淮南弟称号:指袁绍的从弟袁术在建安二年(197)在淮南寿春(今安徽寿县)自立为帝。 ⑨刻玺(xǐ)于北方:指初平二年(191)袁绍谋废献帝,想立刘虞为皇帝,并刻制印玺一事。玺,印,秦以后专指皇帝用的印章。 ⑩铠(kǎi)甲生虮虱:由于久战不息,不脱战服,战服上都生了虱子。铠甲,古代的护身战服,金属制成的叫铠,皮革制成的叫甲。虮,虱卵。 ⑪万姓:百姓。以:因而。 ⑫生民:人民。遗:剩下。

【品评】

《蒿里行》本来是送葬时唱的挽歌。曹操勇于创新,借用旧题,叙写时事。诗中写到的最后史实是袁术称帝。袁术称帝是在建安二年(197)春,这首诗当作于这一年。诗中所写史实,与《薤露行》所写的相连。董卓到长安后,专权乱政。初平元年(190)春,函谷关以东诸州郡首领推举袁绍为盟主,起兵讨伐董卓。诸州郡首领各怀私心,踌躇观望,为扩大势力,以至互相火并。结果社会惨遭破坏,百姓死亡殆尽。曹操亲历其境,愤慨忧患,情不自禁地写出了自己的所见所感。

这首诗和《薤露行》一样,也具有"诗史"的特点。全诗用直叙的方法,主要表现了相互联系的两方面史实:一是军阀混战。从开头到“刻玺于北方”十句，写出了各个军阀背离盟誓，为了争夺帝位，保存自己的力量，以至相互残杀。“势利使人争”一句，揭示了军阀混战的实质。二是最后六句，写军阀混战给人民造成的深重灾难。这首诗不论是写军阀混战，还是写人民遭受的灾难，诗人的视野都非常开阔，注意概括和选取典型。写军阀混战，除了概括外，特别点出了在当时势力雄厚、影响最大的袁绍和袁术兄弟。写人民的灾难，既有“万姓以死亡”、“生民百遗一”这样高度概括的诗句，也有“铠甲生虮虱”、“白骨露于野，千里无鸡鸣”这样的典型事实。诗人对军阀混战的愤慨和对百姓的人道情怀，完全寓于诗中概括和典型的叙写当中。

明代谭元春云：“《薤露》、《蒿里》，如此着想，如此寄意，翻尽从来拟古门户。”又评“生民百遗一”二句：“一味惨毒人，不能道此，声响中亦有热肠，吟者察之。”（《古诗归》卷七）

苦寒行①

北上太行山，②　艰哉何巍巍！③
羊肠坂诘屈，④　车轮为之摧。⑤
树木何萧瑟！⑥　北风声正悲。
熊罴对我蹲，⑦　虎豹夹路啼。⑧
溪谷少人民，⑨　雪落何霏霏！⑩
延颈长叹息，⑪　远行多所怀。
我心何怫郁！⑫　思欲一东归。⑬

水深桥梁绝，　中路正徘徊。[14]
迷惑失故路，[15]　薄暮无宿栖。[16]
行行日已远，　人马同时饥。
担囊行取薪，[17]　斧冰持作糜。[18]
悲彼《东山》诗，[19]　悠悠令我哀。[20]

【注释】

①苦寒行：属《相和歌·清调曲》。汉乐府中不见此题，当是曹操首创。　②太行山：起于河南北部，向北经山西、河北边境入河北北部。　③巍巍：高峻的样子。　④羊肠坂(bǎn)：地名，在壶关西南。坂，斜坡。诘(jí)屈：盘旋曲折。　⑤摧：折毁。⑥萧瑟：凋零的样子。　⑦罴(pí)：一种大熊。　⑧啼：号叫。⑨溪谷：山中低而有水的地方。　⑩霏(fēi)霏：雪大的样子。⑪延颈：伸长脖子。意思是远望。　⑫怫(fú)郁：忧虑不安。⑬东归：指返回故乡。　⑭中路：中途。路，一作“道”。　⑮故：一作“径”。　⑯薄暮无：一作“瞑无所”。薄暮，傍晚。薄，迫近。⑰担囊：挑着行囊。　⑱斧：用作动词，砍。糜：粥。　⑲《东山》：《诗经·豳风》中的一篇，写远征士卒思念故乡。　⑳悠悠：长远的样子，形容思念深沉。

【品评】

建安十一年(206)正月，曹操从邺城(今河北临漳西南)率军西征据守壶关(在今山西长治东南)的高干。本诗当作于西征途中，主要写严寒时节，在太行山行军途中遭遇艰难险阻时的感慨、思乡之情以及对士卒苦难的关切。

诗一开始，就紧扣主旨，用十句直叙行军途中遇到的多方面艰难：山势高峻，坂道曲折，北风劲吹，猛兽逞凶，荒无人烟。清人吴淇说："山居趁坳（溪谷低洼有水的地方），泽居趁突（隆起干燥的地方）。此山行而曰'溪谷少人民'，则更无人民矣！"（《六朝选诗定论》）

行军途中遭遇的种种艰难险阻和举目所看到的一片荒凉残败景况，触发了诗人的思乡之情。诗中从"延颈长叹息"开始的四句，笔势陡转，集中笔墨，直接抒发了这种感情。"'延颈'二字，即又带出寒意来。盖凡人遇寒则缩其颈，延颈则风雪侵及衣领矣。既不能北上，于是转思东归"（同上）。思念故乡是人的一种普遍的感情。这种感情在困苦的时候，会变得更加强烈。而这几句正写出了曹操在艰难的征战中的矛盾和痛苦。

诗人因思归而"长叹息"、"多所怀"，怀忧伤，感情是那样的强烈！但他作为这次征战的最高统帅，并没有忘记这次征战的目的。诗中"水深桥梁绝"以下八句，写的是继续行军遭遇的新的险阻和困苦：水深桥断，不明路途，无处栖宿，人马饥寒。如果说开始的十句写的艰险荒凉的遭遇，已经使士卒难以承受的话，那么这八句所写的则是，士卒已经陷入了饥寒交迫的绝境了。诗人写到这里，陡然由眼前的境况，自然地生发了思古之幽情，发出了"悲彼《东山》诗，悠悠令我哀"的哀叹。借古诗，抒己怀，进一步抒发了征战之苦和思归之情。

步出夏门行[1]

艳。云行雨步，[2] 超越九江之皋。[3]
临观异同，心意怀游豫，[4] 不知当复何从。
经过至我碣石，[5] 心惆怅我东海。[6]

【注释】

①步出夏门行：又称《陇西行》，乐府旧题，属《相和歌·瑟调曲》。夏门，是洛阳的一个城门。《步出夏门行》古辞仅存“市朝人易，千岁墓平”两句，当是写人生的无常。曹操此篇是借旧题写新内容。建安十二年（207）五月，曹操率军征讨乌桓，八月，纵兵攻击，大败乌桓。九月，曹操引兵返回，作《步出夏门行》。全篇由五部分组成。前面是“艳”，前奏曲，是歌唱的引子。下面的正文分四解。《宋书·乐志三》于四解之下，分别注为《观沧海》、《冬十月》、《河朔寒》和《神龟虽寿》。《晋书·乐志下》总题为《碣石篇》，其中的第三解注为《土不同》，第四解注为《龟虽寿》。全诗当作于这年的秋冬之际，但并非作于一时一地。四解所写的内容相对独立，并不连贯，所以后人都把四解看成是四首诗。 ②云行雨步：化用《周易·乾·文言》“云行雨施”一句。 ③九江：这里指荆州一带。荆州当时为刘表所割据。皋（gāo）：水边高地。 ④临观异同，心意怀游豫：曹操想北征乌桓。许多将领认为应先征服荆州刘表，只有郭嘉意同曹操。最后曹操决定北征乌桓。异同，指

将领的不同意见。游豫，即犹豫。 ⑤碣石：山名。指《汉书·地理志》所载骊成县(今河北乐亭)西南的大碣石山。据《水经注》记载，此山在南北朝时沉入海中。一说指今河北昌黎西北之碣石山。 ⑥东海：指渤海。

观沧海[1]

东临碣石，以观沧海。
水何澹澹，[2]山岛竦峙。[3]
树木丛生，百草丰茂。
秋风萧瑟，[4]洪波踊起。[5]
日月之行，若出其中；
星汉灿烂，若出其里。[6]
幸甚至哉！歌以咏志。[7]

【注释】

①沧海：大海，指渤海。 ②澹(dàn)澹：水波动荡的样子。 ③竦峙(sǒng zhì)：高高直立。竦，通"耸"。 ④萧瑟：风声。 ⑤洪波：巨大的波涛。波，一作"涛"。踊，一作"涌"。 ⑥"日月"四句：意思是日月星辰光辉灿烂，都像从大海里出来一样。行，运行。其，代指大海。中，徐仁甫说："当作'内'。""'内'与'起'、'里'韵，作'中'则不韵矣。"(《古诗别解》卷五)星汉，银河。常用作星辰的总称。 ⑦幸甚至哉！歌以咏志：乐府本是用来配乐歌唱的，这两句是配乐时附加的，不属正文。意思是：好极了，让我用诗歌来咏唱自己的志向。幸甚，表示非常庆幸。至，极。

【品评】

诗中有“秋风萧瑟”一句，由此推知，诗当作于秋天。开头两句，“点题直起”，起得很平实，但很重要。这两句简明地交代了这首诗写作的缘起：登碣石山观沧海。既是登山观沧海，自然居高远望大海，接下去很顺畅地引出了远望大海所看到的壮丽景象。“水何澹澹，山岛竦峙”两句，是写观沧海看到的全貌：汪洋无际、水波动荡的大海；独立不群、岿然直立的山岛。动静结合，相互辉映。使诗人惊喜，赞叹不已。接下去诗人的视野由全景转向局部。“树木丛生，百草丰茂”具体描绘了山岛上草木繁盛的生气勃勃景象。“秋风萧瑟，洪波踊起”两句，进一步写出了大海在秋风的掀动下，波浪滔天的景象。以上是这首诗的第一个层次。重点写“眼里”所观。接下去的“日月之行”四句是这首诗的第二个层次，主要写诗人“胸里”所想。通过想象，进一步写沧海的广阔无际。日月高悬天空，天河没有尽头。但在诗人的心目中，它们都是从大海里涌现出来的。由描写在地上远望的实景进而联想到天上的日月星汉，由实到虚，虚实结合，进一步写出了大海能够吞吐整个宇宙的博大胸怀。

王国维《人间词话》云：文学作品中的“一切景语，皆情语也”。曹操这首诗写观沧海以及引发的联想，景情相融，表现了诗人博大开阔的胸怀。这一点，诚如清代张玉谷赏析这首诗所说：“此志在容纳，而以海自比也。”“写沧海，正自写也。”（《古诗赏析》卷八）

《观沧海》是我国文学史上现存的第一首完整的山水诗，亦是一篇难得的山水佳作。清代王士祯说：“古人山水之作，莫如康乐、宣城，盛唐王、孟、李、杜及王昌龄、刘眘虚、常建、卢象、陶翰、韦应物诸公，搜抉灵奥，可谓至矣。然总不如曹操‘水何澹澹，山岛竦峙’二语，此老殆不易及。”（《带经堂诗话》卷一）毛泽东《浪淘沙·北戴河》词中的“魏武挥鞭，东临碣石有遗篇”，颂扬的也是这首诗。这首诗之所以能成为文学史上名篇佳作，一是由于诗人具有吞吐宇宙的胸怀和开阔的视野，能把壮丽的自然美和博大的胸襟美融为一体；二是在写作上，取景自然，即景而不拘于景，从大处着笔，概貌取神，而不计局部的诸多景色。这样，就写出了大海的生命，写出了它无端无涯、能够容纳一切的胸怀，写出了它汹涌不息的雄伟性格。

冬十月

孟冬十月，[①] 北风徘徊。[②]
天气肃清，　繁霜霏霏。[③]
鹍鸡晨鸣，[④] 鸿雁南飞。
鸷鸟潜藏，[⑤] 熊罴窟栖。[⑥]
钱镈停置，[⑦] 农收积场。[⑧]
逆旅整设，[⑨] 以通贾商。[⑩]
幸甚至哉！　歌以咏志。

【注释】

①孟冬：冬季的第一个月。孟，始。　②徘徊：来回走动，这里指北风不停地刮。　③霏霏：形容霜多。　④鹍（kūn）鸡：鸟名，黄白色，红嘴长颈，似鹤。　⑤鸷（zhì）鸟：凶猛的飞禽。　⑥罴（pí）：一种大熊。窟栖：藏在洞中不出来。　⑦钱镈（jiǎn bó）：古代的两

种农具。钱，类似铁铲。镈，类似锄头。停置：放置不用。 ⑧农收积场：收割的庄稼堆积在场上。 ⑨逆旅：客栈，旅店。整设：整修开张。 ⑩贾(gǔ)商：商人。贾，坐商。商，行商。

【品评】

此诗写归途中的所见风物。大体上可分成两段。前八句是第一段，着眼于时节气候。“孟冬十月”，点出时节，统辖全篇。“北风徘徊”三句，特写北风和繁霜，从正面写初冬的肃清。“鹍鸡晨鸣”四句，既写出了所看到的典型的飞禽和走兽之类的景象，同时也衬托出初冬时节的寒冷。接下去的“钱镈停置”四句，视角转移，着眼于人事，是第二段。写初冬时节，一年的农事已经结束，商人通行，往来经商。

诗人写初冬北方的天时物候，由于身临其境，能够选取典型，笔墨不多，但写得真实贴切。其中特别写到了农事和商业，这是汉魏诗歌中比较少见的。

河朔寒①

乡土不同，② 河朔隆寒。③
流澌浮漂，④ 舟船行难。
锥不入地，⑤ 蘋藾深奥。⑥
水竭不流， 冰坚可蹈。⑦
士隐者贫，⑧ 勇侠轻非。⑨
心常叹怨， 戚戚多悲。⑩
幸甚至哉！ 歌以咏志。

【注释】

①河朔：黄河以北的地区。 ②乡土：各地风土人情。③隆寒：严寒。 ④澌(sī)：流动的冰块。 ⑤锥不入地：形容土地冻得十分坚硬。 ⑥葑(fēng)：芜菁。藾(lài)：野生的蒿子。深奥：形容芜菁、蒿子之类的野草茂密。 ⑦“水竭”二句：意思是河水都结成了冰，不能流动；冰很厚，可以在上面行走。蹈，踏。⑧土隐者贫：土，一作“士”。这句的意思是，河朔一带的人们所忧伤的是贫穷。隐，忧伤。 ⑨勇侠：指好勇尚侠的人。轻非：轻易做非法的事。 ⑩戚戚：忧伤的样子。

【品评】

这首诗写黄河以北地区冬天的严寒景况与民风特点。写严寒景况，因为是沿途所遇所见，并非一时一地，所以有流冰浮漂、“舟船行难”和“水竭不流，冰坚可蹈”的不同。写民风特点，集中于因忧贫而“勇侠轻非”。严寒的气候造成的艰难和因忧贫而“勇侠轻非”的不良民风，触动了诗人，使诗人胸怀忧患，最后忍不住唱出了“心常叹怨，戚戚多悲”两句，直接抒发了心中常存的哀怨和蓄积的悲伤。曹操心胸开阔，积极达观，同时又常有忧患意识。这种忧患意识，即使在取得胜利的形势下，也没有淡化。这一点，从这首诗可以得到印证。

龟虽寿

神龟虽寿，犹有竟时。①

腾蛇乘雾，②终为土灰。

老骥伏枥，[3]志在千里。
烈士暮年，[4]壮心不已。
盈缩之期，[5]不但在天。[6]
养怡之福，[7]可得永年。[8]
幸甚至哉！歌以咏志。

【注释】

①神龟：传说中的通灵之龟，能活几千岁。寿：长寿。竟：尽，完。 ②腾蛇：传说中与龙同类的神物，能兴云驾雾。腾，一作“螣”。 ③骥（jì）：千里马。枥（lì）：马槽。 ④烈士：有雄心壮志的人。暮年：晚年。 ⑤盈缩：指人的寿命的长短。盈，长。缩，短。 ⑥但：仅，只。天：天生，天然。 ⑦养怡：保养身心和乐。⑧永年：长寿。

【品评】

这首诗当是曹操征讨乌桓凯旋时写的。全诗以慷慨激昂为基调，抒发了曹操老当益壮、积极进取的豪迈情怀。

全诗共十四句，除了最后两句是入乐时加上去的，同全诗没有关系外，其他十二句，每四句是一层意思，可以分成三层来体会。

开头四句是第一层，主要说“人寿不长”。诗人为了表达这一意思，没有采用直述的写法，而是接连用了神龟和腾蛇两个比喻。古人常常用神龟来象征长寿。神龟尽管能长寿，但最后还是要死亡，所以诗中说“犹有竟时”。腾蛇虽为神物，但也免不了死亡，

“终为土灰”。大千世界，物种繁多，诗人在这里，特别标举神龟和腾蛇，是因为在迷信思想盛行的古代，神龟和腾蛇都被染上了浓重的神秘色彩。即使这样，诗人也断定它们避免不了死亡的命运。神龟和腾蛇尚且如此，至于其他物种，就不言而喻了。但是，如何对待衰老和死亡，不同的人常常有不同的思考和表现。有的及时行乐，虚度时光；有的慨叹迟暮，消极悲观；有的迷信神仙，追求成仙。而曹操则表现了另外一种精神境界，这就是这首诗的第二层，即“老骥伏枥”四句所抒发的思想感情。

这一层是全诗的中心。诗人用卧伏在马棚里的老骥还想驰骋千里，来比喻想建功立业的烈士即使到了暮年，仍是壮志不减。诗人用“老骥”作比喻，非常贴切，意蕴也十分丰富，包含着诗人对老骥的尊敬和爱戴，也是诗人自己几十年戎马倥偬的征战生活的象征。诗人写这首诗的时候，已经五十三岁了。照古人的说法，人“五十始衰”。诗人承认自己到了暮年，但其过人之处不在这里，而在于他面对暮年，不服老，“壮心不已”，要保持一种继续奋发有为的精神境界。

在诗人看来，一个人生命的长短，与天然有关系，但又不全是天然决定的，“养怡之福，可得永年”，这种朴素的、辨证的唯物思想，否定了长期流传的“死生有命，富贵在天”的迷信说法。这在当时，实属卓见。

在写作上，这首诗熔哲理、形象和抒情于一炉。这不同于前面的《观沧海》、《冬十月》和《河朔寒》。在前三首诗中，诗人主要叙写客观的景物，把情感融于景物中。四首诗的内容不同，艺术表现有别，但都是名篇佳作。其中《观沧海》和《龟虽寿》影响最大。

秋胡行[1]（其一）

晨上散关山，[2] 此道当何难！
晨上散关山， 此道当何难！
牛顿不起，[3] 车堕谷间。
坐盘石之上，[4] 弹五弦之琴，[5]
作为清角韵。[6] 意中迷烦。[7]
歌以言志。[8] 晨上散关山。
有何三老公，[9] 卒来在我旁？[10]
有何三老公， 卒来在我旁？
负掩被裘，[11] 似非恒人。[12]
谓卿云何困苦以自怨，[13]
徨徨所欲，[14] 来到此间？
歌以言志。 有何三老公？
我居昆仑山，[15] 所谓者真人。[16]
我居昆仑山， 所谓者真人。
道深有可得。 名山历观，[17]
遨游八极，[18] 枕石漱流饮泉。[19]
沉吟不决， 遂上升天。
歌以言志， 我居昆仑山。
去去不可追， 长恨相牵攀。[20]

去去不可追，　长恨相牵攀。
夜夜安得寐，　惆怅以自怜。
正而不谲，[21]　辞赋依因。[22]
经传所过，[23]　西来所传。[24]
歌以言志，　去去不可追。

【注释】

①秋胡行：乐府旧题，属《相和歌·清调曲》。今存曹操《秋胡行》二首，这是第一首。此首共四解，一解略同一章。　②散关山：在今陕西宝鸡西南。关在岭上，称大散关，古代为秦、蜀往来要道。　③顿：疲乏。　④盘石：大石。盘，通“磐”。　⑤五弦之琴：一种古乐器，有五根弦。　⑥清角：古曲调名。弦急声清，相传为黄帝所作。　⑦迷烦：迷惑不清。　⑧歌以言志：用诗歌表达心意。这句是歌唱时，为配乐加上去的，与正文的内容无关。下面的三解也是这样。　⑨有：助词。何：何处。三老公：据下面一解，指的是居住在昆仑山上的神仙。　⑩卒：同“猝”(cù)，突然。　⑪负掩(yǎn)被(pī)裘：意为穿着皮衣，外面又加上罩衣。掩，即裼(xī)，古代加在皮衣上的罩衣。被，通“披”。　⑫恒人：平常人。　⑬卿：古代称高级官员为卿。这里指曹操。　⑭徨徨：同“惶惶”，心神不安的样子。　⑮昆仑山：古代神话传说中的西方神山。　⑯真人：仙人。　⑰名山历观：即历观名山。⑱八极：八方极远的地方。　⑲漱流：用流水漱口。　⑳牵攀：牵挂，缠绕。此指自己仍然难以忘记建功立业。　㉑谲(jué)：欺诈。　㉒辞赋依因：意为凭借辞赋以自娱。依因，依仗。　㉓经

传(zhuàn)所过：意为从小路乘小车过散关山。经，小路。传，小车。 ㉔西来所传：意为西来此地得闻所传三神仙之事。

【品评】

建安二十年(215)三月，曹操西征张鲁，四月自陈仓出散关，七月攻破张鲁军。考察曹操一生，只有这一年四月到过散关山，而且诗中几次提及散关山，还有到散关山的具体叙写。此诗应是曹操这年到散关山时所作。

这首诗也是借乐府旧题写新的内容。所写内容有真有幻。所谓真，表现在其中有一部分属写实。所谓幻，表现在诗中用了很大的篇幅写了游仙的内容。全诗真幻交融，表现了诗人登散关山时矛盾复杂的思想感情。

全诗原分四解。第一解是写实。首句“晨上散关山”，直接点题。接下去用“此道当何难”的感叹和“牛顿不起，车堕谷间”两个具体典型事件，情景结合，写出了登越散关山的艰难。“坐盘石之上”三句，写诗人想借弹琴奏曲舒缓排解自己的感慨，但这种舒缓和排解是短暂的，难解“意中迷烦”。足见诗人心中的迷乱和忧烦是相当深重的。深重的迷乱和忧烦总是要排解的。如何排解？从现实中找不到办法，只好求助于幻想，于是传说的游仙思想乘虚而入。因此接下去的第二解和第三解，写幻想仙人三老公突然出现在自己身旁，同自己交谈，为自己解忧。“何困苦以自怨，徨徨所欲，来到此间”三句，表面上看，是三老公问诗人，实际上是诗人的自问。表现了诗人在内心深处，对这次征战的叩问和疑虑。其中蕴涵着深重的困苦和自怨。怎么消除？三老公介绍自己的神仙生活，让他超脱人间，遨游升天。但是诗人“沉吟不决”，因为他难以忘怀世事。这种情思在第四解中得到了集中的表现。第四解的前六句写三老公升天后，诗人为世事缠绕而夜不得寐的惆怅。“正而不谲”四句，又表示要像齐桓公那样“正而不谲”，要自娱，并回应了前面所写的过散关山和三老公的传说。

这首诗和下面同题的第二首，在诗句的构成上，同曹操的其他乐府诗不同。具体表现在：每解的开头两句，各重复一次；每解的首句、尾句再重复一次。这种重复不见于曹丕等人用同一题目所作的乐府诗，当是曹操的独创，是为了适合自然歌唱抒情的需要。由于诗句的重复糅合着抒情，所以读后不仅有一种回曲循环的音乐感，同时使诗中抒发的情思饶有余味。

对　酒[①]

对酒歌。太平时，吏不呼门。[②]
王者贤且明，宰相股肱皆忠良。[③]
咸礼让，民无所争讼。[④]
三年耕有九年储，[⑤] 仓谷满盈。
班白不负戴。[⑥]
雨泽如此，[⑦] 百谷用成。[⑧]
却走马，以粪其土田。[⑨]
爵公侯伯子男，[⑩] 咸爱其民，以黜陟幽明。[⑪]
子养有若父与兄。[⑫]

犯礼法，轻重随其刑。
路无拾遗之私。
囹圄空虚，[13] 冬节不断。[14]
人耄耋，皆得以寿终。[15]
恩泽广及草木昆虫。

【注释】

①对酒：乐府诗题，属《相和歌·相和曲》。是曹操自创的乐府新题。 ②吏不呼门：指官吏不到百姓家要百姓纳税服役。③股肱（gōng）：喻辅佐帝王的臣子。股，大腿。肱，胳膊。 ④争讼：因争夺而打官司。 ⑤三年耕有九年储：意思是经过多年耕种，储藏有九年用的粮食。 ⑥班白：即"斑白"，指花白头发的老人。负戴：背负头顶物品，指繁重的体力劳动。 ⑦雨泽：雨水滋润。 ⑧百：一作"五"。用：因。成：丰收。 ⑨却走马，以粪其土田：意思是善跑的战马都退下来运粪耕地。却，退。走，跑。粪，用作动词，运粪。土，一作"上"。 ⑩公侯伯子男：古代分封诸侯的五等爵位。 ⑪黜陟（zhì）幽明：贬退昏庸之徒，迁升贤明人才。黜，降职或罢免。陟，升迁。幽明，分别指昏庸者和德才兼备者。 ⑫子养有若父与兄：意思是有爵位者和官吏像父兄养育子弟那样爱戴百姓。 ⑬囹圄（líng yǔ）：监狱。 ⑭冬节不断：冬天无罪犯可判决。汉代，每年最迟在冬季最后的一个月判决罪犯。 ⑮"人耄耋"二句：泛指人都长寿。耄耋（mào dié），老人。九十岁曰耄，八十岁曰耋。

【品评】

从诗题为《对酒》和用“对酒歌”一句开头来看，这首诗可能是饮酒时唱出来的。全诗用灵活的、自由的句式，语气顿断，意绪连贯，“采用颂的形式”（陈贻焮《论诗杂著·评曹孟德诗》），从不同的角度描绘了一个理想的社会。其中虽然涉及“雨泽如此”之类的自然对人的恩赐，但主要是着眼于人事以及与人事密切相关的君王、官吏、选举、礼法和人与人之间的亲和等。表现了诗人“天地间，人为贵”的人本思想。诗人描绘的理想社会的精神支柱和思想渊源，主要是儒家的，同时也有法家和道家的。

人们对理想社会的憧憬，是由于对现实社会的不满。曹操是一个想有作为的封建政治家，也是一个富有理想的诗人。他生逢乱世，皇帝昏庸，吏治腐败，民不聊生。曹操“忧世不治”，希望通过整治，能出现太平盛世。

度关山[①]

天地间，　人为贵。
立君牧民，[②]　为之轨则。[③]
车辙马迹，　经纬四极。[④]
黜陟幽明，[⑤]　黎庶繁息。[⑥]
於铄贤圣，[⑦]　总统邦域。[⑧]
封建五爵，[⑨]　井田刑狱。[⑩]
有燔丹书，[⑪]　无普赦赎。[⑫]

皋陶甫侯，[13] 何有失职？
嗟哉后世，[14] 改制易律。
劳民为君， 役赋其力。
舜漆食器，[15] 畔者十国，[16]
不及唐尧， 采椽不斫。[17]
世叹伯夷，[18] 欲以厉俗。[19]
侈恶之大， 俭为共德。[20]
许由推让，[21] 岂有讼曲？[22]
兼爱尚同，[23] 疏者为戚。[24]

【注释】

①度关山：乐府旧题，属《相和歌·相和曲》。 ②牧民：统治人民。 ③轨则：法度、准则。 ④“车辙”二句：意思是国君巡游，车驾到达四方很远的地方。经纬，指道路。南北之道为经，东西之道为纬。这里用作动词，指经由东西南北道路。四极，四方很远的地方。 ⑤黜陟（zhì）幽明：贬退昏庸之徒，迁升贤明人才。黜，降职或罢免。陟，升迁。幽明，分别指昏庸者和德才兼备者。 ⑥黎庶：百姓。繁息：指人繁殖生息。 ⑦於（wū）：感叹词。烁（shuò）：美好。 ⑧总统：总管。邦域：国家。 ⑨封建：帝王把土地分给诸侯，使其建立邦国。五爵：指公、侯、伯、子、男五等爵位。 ⑩井田：周代的土地制度。以方九百亩为一里，划为九区，形状如“井”字，故名。 ⑪有燔丹书：燔，焚烧。丹书，古代用朱笔记载犯人罪状的文书。 ⑫无普赦赎：意思是不能普遍地赦免和赎罪。 ⑬皋陶（gāo yáo）：人名，虞舜时的狱官之长。

甫侯：一作“吕侯”，周穆王时任司寇（掌管刑狱）。⑭嗟（jiē）哉：感叹词。⑮食器：饮食用具。⑯畔：同“叛”。⑰采椽（chuán）不斫：用柞木作椽，不加砍雕。采，或作“棌”，柞木。椽，架着屋面板或瓦的木条。⑱伯夷：商朝末年孤竹君的长子。孤竹君死后，同他的弟弟叔齐互相谦让王位，弃国逃走。商亡后隐居首阳山。⑲厉：劝勉。⑳“侈恶”二句：出自《左传·庄公二十四年》：“俭，德之共也；侈，恶之大也。”㉑许由：唐尧时人。尧想把天下让给许由。许由不肯接受，并且认为是对他的侮辱。㉒讼曲：打官司，辨曲直。㉓兼爱、尚同：是《墨子》的两个篇名，也是墨子的重要主张。尚同，即“上同”。墨子认为：“天下之百姓，皆上同于天子。”㉔戚：亲近。

【品评】

曹操的这首诗，表现了自己的政治理想。开头直接提出“天地间，人为贵”，凸现了诗人以人为本的价值观。接着写自己的政治理想：君主贤明，制定法规，全国统一，以奢侈为大恶，以俭朴为美德。退昏庸，举明智，官吏尽职。百姓安定，人口繁息。设立刑狱，执法正当。人与人之间，退让不争，上下相同，彼此亲爱。

这首诗同《对酒》比较，除了有些内容相同外，亦有一些自己的特点。在内容上，反对“劳民为君，役赋其力”，蕴涵着孟子倡导的民本思想。另外，诗中称颂先秦墨家的节俭思想，直接赞扬墨家主张的“兼爱尚同”。在写作上，《对酒》全“用颂的形式”，正面颂扬，而这首诗除了颂之外，“嗟哉后世”八句使用了对比方法。通过对比，肯定了民本思想，揭示了奢华造成的后果。

短歌行二首[①]

其　一

对酒当歌，[②]　人生几何！[③]
譬如朝露，　去日苦多。[④]
慨当以慷。[⑤]　忧思难忘。[⑥]
何以解忧？[⑦]　唯有杜康。[⑧]
青青子衿，　悠悠我心。[⑨]
但为君故，[⑩]　沉吟至今。[⑪]
呦呦鹿鸣，　食野之苹。
我有嘉宾，　鼓瑟吹笙。[⑫]
明明如月，　何时可辍？[⑬]
忧从中来，[⑭]　不可断绝。
越陌度阡，　枉用相存。[⑮]
契阔谈宴，[⑯]　心念旧恩。
月明星稀，　乌鹊南飞。
绕树三匝，　何枝可依？[⑰]
山不厌高，　海不厌深。[⑱]
周公吐哺，　天下归心。[⑲]

【注释】

①短歌行：乐府旧题，属汉乐府《相和歌·平调曲》。古辞已亡。今存曹操《短歌行》两首。 ②当：对着。一说，应当。③几何：指岁月有多少。 ④“譬如”二句：言人生短暂，如朝露见日即干，逝去的岁月太多，使人感到痛苦。苦多，苦于太多。⑤慨当以慷：意思是叹息而歌。慨，叹息。当，对，配合。慷，激昂扬声。一说，此句意为应当慷慨而歌。 ⑥忧思：一作“幽思”。⑦何以解忧：一作“以何解愁”。 ⑧杜康：传为古代最早造酒的人，这里代指酒。 ⑨“青青”二句：表现对贤才的思慕。衿（jīn），衣领。青衿，周代学生穿的服装。悠悠，长远的样子，形容思念之情绵延不绝。 ⑩但：只。君：指所渴望的贤才。 ⑪沉吟：低声吟唱。 ⑫“呦（yōu）呦鹿鸣”四句：语出《诗经·小雅·鹿鸣》。《鹿鸣》原是写盛情饮宴宾客的诗。此谓渴望得到贤才。呦呦，鹿叫声。苹，艾蒿。鼓，弹奏。瑟，古代一种弦乐器。笙，一种管乐器。 ⑬“明明”二句：辍（chuò），一作“掇（duō）”，拾取。二句的意思是贤明如月的人才，何时可以得到？一说，明月之不可掇，暗寓贤才之难得。 ⑭忧从中来：忧伤来自心中。 ⑮“越陌”二句：谓贤才屈驾远道前来问候。陌、阡，道路。枉，枉驾，屈尊。用，以。存，问候。 ⑯契阔：聚散。此处是复词偏义，偏于“契”意，言久别重逢。 ⑰“月明星稀”四句：暗喻贤才不知依附谁。匝（zā），周，圈。 ⑱“山不”二句：喻自己渴望招纳众多贤才。厌，嫌恶。海，一作“水”。 ⑲“周公”二句：言要像周公一样虚心热切接待贤才，天下的贤才才能归附。吐哺，吐出嚼着的食物。归心，心归聚在一起。

【品评】

这是一首脍炙人口的诗歌。全诗抒发的主要思想感情是感慨人生短暂、渴望得到贤才以成就大业。

这首诗可能是在宴会上即兴吟唱的。诗一开头，就从眼前的饮酒唱歌写起，抒发诗人由于人生短暂、失去的时光太多而产生的忧思。“忧思难忘”，只好借酒消解。表面上看，开头的八句，似乎表现了“人生当及时行乐”的消极情思，实际上是曲折地表现了对人生的分外珍惜和对事业的执着追求。这一点要同下面的诗句联系起来理解。在写作上，开头的八句，诗人没有着眼于空间的事物，而是把思绪集中投向了时间，多用反问和议论的句式，慨叹人生的短暂，抒写了具有普遍意义的人生体验。

在封建社会里，想及时建功立业的帝王将相，一般都渴望得到贤才，同他们交游。在这方面，曹操表现得尤其自觉。所以，这首诗接下去，从“青青子衿”一句开始直到结束，着重抒写的是对贤才的渴望。

“青青子衿”八句，有六句用的是《诗经》中的相关成句。中间用“但为君故，沉吟至今”两句加以连贯，借古诗抒发了自己求贤不得的深沉忧思和得到贤才的尽情欢乐。感情波动起伏，前后牵挂，其根基都是对贤才的渴望。

“明明如月”八句，先用明月不可掇取比喻贤才难得，产生了难以断绝的忧伤。接着思绪一转，写故旧中有贤才来归附自己的喜悦。感情由忧到喜，忽忧忽喜，表现了诗人复杂的心理。

“月明星稀”四句，既有可能是当时景物的写照，同时也当是一种暗喻。诗人在渴望得到贤才时，情不自禁地把目光由宴会投向了广阔的夜空，由情及景，见景生情。“月明星稀”、乌鹊无栖，暗喻当时的一些贤才犹豫不定，还没有找到依托，但又没有来归附自己。这首诗前后有两个地方写到了明月。前面的明月，属虚写，是比喻。这里的明月，应属实写，但实中又有虚。两个地方的明月，不仅互相照应，同时都用来表现贤才不易招揽的忧伤。诗的最后四句，用山不辞土才能成其高、海不辞水才能成其深作比喻，表现了求贤的渴望和永无止境的开阔胸襟。用周公礼贤下士来激励自己，表示要像周公那样尊重贤才、延揽贤才，及时成就统一天下的大业。这首诗如果说前面的大部分吟唱，带着忧患的情调，那么结尾的四句，情调陡转，由忧患变得豪壮雄健。

其　二

周西伯昌，① 怀此圣德。
三分天下，　而有其二。②
修奉贡献，　臣节不隆。③
崇侯谗之，　是以拘系。④
后见赦原，⑤ 赐之斧钺，⑥ 得使征伐。
为仲尼所称。⑦
达及德行，⑧ 犹奉事殷，论叙其美。
齐桓之功，⑨ 为霸之首。
九合诸侯，⑩ 一匡天下。⑪
一匡天下，　不以兵车。
正而不谲，⑫ 其德传称。
孔子所叹，　并称夷吾，⑬ 民受其恩。

赐与庙胙，　命无下拜。
小白不敢尔，天威在颜咫尺。[14]
晋文亦霸，[15]　躬奉天王。[16]
受赐珪瓒，　秬鬯彤弓，
卢弓矢千，　虎贲三百人。[17]
威服诸侯，　师之者尊。[18]
八方闻之，　名亚齐桓。[19]
河阳之会，　诈称周王。[20]
是其名纷葩。[21]

【注释】

①周西伯昌:指周文王姬昌,他在殷纣王时被封为西伯,即西方诸侯的首领。　②“三分”二句:相传当时天下分为九州,文王统辖六州,所以说“有其二”。　③臣节:臣子的礼节、职分。隆:一作“坠”。　④“崇侯”二句:纣王听信崇侯谗言,把西伯囚禁在羑(yǒu)里(今河南汤阴)。　⑤见:被。　⑥钺(yuè):古代兵器,形状像板斧而较大。　⑦仲尼:孔子字仲尼。称:称赞。　⑧达:显贵。　⑨齐桓:齐桓公,齐国君主,姓姜名小白,为春秋时第一个霸主。　⑩九合诸侯:多次召集诸侯会盟。九,指多次。　⑪匡:纠正。此指劝止诸侯间的互相兼并。　⑫谲(jué):欺诈。　⑬“孔子”二句:叹,赞叹。夷吾,管仲,名夷吾。　⑭“赐与庙胙(zuò)”四句:庙胙,祭祀用的肉。小白,齐桓公名。尔,这样。天威,天子的威严。颜,面前。咫尺,指距离很近。咫,八寸。　⑮晋文:晋文公,姓姬,名重耳,晋国君主,春秋时继齐桓公为诸侯霸主。

⑯躬奉：亲自侍奉。 ⑰“受赐珪瓒(guī zàn)”四句：珪瓒：古代玉制酒器，形状如勺，以玉作柄。秬鬯(jù chàng)：古代用黑黍和郁金香酿成的酒，用于祭祀。彤弓：红色的弓。古代天子用来赏赐有功的诸侯或大臣，表示可以自行征伐。卢：黑色。虎贲(bēn)：勇士。 ⑱师：学习。 ⑲亚：次于。 ⑳“河阳”二句：河阳，今河南孟州西。春秋时，晋文公会诸侯于温，使人召周王与会。㉑是：一作“是以”。纷葩：多而盛的样子。

【品评】

这是一首咏史诗。通篇以时间先后为序，结构层次分明：开始“周西伯昌”十五句写周文王；中间“齐桓之功”十五句写齐桓公；最后“晋文亦霸”十三句写晋文公。曹操写他们，强调了他们的功业和德行。此外还特别突出了他们虽然有盖世的功业，但始终尊奉天子的史事。

在诗中，他赞颂周文王、齐桓公和晋文公，实际上是借他们来抒发自己的雄伟志向。曹操写这首诗时，汉献帝早已成为傀儡，曹操本人“挟天子以令诸侯”，成了“建安之桓、文”。曹操大权在握，是否废帝篡汉，成为当时政治上的一件大事。有支持者，有反对者，有以支持为名而其实是想让曹操变成众矢之的者。对此，曹操心里非常清楚。同时，他的态度也非常明确。他不想代汉称帝，他要效法周文王、齐桓公和晋文公。曹操是一位诗人，似乎感到诸多言论和政令未能尽抒自己的胸襟，于是又写了这首诗，借咏史自明终守臣节。

对于这首诗的评价，古代就有“欺人”(谢榛《四溟诗话》卷一)、“毕露其假”(吴淇《六朝选诗定论》卷五)、“欺天下后世”(朱乾《乐府正义》卷六)之类的看法。其实,联系曹操的经历、思想,结合当时的现实以及他相关的诗文来分析,上面的看法很值得重新思考。曹操胸怀远大,是一个想有大作为的封建政治家和军事家,他要效法周文王、齐桓公和晋文公这样的成就伟业的历史人物,是真诚的。他虽“挟天子以令诸侯”,但表明要终守臣节也是真诚的。这固然与他不想落得个窃国大贼的名声有关,更重要的是他对当时的社会现实有明智的认识。当时,曹操尽管统一了北方,但内部并不稳固,同时南有政敌孙权,西有政敌刘备。在这种形势下,曹操如果自称皇帝,必然会进一步激起内外敌对者的群起而攻之。这样,不仅对曹操的统治不利,而且会导致天下的混乱。

曹操的四言诗,在《诗经》之后独树一帜。他的四言诗,一般都句式整齐,有明显的节奏感。这首诗则不同,诗中主要用的是四言句式,但又有变化。第十二句、第二十九句、第三十六句和最后一句用了五言句式,第三十句用了六言句式。另外,诗中有不少散文的句式,如“周西伯昌”,“三分天下,而有其二”。看来曹操在诗歌形式上,并不拘泥,而能灵活地根据所抒发的思想感情随时变化。

善哉行[1](其一)

古公亶父, 积德垂仁。

思弘一道，　哲王于豳。[2]

太伯仲雍，　王德之仁。

行施百世，　断发文身。[3]

伯夷叔齐，　古之遗贤。

让国不用，　饿殂首山。[4]

智哉山甫，　相彼宣王。[5]

何用杜伯？　累我圣贤。[6]

齐桓之霸，　赖得仲父。

后任竖刁，　虫流出户。[7]

晏子平仲，　积德兼仁。

与世沉德，　未必思命。[8]

仲尼之世，　王国为君。[9]

随制饮酒，[10]　扬波使官。[11]

【注释】

①善哉行：乐府旧题，属《相和歌·瑟调曲》。今存曹操《善哉行》二首，这是第一首。　②“古公亶(dǎn)父”四句：古公亶父，传说为后稷的十二代孙，周文王姬昌的祖父。少数民族熏育攻伐周族，欲得财物、土地、民众。古公亶父为避免战争，率领周族由豳(bīn)(今陕西彬县)迁岐(今陕西岐山)。思弘一道，专思弘扬先祖后稷、公刘的治国之道。哲王，贤明的君王。　③“太伯仲雍”四句：太伯仲雍，古公亶父的长子和次子。古公亶父想传位给太伯和仲雍的弟弟季历，使季历再传给他的长子周文王。太伯和仲

雍为了父亲传位给季历，一起避居荆蛮，断发文身，后来成为吴国的始祖。断发文身，截短头发，身上刺花纹。文，动词，刺画图纹。④“伯夷叔齐”四句：伯夷、叔齐是殷朝末年孤竹君的两个儿子。“父欲立叔齐，及父卒，叔齐让伯夷。伯夷曰：‘父命也。’遂逃去。叔齐亦不肯立而逃之。国人立其中子。”周武王灭殷后，二人不食周粟，隐居、饿死于首阳山。殂（cú），死亡。首山，首阳山。⑤“智哉”二句：山甫，仲山甫，周宣王时大臣。他辅佐宣王，使诸侯国尊重周室。相，辅佐。 ⑥“何用”二句：意思是为何杀害杜伯？使宣王犯错误。杜伯，周宣王的大臣之一，无罪被宣王杀害。用，谓用刑罚，指杀害。累，误。圣贤，指周宣王。 ⑦“齐桓之霸”四句：齐桓，齐桓公，春秋时的五霸之首。仲父，管仲，名夷吾，又字敬仲，齐国人，相齐桓公，进行改革，使桓公成为霸主。竖刁，齐桓公宠信的宦官。管仲死后，齐桓公未听管仲遗言，任用竖刁。桓公死后，竖刁杀群吏。桓公五子争位相攻，无人收殓，尸体在床上六十七日，腐烂，蛆虫爬出门外。 ⑧“晏子平仲”四句：晏子，即晏婴，字平仲，春秋时齐国大夫。世，指灵公、庄公、景公三世。沉德，潜德，保全德行。 ⑨“仲尼”二句：孔丘字仲尼。孔丘生活的春秋末年，诸侯强大，王室衰微，周王实际上等同于诸侯。王国，指周王室。君，列国之君，指诸侯。 ⑩随制饮酒：遵从礼仪的规定赴宴饮酒。 ⑪扬波：《乐府诗集》校勘：“疑当作‘扬彼’。”使官：似指管仲。齐桓公使管仲入朝。周王以上卿之礼招待管仲，管仲不受，受下卿之礼而还。官，一作“臣”。

【品评】

这是一首咏史诗。诗中从先秦的历史中，依照时间的顺序，选取了古公亶父、太伯、仲雍、伯夷、叔齐、仲山甫、管仲和晏婴等古代圣贤，叙写了奠定周朝基业的古公亶父和让国的太伯、仲雍、伯夷、叔齐，以及周宣王和齐桓公后来不能任用贤臣，结果名声败坏，导致了乱政。诗中追述历史事实和历史人物时，特别突出了两点：一是以仁让为主的道德；二是与上述一点紧密相连，从正反两方面表述了任用贤能的至关重要。

曹操是一个重视历史、有相当深刻历史意识的诗人。他重视历史，是基于对社会现实的关注。这在此诗中有明显的表现。诗中对古公亶父、太伯、仲雍、伯夷、叔齐、管仲和晏婴，给予褒赞，对周宣王和齐桓公的用人不当，则予以贬抑。一褒一贬，感情鲜明，是非清楚。而联系曹操所处的社会现实，自然应当倡导以仁让为主的道德。在用人方面，必须注重任贤选能。

却东西门行[1]

鸿雁出塞北，[2] 乃在无人乡。
举翅万余里， 行止自成行。[3]
冬节食南稻， 春日复北翔。
田中有转蓬，[4] 随风远飘扬。
长与故根绝， 万岁不相当。[5]
奈何此征夫，[6] 安得去四方！[7]

戎马不解鞍，[8] 铠甲不离傍。
冉冉老将至，[9] 何时反故乡？[10]
神龙藏深泉，[11] 猛兽步高冈。
狐死归首丘，[12] 故乡安可忘！

【注释】

①却东西门行：属于乐府《相和歌·瑟调曲》。 ②塞北：泛指我国北方边远地区。 ③止：鸿雁停止时，并不成行。此句的“止”字，是语气助词。 ④转蓬：随风飘转的蓬草，也叫飞蓬，秋天枯萎，容易被风吹起。 ⑤当：合。 ⑥征夫：出征的将士。⑦去四方：意为离开四方回故乡。去，离。 ⑧戎马：战马。⑨冉（rǎn）冉：渐渐。 ⑩反：同“返”，返回。 ⑪泉：原文当作“渊”，唐人避讳改之。 ⑫狐死归首丘：意为狐狸死时，它的头还向着自己的洞穴。首，作动词用，头部向着。丘，指狐狸的窟穴。

【品评】

这首诗写出征在外的将士对故乡的深沉怀念。王夫之评此诗说：“着意处皆以兴比写生。”（《船山古诗评选》卷一）诗开始以鸿雁南北飞翔和转蓬随风飘扬作比兴，引出长期在外征战的将士对故乡的思念。其中“奈何此征夫，安得去四方”和“冉冉老将至，何时反故乡”四句，用反问的句式，表现了将士思归故乡而又遥遥无期的无可奈何。最后四句，“谓故乡终不能忘也。却用‘神龙’三句，物各安居，死犹恋土，两层三比，然后一句拍合陡收，笔势凌厉，通首增色”（张玉谷《古诗赏析》卷八）。

这首诗虽然多用比兴，而且用作比兴的都是寻常的禽兽和蓬草，但不觉堆砌板滞陈旧，这主要由于诗人有自己亲身的体验，能把思乡之情和比兴之物的特点融合在一起。同时把比兴之物分别置于前后，中间正面写征夫思乡而无归期，最后在比兴之后，又用“故乡安可忘”结束全诗，写法灵活，写得“情真意悲”。

思念故乡，本来是人们常有的一种感情。但是这种感情在战乱频仍的建安时期，却变得更加突出，更具有时代特点。这首诗所写的内容，正是当时社会现实的一个侧影。

谣俗辞①

瓮中无斗储，② 发箧无尺缯。③
友来从我贷，④ 不知所以应。

【注释】

①此诗最早见于唐徐坚等编撰的类书《初学记》卷一八。谣：不配乐器而歌。 ②瓮（wèng）：腹大口小的陶器。储：积存。③发：打开。箧（qiè）：小箱子。缯（zēng）：古代丝织品的总称。④贷：借。

【品评】

短短的四句诗，写出了无食无衣者的穷困和无力援救友人的忧伤。粮无斗储、衣无尺缯，写出了饥寒交迫之极。人间重友情。

但是由于自己穷困，对没法生活的朋友也难以解救。穷困是痛苦的，对友人的亏欠又增加了痛苦。

建安时期，战乱和灾疫，给人们造成的不是死亡，就是穷困。关于死亡，有不少诗文有所叙写，但对穷困则涉及的较少。因此，这首短诗，尤其值得重视。

精　列①

厥初生，② 造化之陶物，③ 莫不有终期。
莫不有终期， 圣贤不能免， 何为怀此忧？
愿螭龙之驾，④ 思想昆仑居。⑤
思想昆仑居， 见期于迂怪，⑥ 志意在蓬莱。⑦
志意在蓬莱， 周孔圣徂落，⑧ 会稽以坟丘。⑨
会稽以坟丘， 陶陶谁能度？⑩ 君子以弗忧。
年之暮奈何？ 时过时来微。⑪

【注释】

①精列：乐府旧题，属《相和歌·相和曲》。精，指人的精气。列，是"裂"的本字，分解。古代认为，人的精气分解，意味着衰老和死亡。　②厥：其。这里代指一切生物。　③造化：天地自然。陶物：造就万物。陶，本指用黏土烧制的器物。这里用作动词，意为造就、化育。　④螭（chī）：传说中的一种无角的龙。　⑤昆仑：古代神话传说中的我国西方的神山。　⑥见期：希望见到。

迂怪：神怪。 ⑦蓬莱：古代神话传说中东海里的三座神山之一，上有神仙和长生之药。 ⑧周孔圣：指周公和孔子。在古代，他们被尊为圣人。徂（cú）落：死亡。徂，同"殂"，死亡。 ⑨会稽（kuài jī）：山名，在今浙江绍兴东南。相传禹东巡到这里病死，葬在这里。坟丘：指禹的坟墓。 ⑩陶（yáo）陶谁能度：意为谁能长生在世。陶陶，长的样子。 ⑪时过：一作"过时"。微：少。

【品评】

从诗中"年之暮奈何？时过时来微"两句推测，此诗当是曹操晚年所作。

曹操爱好音乐，今存他的诗歌全是乐府诗。有些诗歌有可能是即兴唱出的，内容时转时断时续，并没有经过严密的构思。这在这首诗里有明显的表现。

这首诗大致可分四节来体会。第一节是"厥初生"六句，意为自然造就的万物，包括贤能的圣人都难免死亡。死亡是必然的，不必为死亡而忧伤。就这一节的内容看，诗人是理智的，对死亡看得开。但由于神仙长生不死的迷信传说的影响，又使曹操产生了幻想，于是接下去的第二节"愿螭龙之驾"六句，由写现实的人间转到写幻想的仙境，表现了对长寿的期望。但仙境毕竟是虚幻的，因此写了六句仙境之后，接着用"周孔圣徂落"五句构成的第三节，又转到现实的人间，写周公、孔子和大禹这样的圣人都死去了。说明没有人能够长生久存。明智者不必为生命的短暂而忧伤。这一节的主旨与第一节大体相同，只是进一步具体化了。就结构而言，这首诗写到这里，本来可以结束了。但由于曹操是一个“爱时进趣”的封建政治家和军事家，他想成就大事业。他常常忧伤的是生命的短暂，所以写到“君子以弗忧”之后，感到未尽其意，因此又写了第四节“年之暮奈何，时过时来微”两句，收束了全诗，表现了对生命的珍惜和对生命短暂的无奈。

诗的主旨不在游仙，而是抒写了曹操由于生命的短暂而生发的复杂矛盾的心态。其中有对生命的思考，有对长生的幻想，有对生命短暂的无奈。全诗的基调是忧伤的，但骨子里表现的是对生命的执着和珍重。

这首诗共十九句，其中“莫不有终期”、“思想昆仑居”、“志意在蓬莱”三句，各自都有重复句。重复句的使用，当是为了歌唱。

陌上桑[①]

驾虹霓，[②] 乘赤云， 登彼九疑历玉门。[③]
济天汉，[④] 至昆仑，[⑤] 见西王母谒东君。[⑥]
交赤松，[⑦] 及羡门，[⑧] 受要秘道爱精神，[⑨]
食芝英，[⑩] 饮醴泉，[⑪] 拄杖枝，[⑫] 佩秋兰。[⑬]
绝人事，[⑭] 游浑元，[⑮] 若疾风游欻飘飘。[⑯]
景未移，[⑰] 行数千。 寿如南山不忘愆。[⑱]

【注释】

①陌上桑：乐府旧题，属《相和歌·相和曲》。 ②虹霓(ní)：天空出现的七彩圆弧，常有内外二环，内环称虹，外环称霓。

③九疑：山名。一作九嶷山，又名苍梧山，在今湖南宁远南。相传虞舜葬在这里。玉门：关名，在今甘肃敦煌西。玉，一作“王”。④济：渡河。天汉：银河。 ⑤昆仑：古代神话传说中的神山。⑥西王母：传说中的古代女神。谒（yè）：拜见。东君：太阳神。⑦赤松：赤松子，传说中的古代仙人。 ⑧羡门：传说中的古代仙人。 ⑨受要秘道：接受长生的要道秘诀。爱精神：爱养精气元神。 ⑩芝英：灵芝的花。 ⑪醴（lǐ）泉：甘美的泉水。 ⑫杖：手杖。杖枝，一作“杖桂枝”。 ⑬秋兰：一种香草。 ⑭人事：人间俗事。 ⑮浑元：天地之气。 ⑯欻（xū）：忽然。飘飘：一作“飘翩”。 ⑰景未移：形容时间很短。景，日光。 ⑱寿如南山：比喻长寿。愆（qiān）：过失。

【品评】

曹操之前，题为《陌上桑》的乐府诗有两首：一首是古辞，是一首完整的五言诗，写的是美丽、机智、坚贞的采桑女秦罗敷拒绝太守调戏引诱的故事；一首是楚辞钞，诗句是三言、七言相结合，写神女与公子相爱恋的故事。曹操《陌上桑》的内容和诗句，同第一首古辞没有联系，而与第二首有联系，写的也是游仙，诗句也是三言和七言相结合，但诗中写的景况和抒发的情思都与楚辞抄的那首迥然不同。

曹操的这首诗一开始就紧扣游仙的主旨，直叙他驾彩虹、乘赤云升天。接着写他升天的经历、与众多仙人相见的情景以及在仙境的神仙生活。特别值得注意的是，诗人在写与众多仙人相见以及神仙生活时，特别写了要断绝人事和长寿，但又不忘自己的过失。既流露了对神仙生活的向往，也没有完全割舍掉对社会、对人生的牵挂。

秋胡行（其二）

愿登泰华山，[1] 神人共远游。
愿登泰华山， 神人共远游。
经历昆仑山， 到蓬莱。[2]
飘遥八极， 与神人俱。
思得神药， 万岁为期。
歌以言志， 愿登泰华山。
天地何长久！ 人道居之短。[3]
天地何长久！ 人道居之短。
世言伯阳，[4] 殊不知老。[5]
赤松王乔，[6] 亦云得道。
得之未闻， 庶以寿考。[7]
歌以言志， 天地何长久！
明明日月光， 何所不光昭？[8]
明明日月光， 何所不光昭？
二仪合圣化，[9] 贵者独人不？
万国率土，[10] 莫非王臣。
仁义为名，[11] 礼乐为荣。

歌以言志，　明明日月光。
四时更逝去，[12]　昼夜以成岁。
四时更逝去，　昼夜以成岁。
大人先天，　而天弗违。[13]
不戚年往，[14]　忧世不治。
存亡有命，　虑之为蚩。[15]
歌以言志，　四时更逝去。
戚戚欲何念？　欢笑意所之。[16]
戚戚欲何念？　欢笑意所之。
壮盛智慧，[17]　殊不再来。
爱时进趣，[18]　将以惠谁？
泛泛放逸，[19]　亦同何为？
歌以言志，　戚戚欲何念！

【注释】

①泰华山：泰山与华山。泰山在今山东泰安市区北，古称东岳。华山在今陕西华县南，古称西岳。古代迷信传说，二山是神仙居住的地方。一说，泰华山又名华阴山，即华山。　②蓬莱：神话传说中东海里的三座神山之一，上有神仙和不死之药。　③人道：人生。居：停留。　④伯阳：老子的字。老子，姓李，名耳，道家的创始者。　⑤殊：极。　⑥赤松王乔：传说中的两位仙人。赤松即赤松子，王乔又称王子乔。　⑦庶：也许，差不多。寿考：长寿。　⑧昭：光明。　⑨二仪：指日月。　⑩万国率土，莫非王

臣：化用《诗经·小雅·北山》："溥天之下，莫非王土；率土之滨，莫非王臣。"率，管辖。⑪名：名分，本分。⑫更：接续。⑬大人先天，而天弗违：意思是有德之人有先见之明，所作所为合乎天道。大人，指有德之人。⑭戚：忧伤。⑮蚩(chī)：无知。⑯意所之：随自己心意。之，往。⑰壮盛：一作"盛壮"。慧：一作"惠"。⑱进趣：努力有所作为。趣，取。⑲泛泛：漂浮，放任。

【品评】

这首诗同前面同题的一首，都是游仙诗，但有所不同。前一首写有实境。这一首写的则全是虚幻的内容，写游仙时的情境和心态。先写与神人远游，"思得神药"，希望长寿。但人生短暂，有无神药，能否长寿，将信将疑。于是笔势陡转，由神仙世界直转世俗人间。写日月普照，"贵者独人"。在人间，应当尊君王，行仁义，守礼乐，不必追求长寿，需要忧虑的是乱世还没有得到治理。"不戚年往，忧世不治。存亡有命，虑之为蚩。"诗人的情思是那样的亢奋和积极。但这种情思没有持续下去，因而最后笔势再次陡转，写想过随心欢乐的放纵生活而又于心不安的矛盾心态。

明代杨慎评此诗说："'不戚年往，忧世不治。存亡有命，虑之为蚩。'又云：'壮盛智慧，殊不再来。爱时进趣，将以惠谁？'不特句法高迈，而识趣近于有道，可谓文奸也已。"(《升庵诗话》卷三)杨慎所谓的"文奸"，我们不能接受，但他对"不戚年往"等八句的评价，值得我们参考。

曹操文选

军谯令①

吾起义兵，为天下除暴乱。旧土人民，死丧略尽，国中终日行，②不见所识，使吾凄怆伤怀。③其举义兵已来，将士绝无后者，求其亲戚以后之。④授土田，⑤官给耕牛，置学师以教之。为存者立庙，⑥使视其先人。魂而有灵，吾百年之后何恨哉！⑦

【注释】

①曹操在官渡之战击败了袁绍之后，建安六年（201）秋，又率军南征，打败了奉袁绍之命攻取汝南（今河南汝南东南）的刘备。次年正月，驻军故乡谯县（今安徽亳州），发布了此令。严可均《全三国文》卷二题作《军谯令》。军，军队驻扎。令，一种上告下的文体。　②国中：指经过的区域内。　③凄怆（chuàng）：悲痛。④以后之：作为“绝无后者”的后代。　⑤土田：土，一作“上”，是。上田：土质最好的田地。　⑥存者：指后代。立庙：为死亡的将士建立祠堂。　⑦百年之后：死后。百年，死的婉辞。

【品评】

此令的主旨是令官府抚恤死亡的将士，抚恤的重点是那些

"绝无后者"的将士。

曹操作为一个军事家和政治家，下达此令，固然有策略上的考虑，想通过抚恤阵亡的将士，激励活着的将士继续征战，最后达到"除暴乱"的目的。同时也是出自他的一种仁慈之心。正是由于后者，所以此令同一般的令文不同。一般的令文属于公文，旨在客观的叙事，少有感情。而此令不仅从开始到结束的叙事，字里行间充满着悲痛和慈爱之情，而且在感情难以抑制时，还用了"使吾凄怆伤怀"、"魂而有灵，吾百年之后何恨哉"这样直接抒发悲痛和感叹的文字。

明代谭元春说：曹操的诗歌"有菩萨气，而不必其佛"（《古诗归》卷七）。其实，曹操的不少散文也"有菩萨气"。这篇令文就表现了这一点。

求言令[①]

夫治世御众，[②]建立辅弼，[③]诫在面从，[④]《诗》称"听用我谋，庶无大悔"，[⑤]斯实君臣恳恳之求也。[⑥]吾充重任，每惧失中。[⑦]频年以来，不闻嘉谋，岂吾开延不勤之咎邪？[⑧]自今以后，诸掾属治中、别驾，[⑨]常以月旦各言其失，[⑩]吾将览焉。

【注释】

①曹操的《求言令》当不只一篇，严可均《全三国文》卷二辑得

两篇。这里选的一篇，最早见于《三国志·魏书·武帝纪》注引《魏书》，并说明作于建安十一年(206)十月乙亥。此令又见唐代许敬宗编的《文馆词林》卷六九五，题为《魏武帝令掾属等月旦各言过令》，文字略有不同。 ②治世：《文馆词林》作“化俗”。③辅弼：指宰相等大臣。辅，帮助。弼，纠正过错。 ④面从：意思是当面顺从，背后说不满的话。 ⑤“听用”二句：出自《诗经·大雅·抑》。这两句的意思是：听用我的谋略，可望没有大的悔恨。谋，谋略。庶，冀，希望。 ⑥恳恳：恳切，诚恳。 ⑦失中：失去正道。 ⑧开延：开门迎接，指虚心征求意见。咎：过失。⑨掾(yuàn)属：辅佐的官吏。这里指曹操身边的官吏。治中：州刺史的主要佐吏，主管州选署及众事。别驾：地位仅次于治中的佐吏，因地位较高，陪刺史出巡时，别乘一车，故名。 ⑩月旦：每月初一。

【品评】

曹操写此令的用意，是令自己的掾属等官吏每月初一，上言揭示自己的过错。虽属命令，但令文毫无居高临下、盛气凌人之意，而表现得比较委婉和顺。开始借古训，从正面讲辅佐的官吏，应当直言上司的过错，不应当面顺从，而背后议论。中间反思自己，多年不闻嘉谋，推想当是由于自己没有经常主动地去征求下属的意见。不怨尤下属，而归咎于自己“开延不勤”，于是最后明令“自今以后”，下属官吏，定期每月初一应“各言其失”。全文行文自由、灵活，想到写到，不拘章法，既表达了写此令的目的，又写得那么随意平易，真切有情义，让人容易接受。

让县自明本志令[①]

孤始举孝廉,[②]年少,自以本非岩穴知名之士,[③]恐为海内人之所见凡愚,[④]欲为一郡守,[⑤]好作政教以建立名誉,[⑥]使世士明知之。[⑦]故在济南,[⑧]始除残去秽,[⑨]平心选举,[⑩]违忤诸常侍。[⑪]以为强豪所忿,[⑫]恐致家祸,故以病还。[⑬]

【注释】

①《汉魏六朝百三家集·魏武帝集》题作《述志令》,也有作《自明本志令》。让县:让还汉献帝封给的三个县。自明本志:陈明自己的本意。 ②孤:古代侯王的自我谦称。举孝廉:孝廉是汉代的一种选拔官吏的科目。孝指敬顺父母,廉指廉洁方正。被郡国选为孝廉后,就可由朝廷授以职位。 ③岩穴知名之士:隐居的名士。岩穴,山洞,代指隐居之处。 ④海内人:四海之内的人,即天下人。所见凡愚:被视为平庸愚昧的人。 ⑤郡守:郡的行政长官。 ⑥好作政教:做好政治和教化之事。 ⑦世士:当世之士。 ⑧在济南:汉灵帝中平元年(184),曹操任济南国(治所在今山东济南)相。国,在汉代相当于郡一级的封地,国相相当于郡太守。 ⑨除残去秽:除去世上的残暴势力和污浊风气。 ⑩平心选举:公平地选举官吏。 ⑪违忤(wǔ):冒犯,得罪。忤,逆。常侍:又称中常侍,皇帝身边的侍从官,东汉多由宦官担任。

⑫以为强豪所忿：因而被豪强所恨。忿，愤恨。 ⑬以病还：借口生病，辞官还乡。

去官之后，[①]年纪尚少。顾视同岁中，[②]年有五十，未名为老，[③]内自图之，[④]从此却去二十年，[⑤]待天下清，乃与同岁中始举者等耳。[⑥]故以四时归乡里，[⑦]于谯东五十里筑精舍，[⑧]欲秋夏读书，冬春射猎，求底下之地，欲以泥水自蔽，[⑨]绝宾客往来之望[⑩]，然不能得如意。后征为都尉，[⑪]迁典军校尉，[⑫]意遂更，[⑬]欲为国家讨贼立功，欲望封侯作征西将军，[⑭]然后题墓道言：[⑮]“汉故征西将军曹侯之墓。”此其志也。而遭值董卓之难，[⑯]兴举义兵。[⑰]是时合兵，能多得耳，[⑱]然常自损，[⑲]不欲多之。所以然者，多兵意盛，[⑳]与强敌争，倘更为祸始。[㉑]故汴水之战数千，[㉒]后还到扬州更募，[㉓]亦复不过三千人。此其本志有限也。

【注释】

①去官：辞官。 ②顾视：环视。顾，回头看。同岁：同年，指与自己同时被举为孝廉的人。 ③未名为老：不能说已经年老。名，称，说。 ④内：内心。图：考虑。 ⑤却去：退去。指退隐。⑥始举者：指同年中五十岁才被举为孝廉的人。 ⑦以：于。四时：指一年四季。 ⑧精舍：读书、讲学的房舍。 ⑨以泥水自蔽：借泥水阻隔宾客的探访。 ⑩绝：杜绝。望：想法，愿望。⑪都尉：汉代掌管郡国军事的最高武官。 ⑫迁：升任。典军校

尉：京城近卫军的长官之一。中平五年(188)，汉灵帝建立禁卫京城的西园军，设校尉八人统率，曹操任典军校尉。 ⑬意遂更：主意于是改变。 ⑭征西将军：东汉置，因西进征赤眉军而得名。⑮墓道：与墓穴相连的地下通道，此指墓道前的石碑。 ⑯董卓之难：中平六年(189)，凉州董卓率军进入京城洛阳，杀何太后，废少帝，立献帝，自任太尉，把持朝政，滥杀无辜，京城大乱。 ⑰兴举义兵：初平元年(190)春，函谷关以东诸州郡兴兵讨伐董卓，曹操亦起兵响应。 ⑱合兵：纠集兵士。 ⑲自损：自己削减士兵。⑳意盛：意气骄盛。 ㉑倘更为祸始：可能又引起祸端。倘，或许。更，又，重新。 ㉒汴水之战：初平元年(190)，曹操愤于讨伐董卓的联军徘徊不前，自率数千士兵西进，在汴水(今河南荥阳索河)遭遇董卓部将徐荣，因寡不敌众，伤亡惨重。 ㉓后还到扬州更募：汴水之败后，曹操曾到扬州(治所在今安徽寿县)募兵。更募，重新招募。

后领兖州，破降黄巾三十万众。[①] 又袁术僭号于九江，[②] 下皆称臣，[③] 名门曰“建号门”，[④] 衣被皆为天子之制，[⑤] 两妇预争为皇后。志计已定。[⑥] 人有劝术，使遂即帝位，露布天下。[⑦] 答言：“曹公尚在，未可也。”后孤讨禽其四将，[⑧] 获其人众，遂使术穷亡解沮，[⑨] 发病而已。[⑩] 及至袁绍据河北，[⑪] 兵势强盛，孤自度势，[⑫] 实不敌之。但计投死为国，[⑬] 以义灭身，足垂于后。[⑭] 幸而破绍，枭其二子。[⑮] 又刘表自以为宗室，[⑯] 包藏奸心，乍前乍却，[⑰] 以观世事，据有当州。[⑱] 孤复定之，遂平天下。身为宰相，人臣之贵已极，意望已过矣。[19]今孤言此，若为自大，[20]欲人言尽，[21]故无讳耳。[22]设使国家无有孤，[23]不知当几人称帝，几人称王。

【注释】

①后领兖州，破降黄巾三十万众：初平三年(192)，黄巾军攻入兖州，杀刺史刘岱。曹操这时以兖州东郡太守的身份，领管兖州，大败黄巾军，从三十余万降兵中，挑选精壮编成“青州兵”。兴平二年(195)，曹操被正式任命为兖州牧。 ②又袁术僭(jiàn)号于九江：建安二年(197)，袁术在九江郡(治所在今安徽寿县)称帝。袁术，字公路，袁绍之弟，于东汉末年割据九江一带。僭号，盗用皇帝的名号。 ③下：部下。 ④名门：给门命名。 ⑤衣被：指衣冠服饰。制：制度，样式。 ⑥志计：计划。 ⑦露布：宣布。 ⑧讨禽：讨伐、擒获。禽，通“擒”。四将：建安二年(197)九月，曹操征伐袁术，斩其大将桥蕤、李丰、梁纲、乐就等四人。 ⑨穷亡解沮(jǔ)：困窘逃亡，瓦解崩溃。建安四年(199)，袁术败投青州，发病死于路上。 ⑩已：指死亡。 ⑪及至：等到。袁绍：字本初，时为冀州牧，拥兵割据河北地区。河北：指黄河以北地区。 ⑫度(duó)势：估量时势。 ⑬投死：投身死地，舍生。 ⑭足垂于后：足以垂名后世。 ⑮枭(xiāo)其二子：官渡之战后，曹操于建安十年(205)、十二年(207)分别攻杀袁绍之子袁谭和袁尚。枭，砍头并悬以示众。 ⑯刘表：字景升，汉宗室，为当时大军阀。建安十三年(208)，曹操领兵南下，刘表已死，其子刘琮降曹。 ⑰乍前乍却：忽进忽退。 ⑱当州：犹言本州，指荆州。 ⑲意望已过：已经超过当初的想法和愿望。 ⑳若为自大：好像

自我吹嘘。 ㉑欲人言尽：想使毁谤的人再无话可说。 ㉒讳：隐瞒，避讳。 ㉓设使：假如。

或者人见孤强盛，又性不信天命之事，恐私心相评，[1]言有不逊之志。[2]妄相忖度，[3]每用耿耿。[4]齐桓、晋文所以垂称至今日者，[5]以其兵势广大，犹能奉事周室也。《论语》云："三分天下有其二，以服事殷，周之德可谓至德矣！"[6]夫能以大事小也。昔乐毅走赵，[7]赵王欲与之图燕。[8]乐毅伏而垂泣，[9]对曰："臣事昭王，犹事大王。臣若获戾，[10]放在他国，[11]没世然后已，[12]不忍谋赵之徒隶，[13]况燕后嗣乎！[14]"胡亥之杀蒙恬也，[15]恬曰："自吾先人及至子孙，积信于秦三世矣。今臣将兵三十余万，其势足以背叛，然自知必死而守义者，不敢辱先人之教以忘先王也。"[16]孤每读此二人书，未尝不怆然流涕也。[17]孤祖、父以至孤身，[18]皆当亲重之任，可谓见信者矣。[19]以及子桓兄弟，[20]过于三世矣。

【注释】

①私心相评：主观臆测。 ②不逊之志：指篡汉的野心。逊，谦恭。 ③妄相忖度(cǔn duó)：妄加猜测。 ④每用耿耿：常常因此心中不安。 ⑤齐桓、晋文：齐桓公、晋文公，二人皆春秋时霸主。垂称：留下好名声。 ⑥三分天下有其二，以服事殷，周之德可谓至德矣：可，一作"其可"。引文见《论语·泰伯》。至德，最高的德行。 ⑦乐(yuè)毅走赵：乐毅是战国时燕昭王的上将军，

曾统率赵、秦、韩、魏、燕五国军队攻下齐国七十余城。昭王之子惠王继位后，因中齐人反间计，罢免乐毅。乐毅被迫出奔赵国。走，出奔，逃。 ⑧图燕：图谋攻打燕国。 ⑨伏而垂泣：跪伏流泪。 ⑩获戾（lì）：有罪。 ⑪放：被流放。 ⑫没世然后已：到死不会改变。没世，离世，死去。已，止。 ⑬徒隶：服劳役的犯人。 ⑭后嗣：子孙后代。 ⑮胡亥之杀蒙恬也：胡亥，秦二世，秦始皇的小儿子。始皇死后，得到赵高等人的帮助，做了皇帝。蒙恬：秦代名将，当时率军三十万北击匈奴，守卫边疆，被赵高、胡亥视为心腹大患，迫其自杀。 ⑯"恬曰"七句：引文见《史记·蒙恬列传》，文字略有出入。积信于秦三世，蒙恬祖父蒙骜、父蒙武和蒙恬本人，三代都是受秦王信任的名将。将兵，统帅军队。守义，守道义。辱，辱没，玷污。先王，指秦国的前代君主。 ⑰怆（chuàng）然：悲伤的样子。 ⑱孤祖、父：指曹操的祖父曹腾和父亲曹嵩，曹腾为桓帝时中常侍大长秋，封费亭侯；曹嵩为灵帝时太尉。都是皇帝的重臣。 ⑲见信：被信任。 ⑳子桓：曹丕，字子桓。曹操子。

孤非徒对诸君说此也，① 常以语妻妾，皆令深知此意。孤谓之言："顾我万年之后，② 汝曹皆当出嫁，③ 欲令传道我心，使他人皆知之。"孤此言皆肝鬲之要也。④ 所以勤勤恳恳叙心腹者，⑤ 见周公有《金縢》之书以自明，⑥ 恐人不信之故。然欲孤便尔委捐所典兵众，⑦ 以还执事，⑧ 归就武平侯国，⑨ 实不可也。何者？诚恐己离兵为人所祸也。⑩ 既为子孙计，又己败则国家倾危，是以不得慕虚名而处实祸，此所不得为也。[11] 前，朝恩封三子为侯，[12] 固辞不受，今更欲受之，非欲复以为荣，欲以为外援，为万安计。

【注释】

①非徒：不仅。 ②顾：等待。万年之后：死的讳称，指去世。③汝曹：你们。 ④肝鬲（gé）之要：犹言肺腑之言。鬲，同“膈”，胸腔、腹腔间的膜状肌肉。要，紧要的话。 ⑤勤勤恳恳：急切恳切。叙心腹：说心里话。 ⑥见周公有《金縢（téng）》之书以自明：周公，姬姓，名旦，周文王子，周武王弟，周成王叔。曾助武王灭纣。《金縢》，《尚书》篇名。金，金属。縢，封固。武王有病时，周公作策书祈祷神明，自请代死。之后，将策书藏在用金属封固好的匣子里。武王死，成王继位，年幼，周公摄政。周公的弟弟管叔、蔡叔诽谤周公将不利于成王。周公为了避嫌，离开京都。后来，成王发现匣中祷文，明白了周公的忠心，于是接回周公。⑦便尔：就此。委捐：放弃。典：掌管。 ⑧执事：某一部门的主管人员。此指掌管军事的部门。 ⑨归就武平侯国：回到武平（今河南鹿邑）封地。曹操于建安元年（196）拜大将军，封武平侯。⑩诚：实在。离兵：指没有军权。 ⑪所：一作“所以”。 ⑫朝恩封三子为侯：建安十六年（211），朝廷封曹操三子曹植、曹据、曹豹分别为平原侯、范阳侯、饶阳侯。曹丕为继嗣长子，故未封。

孤闻介推之避晋封，[1] 申胥之逃楚赏，[2] 未尝不舍书而叹，[3] 有以自省也。[4] 奉国威灵，[5] 仗钺征伐，[6] 推弱以克强，[7] 处小而禽大，[8] 意之所图，动无违事，[9] 心之所虑，何向不济？[10]遂荡平天下，不辱主命，可谓天助汉室，非人力也。然封兼四县，[11]食户三万，[12]何德堪之？[13]江湖未静，[14]不可让位；至于邑土，[15]可得而辞。[16]今上还阳夏、柘、苦三县户二万，[17]但食武平万户，[18]且以分损谤议，[19]少减孤之责也。[20]

【注释】

①孤闻介推之避晋封：孤闻，一作“吾读”。下文有“未尝舍书而叹”一句，当从“吾读”。介推，介子推，亦称介之推。春秋时晋国人，随晋公子重耳流亡十九年。重耳回国为晋君后，赏赐随从，漏掉之推。之推不去求赏，侍奉母亲隐居绵山（今山西介休东南），后来晋君寻找他。他藏匿不出。晋君放火焚山，子推“遂不出而焚死”。　②申胥之逃楚赏：申胥，即申包胥，春秋时楚国大夫。伍子胥率吴军攻下楚国京都郢都（今湖北江陵东南），申包胥到秦国求援，在秦廷痛哭七昼夜，感动秦王出兵击退吴军。楚昭王回到郢都后要封赏申包胥，申包胥逃而不受。　③舍书：放下书。　④自省（xǐng）：自我省察。　⑤奉国威灵：依靠国家的声威和皇室的神灵。奉，承奉，依凭。　⑥仗钺（yuè）征伐：指凭借皇帝授予的权力，征讨不肯臣服者。钺，大斧。古代皇帝出征时手持大斧。　⑦推：因，凭。克：战胜。　⑧禽：通“擒”。　⑨动无违事：每有举动，没有不如意的。　⑩济：成功。　⑪四县：指阳夏（今河南太康）、柘（zhè）（今河南柘城北）、苦（今河南鹿邑东）和武平四县。　⑫食户三万：享用三万户人家所缴的赋税。⑬堪：承当。　⑭江湖未静：喻天下尚未平静。　⑮邑土：指封给的城邑、土地。　⑯可得而辞：可以辞让。　⑰上还：向皇帝退

还。⑱但：只。⑲分损：减少。⑳少：同“稍”。责：责难。

【品评】

建安元年(196)，曹操迎献帝建都许昌，“挟天子而令诸侯”。建安十五年(210)，曹操基本上统一了北方，权位日重，结果引起了朝野政敌的攻击和谤议。孙权、刘备等攻击曹操托名汉相，实为汉贼，欲废汉自立。魏国内部的拥戴汉朝者，怀疑曹操有“不逊之志”，企图迫使曹操交出军政大权。曹操为了还击攻击、平息谤议，在这一年的十二月写了此令，通告天下。

在今存曹操的散文中，《让县自明本志令》是一篇很重要的作品，也是曹操散文的代表作。此文虽题名“明志”或“述志”，但由于曹操的“明志”，不是空泛的言志说理，而是用自己的所作所为来说话。因此，它带有明显的自传性质，富有个性。文中针对政敌的攻击和谤议，注意选取重点，叙述了自己在政治上的得失，在军事征战上的功绩以及不同时期的复杂心态。其中叙述的许多内容，特别是有关复杂心态的披露，很少见于其他记载。因此，它有助于我们更全面地了解曹操的生平和思想。

曹操是一个有名的满怀权谋、时现欺诈的人，但在此文中却能讲实话、抒真情。究其原因，可能与下面两点有关：一是曹操的性格复杂，既有重权谋、藏欺诈的一面，又有重真求实的一面。不慕虚名而重实际，是曹操性格中的主导方面。二是当时的情势。曹操此文是针对当时朝野政敌对他的攻击和谤议，为了广泛争取人心而写作的。曹操自二十岁被举为孝廉参与朝政开始，到五十六岁写作此文时，已历经三十六年，早已遐迩闻名。曹操清楚，为了消除朝野的攻击和谤议，虚言假意是不可能使人信服的，只有真实，才能“欲人言尽”，使人无话可说，达到写此令的目的。

此文属于政令性的应用文。这类应用文产生于先秦，战国时期是一个高峰。战国时期许多依附诸侯国的士人和诸子撰写的这类散文，切时务实，放言无忌，事真情真。两汉以来，由于独尊儒术，这类文章往往充斥着引经说教、天人感应、谶纬迷信等内容。这类官样文章，表述也比较板滞。到了建安时期，社会许多方面在动乱中发生了变革。反映在散文的创作上，建安散文破除迷信，注目现实，崇尚真实，清峻通脱，很少装腔作势，多有自己的个性和性格。

诸儿令

今寿春、汉中、长安，[①]先欲使一儿各往督领之，[②]欲择慈孝不违吾令儿，亦未知用谁也。虽儿小时见爱，而长大能善，必用之。吾非有二言也，不但不私臣吏，儿子亦不欲有所私。

【注释】

①寿春：县名，今安徽寿县。汉中：郡名，治所在南郑，今陕西汉中境内。长安：西汉首都，今西安西北。　②督领：监督统率。

【品评】

寿春，南对孙权。汉中，南对刘备。长安，是西汉都城，也是刘备的进攻目标。三地都是重要之地。曹操想派自己的儿子去镇守，但不知用谁，特发布此令，听取意见。此文最早见于《太平御览》卷四二九，题目是后人所加。

《三国志·魏书·武帝纪》载：建安二十年(215)七月，曹操攻破张鲁军，入南郑。又《三国志·魏书·楚王彪传》载："建安二十一年，封寿春侯。"据上述记载推测，此令当作于建安二十年(215)七月至二十一年(216)曹彪被封为寿春侯前。

我国古代，把用人公正无私，看成是立国和治国之本。如果说，公正无私对一般臣吏来说，比较容易做到的话，那么对待自己的子孙，就十分困难了。曹操亦不能跳出这个局限，但曹操的高明之处，在于他有所节制。他对儿子的任用，已超越了"小时见爱"的地步，而注意听取意见，选用"长大能善"者。这样做，对内，可以减缓诸多儿子之间的矛盾；对外，有助于体现曹操用人的标准和原则。特别值得注意的是，令文最后公开声明："不但不私臣吏，儿子亦不欲有所私。"

此令只有六十六个字，开门见山，直抒胸臆，真实简明，体现了曹操散文真切通脱的风格。

曹丕诗选

黎阳作四首[1]

其　一

朝发邺城，[2]　夕宿韩陵。[3]
霖雨载途，[4]　舆人困穷。[5]
载驰载驱，[6]　沐雨栉风。[7]
舍我高殿，[8]　何为泥中？
在昔周武，[9]　爰暨公旦[10]
载主而征，[11]　救民涂炭。[12]
彼此一时，　惟天所赞[13]。
我独何人，[14]　能不靖乱？[15]

【注释】

①黎阳：在今河南浚县东。建安八年(203)三月，曹操攻破黎阳，大败袁谭、袁尚军。五月曹操还许，八月征刘表，十月到黎阳。此年曹丕从征，在黎阳作诗四首。　②朝发邺(yè)城：早晨从邺城附近出发。邺城，古都，旧址在今河北临漳西南。此时邺城为袁尚所占。　③韩陵：在邺城东南。到黎阳要经过此地。　④霖雨：连下几天的大雨。载：充满。　⑤舆(yú)人：众人。　⑥载驰载驱：语出《诗经·鄘风·载驰》。载，语助词。驰、驱，疾行。

⑦沐雨栉(zhì)风:雨淋风吹。栉,梳头发。 ⑧舍:离开。 ⑨周武:周文王之子,名发,灭殷后建立周朝,谥武王。 ⑩爰:语首助词。暨:及。公旦:周文王子,周武王弟,名旦,武王死后,辅佐年幼的成王。曾出兵平息叛乱,安定了国家。 ⑪载主而征:武王率兵伐纣时,载着文王的牌位。 ⑫救民涂炭:挽救民生于灾难之中。 ⑬惟天所赞:是天意所赞同的。惟,是。 ⑭独:其,语助词。 ⑮能:一作"余"。靖乱:平定战乱。靖,一作"静"。

【品评】

曹丕此诗写自己随父出征途中遇到的艰难和平定战乱的志向。前八句主要写征途中,遭遇大雨风吹,将士困苦,道路泥泞,但还要急速行军。面对此境,不免有些惆怅。后八句,情感顿转,想到周武王和周公出征作战,拯救了灾难中的人民,表示要像他们那样,决心平定战乱。

诗中景情交融。写景,重点突出,主要写与行军关系密切的大雨和泥泞,真切可感。抒情而不矫饰,敢于吐露真胸怀。

其　二

殷殷其雷,① 濛濛其雨。
我徒我车,② 涉此艰阻。
遵彼洹湄,③ 言刈其楚。④
班之中路,⑤ 涂潦是御。⑥
辚辚大车,⑦ 载低载昂。⑧
嗷嗷仆夫,⑨ 载仆载僵。⑩

蒙涂冒雨，[11] 沾衣濡裳。[12]

【注释】

①殷殷：雷声。　②徒：士兵。　③遵：循，沿着。洹（huán）：洹水，古水名，流经今河南安阳北。湄：水边，河岸。　④言刈（yì）其楚：语出《诗经·周南·汉广》。言，语助词。刈，割。楚，灌木。　⑤班之中路：遍及路中。　⑥涂潦是御：车马在积满泥水的道路中行走。涂潦，道路上的积水。御，驾车。　⑦辚（lín）辚：车行时发出的声音。　⑧载低载昂：忽低忽高。指车上下不停地颠簸。载，语助词。　⑨嗷（áo）嗷：叫喊声。　⑩载仆载僵：时而前跌时而后倒。仆，向前跌倒。僵，倒下。　⑪涂：泥泞。⑫濡（rú）：沾湿。

【品评】

此诗紧承上一首，写继续行军途中遇到的艰阻。天空雷雨交加，路途处处积水。大车颠簸，士卒哀叫。虽然艰阻难行，但为了战事，仍坚持在泥泞中冒雨行进。在写景叙事中，蕴涵着悲伤、哀怜士卒之情。由于诗中所写的是诗人的亲身经历，所以能寓情于写景叙事之中，真实生动，受到了后人的赞誉。清人王夫之评论此诗说："只用《毛诗》'雨雪载涂'一句，纵横成文，伤悲之心，慰劳之旨，皆寄文句之外。"（《古诗评选》卷二）清人陈祚明说："'遵彼'四句，喜其雅切。'辚辚'六句，备极生动。"（《采菽堂古诗选》卷五）

其　三

千骑随风靡，[①]　万骑正龙骧。[②]
金鼓震上下，[③]　干戚纷纵横。[④]
白旄若素霓，[⑤]　丹旗发朱光。
追思太王德，[⑥]　胥宇识足臧。[⑦]
经历万岁林，　行行到黎阳。

【注释】

①随风靡：随风而行，形容行军快速。　②正龙骧（xiāng）：如龙腾一样向前奔驰。正，则。骧，奔驰。　③金：军中做信号用的乐器钲（zhēng），用于止军。　④干：盾牌，作战时用于防御。戚：古代兵器，斧的一种。纷纵横：纵横交叉。　⑤白旄：白色旄牛尾，用来做兵器之缨。素霓：白色霓霞。　⑥太王：指圣王、先王。太，一作“大”。　⑦胥宇：国土，疆土。胥，斯，此。识：知道。足臧：完善。臧，善。

【品评】

前两首主要写行军途中的艰难，笔调沉郁舒缓。此首则用亢奋昂扬的笔调，写度过艰难之后，行军神速，到达了黎阳。金鼓震天动地，武器纵横交错，白缨、红旗交相辉映。写出了军队意气风发、威武雄壮的英勇气概。“追思”两句，点出行军的目的是效法圣王，使国土完整。这是第一首所写的学习周武王和周公，希望平定战乱思想的延伸。

其　四

奉辞讨辠遐征，[1]　晨过黎山巉峥。[2]
东济黄河金营，[3]　北观故宅顿倾。[4]
中有高楼亭亭，[5]　荆棘绕蕃丛生。[6]
南望果园青青，　霜露惨凄宵零。[7]
彼桑梓兮伤情。[8]

【注释】

①奉辞：奉君主之正辞。此指奉其父曹操之命。讨辠：一作"罚罪"，指讨伐罪恶的敌人。　②巉(chán)峥：山势高险。巉，一作"岘(huàn)"，山多的样子。　③东济黄河金营：向东渡过了黄河，修筑了坚固的营房。　④故宅：旧屋舍。顿倾：倒塌毁坏。⑤亭亭：高高而立的样子。　⑥蕃：篱墙。　⑦惨凄：寒冷。宵：夜间。零：降落。　⑧桑梓：二树名。东汉以来，常用它们代指乡里。

【品评】

此诗写晨过黎山、东渡黄河，看到乡里遭到毁坏的荒凉景象和引发的悲伤之情。

《黎阳作》四首，属于组诗。四首以时间为序，写随父出征，从邺城附近出发到黎阳一带途中的经历和感受。即时写景，即时抒情，景情相融，景真情真。全是由于亲身经历。这时，曹丕十七岁。从中也可以体察到年轻的曹丕经受的锻炼和平定战乱、统一国家的志向。

这四首诗是今存曹丕最早的诗作。四首诗中，有四言两首、五言一首、六言一首。从中可以看到曹丕在诗体上，虽然受《诗经》的影响，重视四言，但又没有受其拘限，而注意运用多种诗体，体现了一种创新精神。四首诗，尽管属于比较好的作品，流传至今，但同他后来写的佳作相比，在艺术表现上，还有些粗疏，不够成熟。如：两首四言诗中，有些词句，模拟《诗经》比较明显；第三首中开头的“千骑随风靡，万骑正龙骧”两句中的“千骑”和“万骑”，虽稍有变化，但终觉重复。

芙蓉池作[①]

乘辇夜行游，[②] 逍遥步西园。[③]
双渠相溉灌，[④] 嘉木绕通川。[⑤]
卑枝拂羽盖，[⑥] 修条摩苍天。[⑦]
惊风扶轮毂，[⑧] 飞鸟翔我前。
丹霞夹明月，[⑨] 华星出云间。[⑩]
上天垂光彩， 五色一何鲜！
寿命非松乔，[⑪] 谁能得神仙？[⑫]
遨游快心意， 保己终百年。

【注释】

①芙蓉池：荷花池。芙蓉又名荷花。 ②辇(niǎn)：帝王后

妃所乘的车。游：一作"遨"。 ③西园：在邺城西。 ④溉灌：一作"灌溉"。 ⑤嘉木：指茂美的林木。嘉，美。 ⑥卑枝：低垂的树枝。拂：拂打。羽盖：用羽毛装饰的车盖。 ⑦修：长。摩：接触。 ⑧惊风：车疾驰引起的风。轮毂(gǔ)：车轮。毂，车轮中心的圆木。 ⑨丹霞：彩霞。 ⑩华星：闪耀着光华的星星。 ⑪松乔：赤松子、王子乔。古代传说中的两个神仙。 ⑫谁能得神仙：意为谁能成为神仙。

【品评】

建安十六年(211)，曹丕为五官中郎将，置官属，为副丞相。天下向慕，宾客如云。曹丕、曹植兄弟长期生活在曹魏的大本营邺城，与王粲、徐干、陈琳、阮瑀、应玚、刘桢以及吴质、苏林等友善往来，饮宴游赏，唱和诗赋。这首诗当作于曹丕初任五官中郎将时或以后几年。

开始二句写乘车夜游西园的愉悦心情，接下去的十句写游西园所看到的美好景色：园内有通畅的流水、茂美的嘉木、亲人的飞鸟；天空，彩霞、明月和闪光的星星交相辉映，光彩美丽。最后四句，笔锋陡转，写由游园快乐触发出对生命的感悟：人非神仙，生命有限；应当随意游乐，保养身心，以求长寿。全诗叙写的内容和抒发的情感，既从一个侧面反映了当时统治者对豪华生活的追求，同时也表现了园林美景使人赏心悦目和对生命的关注。就后者来说，这首诗在某种程度上表现了人们热爱美好园林和不信神仙、珍重生命的普遍意义。诗中用了主要篇幅描绘园林景物，对后来园林诗和山水诗有影响。

在建安文坛上，曹丕重视艺术表现。这首诗中的“卑枝拂羽盖，修条摩苍天。惊风扶轮毂，飞鸟翔我前。丹霞夹明月，华星出云间”等句，讲究对仗，“拂”、“摩”、“扶”、“夹”等动词的精心选用，都说明曹丕是一位自觉追求语言艺术美的诗人。

于玄武陂作①

兄弟共行游，　驱车出西城。②
野田广开辟，　川渠互相经。③
黍稷何郁郁！④　流波激悲声。⑤
菱芡覆绿水，⑥　芙蓉发丹荣。⑦
柳垂重荫绿，⑧　向我池边生。
乘渚望长洲，⑨　群鸟欢哗鸣。
萍藻泛滥浮，⑩　澹澹随风倾。⑪
忘忧共容与，　畅此千秋情。⑫

【注释】

①建安十三年(208)，曹操为了训练水师，在邺城(今河北临漳)西南开辟玄武池。陂(bēi)：堤岸。　②西城：邺城的西面。③互相经：互相交通。　④黍稷：两种农作物。黍，黍子。稷，黍一类作物，一说是谷子。此处泛指庄稼。郁郁：茂盛的样子。⑤悲声：动听的响声。　⑥菱芡(qiàn)：菱茭和鸡头(也称老鸡

头)，都是生长在水池中的草本植物。 ⑦丹荣：红花。 ⑧荫：树荫。 ⑨乘渚(zhǔ)：登上水中的小块陆地。长洲：水中长长的陆地。 ⑩泛滥：形容广阔。 ⑪澹(dàn)澹：水波动荡的样子。 ⑫“忘忧”二句：意为出行游赏，忘记了忧伤，欢畅之情将长久存在。容与，从容闲适的样子。

【品评】

此诗用直叙的方法，写同弟弟行游玄武池时所看到的景物和愉悦忘忧的心态。

开始两句，点明出城行游一事和行游的地点。人在野外观赏景物时，一般都是由宏观到微观。“野田广开辟”两句，写在邺城西面宏观看到广阔的田野和互相交通的河渠。接下去，由宏观到微观。“黍稷何郁郁”一句，由“野田广开辟”一句而来，写田野里庄稼茂盛。“流波激悲声”一句，由“川渠互相经”一句而来，写流水发出动听的声响。“菱芡覆绿水”八句，由写田野、河渠转向写玄武池的各种景物：菱芡、荷花、垂柳、萍藻，叶绿花红，枝繁叶茂；池中绿水随风动荡；长洲上的群鸟在欢快歌唱。形象鲜明，有色有声，生动具体，写出了玄武池的美丽和勃勃生机。如此之美景，足以使人忘记忧伤，沉浸在欢畅之中。最后“忘忧共容与，畅此千秋情”两句，由景及情，自然地收束了全诗。

此诗虽属游宴诗，但同建安时期的其他游宴诗相比，却有不同。它没有涉及宴乐，而是用自然的语言集中描写田园景物，具有后来田园诗的意味。这一点，清人王夫之早有揭示。他评论此诗说：“亦野望，亦田园，自不入王、孟，岂不在气体之间?”(《古诗

评选》卷四)

善哉行[1](其三)

朝日乐相乐,[2] 酣饮不知醉。
悲弦激新声,[3] 长笛吹清气。
弦歌感人肠, 四坐皆欢悦。
寥寥高堂上,[4] 凉风入我室。
持满如不盈, 有德者能卒。[5]
君子多苦心, 所愁不但一。[6]
慊慊下白屋,[7] 吐握不可失。[8]
众宾饱满归,[9] 主人苦不悉。[10]
比翼翔云汉, 罗者安所羁![11]
冲静得自然,[12] 荣华何足为?

【注释】

①善哉行:乐府旧题,属《相和歌·瑟调曲》。今存曹丕《善哉行》四首。 ②朝日:早晨的太阳,这里指早晨。朝,一作“今”。乐相乐:彼此相乐。 ③悲弦:动人的琴弦。弦,一作“筝”。激:激发出来。 ④寥寥:空阔。 ⑤“持满”二句:意为居高位而不自满的有德者,会有好的结果。盈,满。德,一作“得”。卒,善终。⑥不但一:不只一方面。但,只,仅。 ⑦慊慊下白屋:言礼贤下

士。慊慊，同“谦谦”，谦逊的样子。下，到。白屋，茅草屋，借指没有出仕、地位低下的贤士。 ⑧吐握不可失：不可丢掉周公礼贤下士的美德。吐握，《史记》卷三三《鲁周公世家》载，周公曰：“我一沐三捉发，一饭三吐哺，起以待士，犹恐失天下之贤人。” ⑨归：归去。 ⑩苦不悉：生怕不周全。悉，全。 ⑪“比翼”二句：言竞相张开双翅在高天飞翔，设罗网者无法束缚它们。云汉，云霄。罗，罗网。羁，束缚。 ⑫冲静：空静。

【品评】

《初学记》卷一四引录此诗的前四句，题云：“于讲堂作。”诗可能是宴乐时所作。全诗写宴乐时的盛况和生发的复杂思想感情。“朝日乐相乐”二句，朱乾曰：“‘朝日相乐’，恐不及也。‘饮不知醉’，乐无知也。”（《乐府正义》）“悲弦激新声”四句，写音乐感人动神。“寥寥高堂上”十句，由相乐欢悦顿转忧思，主要表现了自我戒盈和礼贤下士两种情思。曹丕在宴乐时联想自我戒盈和礼贤下士，主要是作为一个政治家平时思考的流露。诗人的思想感情常常瞬息即变。此诗最后的四句再次顿转，表现了向往道家推崇的空静自然的人生哲学。关于这一点，朱乾评论说：“地危势逼，心多忧惧，不如脱然物外之为善也。”（同上）

寡妇诗[①]

友人阮元瑜早亡，[②] 伤其妻孤寡，[③] 为作此诗。

霜露纷兮交下，[4] 木叶落兮凄凄。[5]
候雁叫兮云中， 归燕翩兮徘徊。
妾心感兮惆怅， 白日急兮西颓。[6]
守长夜兮思君， 魂一夕兮九乖。[7]
怅延伫兮仰视，[8] 星月随兮天回。[9]
徒引领兮入房，[10] 窃自怜兮孤栖。
愿从君兮终没，[11] 愁何可兮久怀。

【注释】

①建安十七年(212)阮瑀去世。曹丕《寡妇赋并序》："陈留阮元瑜，与余有旧，薄命早亡，故作斯赋，以叙其妻子悲苦之情。命王粲等并作之。"又诗中有"霜露纷兮交下，木叶落兮凄凄"二句，据此推测，此诗当作于此年秋末初冬阮瑀死时。 ②阮元瑜：阮瑀(？—212)，字元瑜，陈留尉氏(今河南开封)人。建安七子之一。曹操任其为司空军谋祭酒，管记室。能诗文，当时军国书檄多出自他和陈琳之手。 ③妻：一作"妻"下有"子"。 ④纷兮交下：纷纷交加而下。 ⑤凄凄：一作"萋萋"。 ⑥西颓：西落。⑦"守长夜兮"二句：意为由于思念丈夫，终夜失魂落魄。思君，一作"君思"。九乖，多次背离。九，表示多。 ⑧延伫：久立，引颈而望。 ⑨星月随兮天回：意思是天上的星星月亮渐次隐没不见。 ⑩徒：空空，白白。引领：伸长脖颈，形容殷切盼望。⑪终没：死去。

【品评】

阮瑀是曹丕的朋友，他“薄命早亡”，留下孤儿寡妻。曹丕悲伤不已，用代言的形式，作了这首诗。

人在悲伤时，与萧索凄凉的景象很容易产生共鸣，所以诗一开始，用了四句写秋末初冬霜露交下、树叶枯落、鸿雁鸣叫、归燕徘徊的景况。这四句是景语，也是情语，景情相为表里，衬托出寡妇的感伤。接下去十句由景物的衬托自然地过渡到直叙寡妇难以遏制的思念和孤苦。“白日急兮西颓”一句，既暗含丈夫的早亡，又点出了日落夜降的时间。以下通过“守长夜”、“延伫”、“仰视”、“引领”等动作，通过“思君”、魂魄乖离、愿从丈夫死亡等心理，以及穿插天上的星星和月亮隐没不见的景物描写，从多角度写出了寡妇在漫长的夜间，对丈夫的思念以及自己的孤苦、绝望的心境。诗虽属代言，但写得真切感人。

全诗全用骚体六言句式，句句用语气助词“兮”字，语调舒缓，同全诗抒发的悲伤情感和谐一致。

代刘勋出妻王氏[①]

翩翩床前帐，[②] 张以蔽光辉。[③]
昔将尔同去， 今将尔共归。[④]
缄藏箧笥里，[⑤] 当复何时披？[⑥]

【注释】

①此诗最早见于《玉台新咏》卷二，与相连的“谁言去妇薄”一首合题《杂诗》二首，作者刘勋妻王宋。《艺文类聚》卷二九引此诗，定为曹丕作，题为《代刘勋出妻王氏》。今从《艺文类聚》。 ②翩翩：形容帐轻盈摆动。 ③张：一作“可”。 ④“昔将尔”二句：意为昔日带帐一起到了夫家，今天带帐一起回归娘家。尔，指帐。去，往，到。共，一作“同”。 ⑤缄藏：封藏。箧笥（qiè sì）：竹箱子。 ⑥披：打开。

【品评】

《玉台新咏》卷二“刘勋妻王宋”下，吴兆宜注：“魏文帝《典论》：帝与平虏将军刘勋、奋威邓展等饮宴。杜氏《新书》：……平虏将军刘勋为太祖所亲，贵震朝廷。”又刘勋妻王宋《杂诗》二首前有“序”说：“王宋者，平虏将军刘勋妻也。入门二十余年。后勋悦山阳司马氏女，以宋无子出之。”据上述记载可知，平虏将军在当时地位显赫。他与王宋结婚二十余年，后来所以休弃王宋，一是因为他喜欢上了山阳司马氏女，二是因为王宋无子。刘勋当时“贵震朝廷”，他休弃王宋一事，自然会在朝野传播。曹丕当是得知此事之后，对王宋被休弃的不幸遭遇表示同情，于是用代言的形式，写了这首诗。刘勋原为袁术故吏，建安四年（199）被孙权打败，率众投降曹操。建安十八年（213），曹操封魏公，刘勋列名劝进，后因图谋不轨为曹操所杀。故此诗当作于建安后期。

曹丕写这首诗，可能受封建礼教的影响，也可能出自特殊的构思，诗中并没有着眼于王宋的遭遇和不幸，而只选取了一件典型的用品——帐来叙写。在古代，宫室置帐，祭祀时设盛帐。女子出嫁时，帐是重要陪嫁物。居室有帐，有时夜饮帐中。帐在人们生活中占有重要的地位，与婚嫁和夫妻关系尤其密切。曹丕此诗特别选取帐来叙写，当与此有关。

此诗共六句，从始至终，全是写帐。开头两句，总写帐的轻盈摆动和遮蔽光辉的作用。接下去四句，称帐为“尔”，带有感情。这四句由今及昔，由昔到今，回想以前同帐一起到了夫家，而没有想到经历了二十多年，今天却无辜被弃，又同帐一起回归娘家。悬挂了二十多年的帐，如今只能封藏在箱子里，今后何时能打开再挂？全诗没有直接叙写被弃，但借陪伴之帐的经历和遭遇，抒发了被弃之后怨而不怒、难舍旧情的忧伤。这样的叙写，取一典型之物，人与物相伴融合，含蓄委婉，耐人寻味。

善哉行[①]（其四）

朝游高台观，[②] 夕宴华池阴。[③]
大酋奉甘醪，[④] 狩人献嘉禽。[⑤]
齐倡发东舞，[⑥] 秦筝奏西音。[⑦]
有客从南来， 为我弹清琴。
五音纷繁会，[⑧] 抚者激微吟。[⑨]
淫鱼乘波听，[⑩] 踊跃自浮沉。
飞鸟翻翔舞， 悲鸣集北林。
乐极哀情来， 寥亮摧肝心。[⑪]

清角岂不妙？　德薄所不任。⑫
大哉子野言，⑬　弭弦且自禁。⑭

【注释】

①此诗《艺文类聚》卷二八引开始六句和“飞鸟”四句，题作《铜雀园诗》。　②高台观（guàn）：《文选》卷六李善注左思《魏都赋》“三台列峙以峥嵘”：“铜爵园西有三台：中央有铜爵台，南则金虎台，北则冰井台。”《水经注》卷十《浊漳水注》：“（邺）城之西北有三台，皆因城为之基。巍然崇举，其高若山。”观，一作“侧”。③华池：华美之池。一说指芙蓉池。阴：池水的南面。　④大酋：主管造酒之官。醪（láo）：泛指酒。　⑤狩人：主管狩猎所获禽兽的官员。狩，一作“兽”。　⑥齐倡：齐地的歌伎舞女。东舞：古代齐国在中国东部山东东北部，所以称其舞为东舞。　⑦西音：古代秦国在中国西部陕西，所以称其音乐为西音。　⑧五音：指古代宫、商、角、徵、羽五个音阶。　⑨抚者：指演奏者。抚，按，摸。抚，一作“拊”，击。　⑩淫鱼：鱼名，即鲟鱼。一说为大鱼。⑪寥亮：清越响亮。　⑫“清角”二句：清角，古代最悲的乐声。春秋时晋平公请晋国著名乐师师旷演奏清角。师旷说：“今主君德薄，不足听之，听之将恐有败。”晋平公坚持要听。师旷不得已而演奏，于是风雨大作，“裂帷幕，破俎豆，隳廊瓦”。后来“晋国大旱，赤地三年”，平公患病。　⑬子野：师旷字子野。　⑭弭（mǐ）弦：停止演奏。

【品评】

这首诗开头一句“朝游高台观”，其中的高台包括金虎台。建安十八年(213)九月曹操建金虎台。据此推测，此诗作于建安十八年九月之后。具体时间不详。

诗共二十句。前十六句，写游宴和歌舞之乐，重点在乐舞方面。就乐舞来说，特别突出了南来客的“弹清琴”。五音和谐，击拊微吟。游鱼乘波而听，飞鸟翻翔舞鸣。游鱼飞鸟都为清琴乐声所感动，而作为知音识曲的人，其被感动之情状，可以想象。乐极生悲，人之常情。“悲鸣集北林”一句，引出“乐极哀情来”两句，由乐而哀，情转自然。最后四句，情又一转。由清角之音，联想到春秋时晋平公“德薄”，却让师旷演奏清角，结果导致了灾难，于是停止了奏乐，并表示要约束自己。曹丕受前人礼、乐、德相互关联的影响，这首诗写纵乐时，由乐到哀，最后又由哀及德，自醒自警。这在今存建安游宴诗中是很特殊的。

这首诗有一半诗句，用了排比对偶句式，用得自然贴切。说明曹丕的诗歌虽注意语言润饰，但仍然在很大程度上保留了汉乐府民歌语言自然的特点。

孟　津[①]

良辰启初节，[②] 高会构欢娱。[③]
通天拂景云，[④] 俯临四达衢。[⑤]
羽爵浮象樽，[⑥] 珍膳盈豆区。[⑦]

清歌发妙曲，[8] 乐正奏笙竽。[9]
曜灵忽西迈， 炎烛继望舒。[10]
翌日浮黄河，[11] 长驱旋邺都。[12]

【注释】

①孟津：地名，小城，也是古代黄河的一个渡口，在今河南孟津东北、孟州西南。 ②初节：二十四节气中第一个节气，即立春。 ③高会构欢娱：此句一作“高构极欢娱”。高会，从下文的“俯临四达衢（qú）”一句看，“高会”当指在高处举办宴会。构，聚在一起。 ④通天拂景云：高空飘动着吉祥的云气。拂，飘动。景云，吉祥之云气。 ⑤四达衢：四通八达的道路，此指孟津。⑥羽爵浮象樽：意为相互罚酒。羽爵，即羽觞，一种酒器，形状如鸟。羽，一作“明”。象樽，一种酒杯，形状如象。这里用酒器代指饮酒者。浮，罚人饮酒。 ⑦盈：满，盛满。豆区：古代盛食物的两种器具，豆小区大。 ⑧清歌：不用乐器伴奏的歌唱。 ⑨乐正：乐官之长。这里指善于演奏者。笙竽：古代的两种管乐器。⑩“曜（yào）灵”二句：意为夜以继日地宴乐。曜灵，日光，太阳。西迈，西向，西斜。炎烛，灯火。望舒，指月光。 ⑪翌（yì）日：明天。浮：乘舟而行。 ⑫旋：回还。

【品评】

据《三国志·魏书·钟繇传》注引《魏略》，建安二十年（215）曹丕在孟津。从诗题以及诗中“良辰启初节”和“翌日浮黄河，长驱旋邺都”等句所写内容来看，此诗当作于建安二十年或次年立春时。

此诗用直叙的方法，写立春将归邺城时，在孟津宴乐的盛况。"良辰启初节"四句，写宴乐的时间和地点。立春是一年中第一个节气，明天又要回到邺都，是良辰，值得庆祝，于是在孟津举行宴会。此时高空有祥云飘动，孟津又是四通八达之地。时间好，地点也好。"羽爵浮象樽"六句，直叙宴乐的盛况：众人频频举杯，竞相饮酒。珍贵菜肴，丰盛充盈。歌唱美妙，演奏动听。乐而忘时，夜以继日。大家完全沉浸在欢娱之中。最后两句，由眼前的欢娱，又联想到明天将要乘船渡过黄河，长驱返回邺都。于是欢娱中又增添了一种豪壮之情。

清代陈祚明评论此诗说："平调亦有声节，铿锵可听。"(《采菽堂古诗选》卷五)

短歌行[①]

仰瞻帷幕，[②] 俯察几筵。[③]
其物如故，[④] 其人不存。
神灵倏忽，[⑤] 弃我遐迁。[⑥]
靡瞻靡恃，[⑦] 泣涕连连。[⑧]
呦呦游鹿，[⑨] 衔草鸣麑。[⑩]
翩翩飞鸟， 挟子巢栖。
我独孤茕，[⑪] 怀此百离。[⑫]
忧心孔疚，[⑬] 莫我能知。

人亦有言，　忧令人老。[14]
嗟我白发，　生一何早！[15]
长吟永叹，　怀我圣考。[16]
曰“仁者寿”，胡不是保？[17]

【注释】

①短歌行：乐府旧题，属《相和歌·平调曲》。　②帷幕：帷帐，帘幕。　③几：小桌子。筵：席子。　④其物：指屋内器物。⑤神灵倏（shū）忽：指父亲转眼之间就去世了。神灵，灵魂。倏忽，疾速。曹操于建安二十五年（220）正月到洛阳，庚子去世，所以说“倏忽”。　⑥遐迁：远去。　⑦靡瞻靡恃：化用《诗经·小雅·小弁》“靡瞻匪父，靡依匪母”两句。靡瞻，不能敬视。靡，无，没有。靡恃，没有依靠。　⑧泣涕连连：此句出自《诗经·卫风·氓》。泣涕，眼泪。连连，形容泪流不停。连，通“涟”。　⑨呦（yōu）呦：鹿叫声。　⑩衔草：一作“草草”，即搔搔，形容内心不安。麑（ní）：幼鹿。　⑪孤茕（qióng）：孤单。　⑫百离：很多悲苦。离，通“罹”，忧。　⑬忧心孔疚：此句出自《诗经·小雅·采薇》。孔疚，很痛苦。孔，深。疚，一作“疾”。　⑭令：使。⑮“嗟我白发”二句：曹操去世时，曹丕三十四岁，所以有此感叹。⑯圣考：指曹操，父死称“考”。　⑰“曰‘仁者寿’”二句：言既然古语说仁者长寿，那为何不保我父亲长寿呢？“仁者寿”出自《论语·雍也》。

【品评】

建安二十五年(220)正月,曹操病死。二月,葬高陵。此诗当作于曹操葬后不久。曹操《遗令》:于铜雀台堂上“安六尺床,施穗帐”,“月旦十五日,自朝至午,辄向帐中作伎乐”。《乐府诗集》卷三十载《古今乐录》:“王僧虔《技录》云:‘《短歌行》“仰瞻”一曲,魏氏遗令,使节朔奏乐。魏文制此辞,自抚筝和歌。歌者云:“贵官弹筝。”贵官,即魏文也。’此曲声制最美,辞不可入宴乐。”看来,曹丕写这首乐府诗,并且自己“抚筝和歌”,一方面是由于父亲的急速死去使他悲痛不已,同时也是为了践行父亲的遗令。

父亲去世了,但是遗物尚在。所以诗开始的四句写睹物生情,物虽如故,可父亲不在了。写得悲伤真切。接下去的十六句,主要是直叙,兼用比兴,从不同角度写丧父后的孤苦和深沉的悲痛。最后四句,前两句直叙悲叹、怀念父亲,后两句用反问的句式,抒发了生命难保的感慨。

于谯作[①]

清夜延贵客,[②] 明烛发高光。[③]
丰膳漫星陈,[④] 旨酒盈玉觞。[⑤]
弦歌奏新曲,[⑥] 游响拂丹梁。[⑦]
余音赴迅节,[⑧] 慷慨时激扬。
献酬纷交错,[⑨] 雅舞何锵锵![⑩]
罗缨从风飞,[⑪] 长剑自低昂。

穆穆众君子,[12] 和合同乐康。[13]

【注释】

①谯:今安徽亳州,曹操、曹丕的故乡。 ②延:请。贵:一作"宾"。 ③烛:一作"灯"。 ④漫星陈:形容食品多,如漫天星星陈列。 ⑤旨酒:美酒。玉觞:玉制酒器。 ⑥弦:一作"绮"。曲:一作"诗"。 ⑦游响:指乐曲余音。丹梁:涂有丹彩的屋梁。⑧余:一作"繁"。赴:入。迅节:轻快的节拍。迅,一作"促"。⑨献酬纷交错:化用《诗经·小雅·楚茨》"献酬交错"一句,意思是相互敬酒,交会错杂。 ⑩锵锵:雅舞配乐的乐声。 ⑪罗缨:舞者衣上的丝带。从:随。 ⑫穆穆:端庄美好的样子。 ⑬和合:和谐、融洽。

【品评】

建安二十五年(220)正月,曹操死后,曹丕嗣位为丞相、魏王,改建安二十五年为延康元年。六月,治兵南征。七月,孙权遣使奉献,蜀将孟达、武都氐王杨仆降附。《三国志·魏书·文帝纪》:七月,"军次于谯,大飨六军及谯父老百姓于邑东"。注引《魏书》:"设伎乐百戏,令曰:'先王皆乐其所生,礼不忘其本。谯,霸王之邦,真人本出,其复谯租税二年。'三老吏民上寿,日夕而罢。"洪适《隶释》卷一九载《大飨碑》:"惟延康元年八月旬有八日辛未,魏王大飨六军……爰及谯县父老男女。"《于谯作》当作于此年八月。

此诗用赋的作法,铺陈清夜延请贵客、明烛高照、饮宴歌舞的盛况以及与"众君子""和合同乐"的欢快。全诗基调欢快昂扬,表现了曹丕军政大权在握、形势大好以及“衣锦还乡”时的愉悦和自得。

令　诗①

丧乱悠悠过纪，② 白骨纵横万里。
哀哀下民靡恃，③ 吾将佐时整理。④
复子明辟致仕。⑤

【注释】

①此诗最早见于《三国志·魏书·文帝纪》注引《献帝传》，题目是后人所加。　②丧乱：本义为死亡祸乱，这里指国家动乱。悠悠：长久。纪：十二年为一纪。　③靡恃：没有依靠。　④佐时：辅佐当时的天子。佐，一作“以”。　⑤复子明辟致仕：化用《尚书·洛诰》“朕复子明辟”一句。意为恢复天子明君的地位，把禄位还给天子。子，指天子。明辟，明君。致仕，辞官，还禄位于天子。

【品评】

建安二十五年(220)汉献帝被迫禅位于魏王曹丕，拥戴曹丕的许多官员上书，用“谶语”、“图纬”、“祯祥众瑞”等，劝说曹丕应顺从天意，以魏代汉，取代献帝。曹丕一再表示“诚惶诚恐”，写了许多表示禅让的《令》和《上书》，其中有一篇《答许芝上代汉图谶令》。曹丕在此令中引用了他闲时所作的这首诗。因此后人称此诗为《令诗》。

上古帝王有禅让之礼。曹丕写这首诗的目的,从总体上看,同他所写的那些有关禅让的《令》和《上书》一样,是为了表示自己遵循古礼,不愿代汉称帝,实际上是为了笼络人心,故作姿态。诗中所谓的“佐时”和“复子明辟致仕”都是虚情假意,并不可信。但诗中“丧乱悠悠过纪”几句,却概括地反映了建安时期动乱的社会现实。“哀哀下民靡恃”两句,在同情下层民众的同时,又表示了自己继续治理社会的志向。

建安诗坛上,六言诗极为罕见,而曹丕的这首诗和《黎阳作》中的第四首,却采用了六言的形式,说明曹丕在诗歌形式上,是注意探索的。

至广陵于马上作[①]

观兵临江水，　水流何汤汤![②]
戈矛成山林,[③]　玄甲耀日光。[④]
猛将怀暴怒，　胆气正纵横。[⑤]
谁云江水广，　一苇可以航。[⑥]
不战屈敌虏,[⑦]　戢兵称贤良。[⑧]
古公宅岐邑，　实始翦殷商。[⑨]
孟献营虎牢，　郑人惧稽颡。[⑩]
充国务耕殖，　先零自破亡。[⑪]

兴农淮泗间，[12] 筑室都徐方。[13]
量宜运权略，[14] 六军咸悦康。[15]
岂如《东山》诗，[16] 悠悠多忧伤。

【注释】

①广陵：今江苏淮阴。 ②汤（shāng）汤：大水急流的样子。③戈：一作“霜”。 ④玄甲：黑红色的铠甲。 ⑤纵横：雄健奔放。 ⑥谁云江水广，一苇可以航：化用《诗经·卫风·河广》“谁谓河广？一苇杭之”二句。 ⑦屈敌虏：一作“能屈敌”。 ⑧戢（jí）兵：不用武力。戢，收藏。兵，兵器。戢兵，一作“兵记”。⑨古公宅岐邑，实始翦殷商：古公，即古公亶父，又称周太公。传说为后稷第十二代孙，古代周民族的领袖，周文王的祖父。宅：筑宅室。岐：岐山，在今陕西岐山东北。翦：消灭。传说周民族由于受到戎狄的攻击，古公亶父不愿因争夺地方而战争，带领全族由豳地迁到岐山下，建筑城郭家室，人多归附他，为后来灭亡殷商打下了基础。 ⑩孟献营虎牢，郑人惧稽颡（qǐ sǎng）：前571年，晋国联合中原诸侯，攻打郑国，听从孟献子的建议，在险要之地虎牢筑城戍守，逼迫郑国屈服。结果郑国因惧怕未经战争而屈服。孟献，孟献子，春秋时鲁国国卿仲孙蔑。献，一作“子”。虎牢，要害之地。在今河南荥阳。稽颡，古代的一种礼节，叩头至地。稽，叩头至地。颡，额头。 ⑪充国务耕殖，先零自破亡：充国，即赵充国，字翁孙，陇西上邽人。先零，汉代羌族的一支，居于今甘肃、青海的湟水流域。西汉宣帝时，先零与诸羌首领勾结，为患西边。神爵元年（前61），赵充国率军，大破先零。后又上奏“罢骑兵”，

"合万人留屯田",宣帝从之。先零无盘踞之地,自乱散亡。⑫淮泗:淮河和泗水。这里指河南、山东、安徽、江苏的淮河、泗水流域。 ⑬徐:徐州,汉武帝时所置十三刺史部之一,范围包括今江苏北部和山东南部。 ⑭量宜运权略:意为运用谋略适当。⑮六军:本来指天子统领的军队,这里指军队。咸:全,都。⑯岂如《东山》诗,悠悠多忧伤:意为哪会像《东山》诗所写的那么多忧伤?《东山》是《诗经·豳风》中的一首诗,主要写离乡背井的征夫,长期在外,不能还乡和难见亲人的忧伤。

【品评】

黄初六年(225)八月,曹丕率军征讨孙吴,"冬十月,行幸广陵故城,临江观兵,戎卒十余万,旌旗数百里"(《三国志·魏书·文帝纪》)。这首诗作于此时。

这首诗用雄健豪迈的笔调,描绘了观兵时所看到的十万雄师威武和勇猛的气概,同时也表现了"不战屈敌虏"的希望。

开始两句,点题直起,点明观兵这一主旨和观兵的地点是在长江北岸。"戈矛成山林"四句,写军容之盛和士气之高。有了这样的军队,面对水大流急和宽广的长江实不足惧,因而接下去"谁云江水广,一苇可以航"两句,用夸张的手法,表现了一种藐视"天堑"、征战必胜的豪壮情怀。"不战屈敌虏"以下八句,笔锋顿转,主要借古公亶父、孟献子和赵充国不战而克敌制胜的古人古事,表现了对"不战屈敌虏,戢兵称贤良"的向往。最后六句,笔锋再次顿转,复起豪壮之情,由借古代贤良抒发自己的愿望返回到现实的谋略,写自己要在江北兴农筑室,做到谋略得当,使全军无长期征战之苦，都能得到喜悦和安康。这六句抒写的豪壮之情，不仅与诗前半部分所写的内容相呼应，同时又进一步表现了曹丕的深谋远虑和对前景的乐观。

明代钟惺说：曹丕的诗歌"婉娈细秀，有公子气，有文士气，不及老瞒远矣"(《古诗归》卷七)。清代沈德潜也说："子桓诗有文士气，一变乃父悲壮之习矣。"(《古诗源》卷五)综观今存曹丕诗作，应当说，上述评论，只适合于曹丕所写的那些游子、思妇之类的诗歌，并不能概括曹丕诗作全貌。当曹丕作为一个军事家和政治家，诗作涉及军戎和征战之类题材时，也常常写得雄健壮丽，有豪迈之气。这首《至广陵于马上作》就体现了这一点。

饮马长城窟行①

浮舟横大江，② 讨彼犯荆虏。③
武将齐贯钅比，④ 征人伐金鼓。⑤
长戟十万队，⑥ 幽冀百石弩。⑦
发机若雷电，⑧ 一发连四五。⑨

【注释】

①《饮马长城窟行》又称《饮马行》，乐府旧题，属《相和歌・瑟调曲》。 ②浮舟：飘荡在水面上的船只。 ③犯荆虏：侵犯荆州一带的敌人，指孙权的军队。 ④贯钅比(pī)：身上带有很多箭。钅比，一种箭镞，宽长而薄。钅比，一作"甲"，铠甲。 ⑤伐：击打。

金：军中做信号用的钲，用于止军。 ⑥戟（jǐ）：古代的一种兵器。 ⑦幽冀：幽州、冀州。幽州，今河北北部、辽宁大部。冀州，今河北中部、山东西部及河南北部。古代此二州出精兵精器。百石弩（nǔ）：强有力的弓。石，重量单位，古时一百二十市斤为一石。 ⑧发机：弹发机关。当时的一种武器，又称发石车或霹雳车，可击发石弹，石重十二斤，射程可达三百步远，发射时轰响若雷鸣。电：一作“迅”。 ⑨一发连四五：意为一次可连续击发石弹四五个。

【品评】

《三国志·魏书·文帝纪》载：“黄初三年五月，以荆、扬、江表八郡为荆州，孙权领牧故也；荆州江北诸郡为郢州。十月，孙权复叛，复郢州为荆州。帝自许昌南征，诸军兵并进。权临江拒守。六年三月，帝为舟师东征。八月，帝遂以舟师自谯循涡入淮。冬十月，行幸广陵故城，临江观兵，戎卒十余万，旌旗数百里。”这首诗当作于黄初六年（225）十月。

在曹丕之前，乐府诗《饮马长城窟行》，或“伤良人游荡不归”（《乐府解题》），或冤痛修筑长城之苦。情感悲伤，格调低沉。曹丕这首诗，只是借用了旧题，内容和格调完全是新的。全诗用高亢豪壮的格调，直叙征战之事。“浮舟横大江”两句，从大处着笔，写战船列阵长江，讨伐侵犯的敌人，气势宏壮。接下去六句，依次分别叙写将士和武器。“武将齐贯铍”两句，写将士身带武器，金鼓齐响，士气昂扬。“长戟十万队”四句，写军队众多，武器充足，威力无比。全诗尽管只有八句，但却从不同角度，选取典型，概括而形象地写出了魏国的舟师,在讨伐孙权战前的威武雄壮。

董逃行[1]

晨背大河南辕,[2] 跋涉遐路漫漫。[3]
师徒百万哗喧,[4] 戈矛若林成山,
旌旗拂日蔽天。[5]

【注释】

①董逃行:乐府旧题,属《相和歌·清调曲》。 ②晨背大河南辕:言军队早晨背离黄河向南行进。南辕,车辆向南。 ③遐路:远道。 ④师徒:士卒。 ⑤拂:遮蔽。

【品评】

关于《董逃行》诗题,据《乐府诗集》卷三四题解,有二说:一是后汉游童为董卓作乱而作;二是写上山求仙之事。今存古辞一首,篇幅较长,用杂言句式写游仙。曹丕此诗是借乐府旧题,改用六言,写征战之事。诗只有五句,可能是一首诗中的一部分。前两句直叙征战的始发地和指向:背离黄河南征,将要跋涉遥远的路程。后三句:"师徒百万哗喧",写士卒之众;"戈矛若林成山",写武器之盛;"旌旗拂日蔽天",写旗帜之多。这三句用夸饰方法,表现了军队的强大和威武。

秋胡行[1]（其一）

尧任舜禹，[2] 当复何为？[3]
百兽率舞，[4] 凤凰来仪。[5]
得人则安， 失人则危。
唯贤知贤， 人不易知。[6]
歌以咏言，[7] 诚不易移。[8]
鸣条之役，[9] 万举必全。[10]
明德通灵，[11] 降福自天。[12]

【注释】

①秋胡行：乐府旧题，属《相和歌·清调曲》。今存曹丕《秋胡行》三首。 ②尧任舜禹：尧、舜、禹都是古代的帝王。尧、舜用人唯贤。尧没有把帝位传给自己的儿子，而禅让给舜。后来舜又禅让给禹。 ③当复何为：言尧、舜他们禅让是为什么。 ④率：都。一说，轻捷。 ⑤仪：容仪，引申为作仪仗。 ⑥人不易知：语出《史记》卷七九《范雎蔡泽列传》："人固未易知，知人亦未易也。" ⑦歌以咏言：语出《尚书·尧典》："诗言志，歌永言。"咏，一作"永"。 ⑧诚：实在。移：改变。 ⑨鸣条之役：指商汤伐夏桀，战于鸣条。鸣条，古地名，又称高侯原，在今山西运城。⑩万举必全：各种举动都会成功。商汤伐夏桀，以胜告终。⑪明德：一作"德道"。通灵：与圣明相通。灵，一作"言"。 ⑫降

福：一作“福降”。

【品评】

在古代，歌颂尧、舜、禹，已经成为一种传统，具有历史性和普遍性。但同是歌颂，却往往因歌颂者个人的地位和见解的差异，表现出不同特点。曹丕在此诗中，主要基于一个封建政治家治理国家的需要，基于理性认识，借颂扬尧让位给舜、舜让位于禹，表明贤德之人极为重要，得之国家则安，失之国家则危。强调“唯贤知贤”，知人不易。申明应当任用有道德、能与圣明相通者。

煌煌京洛行[①]

夭夭园桃，　无子空长。[②]
虚美难假，　偏轮不行。[③]
淮阴五刑，　鸟尽弓藏。[④]
保身全名，　独有子房。[⑤]
大愤不收，　褒衣无带。[⑥]
多言寡诚，　只令事败。
苏秦之说，　六国以亡。
倾侧卖主，　车裂固当。[⑦]
贤矣陈轸，　忠而有谋。
楚怀不从，　祸卒不救。[⑧]

祸夫吴起，　智小谋大。
西河何健！　伏尸何劣！[9]
嗟彼郭生，　古之雅人。
智矣燕昭，　可谓得臣。[10]
峨峨仲连，　齐之高士。
北辞千金，　东蹈沧海。[11]

【注释】

①煌煌京洛行：乐府诗题，属《相和歌·瑟调曲》。此诗是今存此题的最早的一篇。　②“夭夭”二句：言园中桃花盛开而不结果实。夭夭，美盛的样子。　③“虚美”二句：言凭借只有外表美的人，如同车轮不正不能行进一样。假，凭借。　④淮阴五刑：淮阴，淮阴侯韩信。五刑，指韩信被杀。刑，一作“行”。尽，一作“得”。　⑤子房：张良字。张良为汉高祖刘邦军师，为高祖夺取天下，功勋卓著，后不愿居官而退隐。　⑥大愤不收，褒(bāo)衣无带：言愤怒之极而不知收敛，如同衣襟太大，无带子收束，不成样子。褒，衣襟宽大。一说，疑“愤”当作“帻(zé)”，因形近而误，帻是包头发的巾。意为大幅头巾不能收敛头发，喻下文“多言寡诚”二句。　⑦“苏秦之说”四句：苏秦，战国时东周洛阳人，字季子。倾侧，指行为邪僻不正。苏秦曾游说齐、楚、韩、燕、赵、魏六国，合纵并力抗秦，使秦十五年不敢越函谷关。为六国国相、纵约长。《战国策·楚策一》：“苏秦封武安君，而相燕。阴与燕王谋破齐，共分其地。乃佯有罪，出奔入齐。齐王受而相之。居二年而觉，齐王大怒，车裂苏秦于市。”　⑧“贤矣陈轸”四句：事见《史记》

卷七十《张仪列传》。张仪到楚对怀王说:“大王诚能听臣,闭关绝约于齐,臣请献商、於之地六百里……”“楚王大悦而许之。群臣皆贺,陈轸独吊之。楚王怒曰:‘寡人不兴师发兵得六百里地,群臣皆贺,子独吊,何也?’陈轸对曰:‘不然。以臣观之,商、於之地不可得而齐、秦合,齐、秦合则患必至矣。……夫秦之所以重楚者,以其有齐也。今闭关绝约于齐,则楚孤。秦奚贪夫孤国,而与之商、於之地六百里?张仪至秦必负王,是北绝齐交,西生患于秦也。……”楚怀王不听陈轸言,后来“秦、齐共攻楚。斩首八万。杀屈丐。遂取丹阳、汉中之地”。“祸卒不救”,意为楚国的祸患最终不能挽救。卒,终于,最后。 ⑨“祸夫吴起”四句:吴起,战国时著名军事家。《史记》卷六五《吴起列传》载:吴起初任鲁将,继任魏将,屡建战功,被魏武侯任为西河守,“甚有名声”。魏武侯死后,吴起受陷害,逃往楚国,辅佐楚悼王实行变法,“明法申令”,“要在强兵,破驰说之言纵横者。于是南平百越,北并陈、蔡,却三晋,西伐秦。诸侯患楚之强,故楚之贵族尽欲害吴起。及悼王死,宗室大臣作乱而攻吴起,吴起走之王尸而伏之。击起之徒因射刺吴起,并中悼王”。“西河何健”,指吴起被任为西河守时劲健非常。“伏尸何劣”,指最后被射死,下场可悲。 ⑩“嗟彼郭生”四句:郭生,指郭隗,战国时燕人。雅人,正直的人。燕昭,燕昭王。得臣,得到了贤能大臣。《史记》卷三四《燕召公世家》:“燕昭王于破燕之后即位,卑身厚币以招贤者。谓郭隗曰:‘齐因孤之国乱而袭破燕,孤极知燕小力少,不足以报。然诚得贤士以共国,以雪先王之耻,孤之愿也。先生视可者,得身事之。’郭隗曰:‘王必欲致士,先从隗始。况贤于隗者,岂远千里哉!’于是昭王为隗改筑宫而师事之。乐毅自魏往，邹衍自齐往，剧辛自赵往。士争趋燕。”

⑪“峨峨仲连”四句：峨峨，很高的样子，这里用来形容仲连高尚的情操。仲连，鲁仲连，又称鲁连，战国时齐人。《史记》卷八三《鲁仲连列传》载：仲连“好奇伟俶傥之画策，而不肯仕宦任职，好持高节”。“平原君欲封鲁连，鲁连辞让（使）者三，终不肯受……以千金为鲁连寿。鲁连笑曰：‘所贵于天下之士者，为人排患、释难、解纷乱而无取也。即有取者，是商贾之事也，而连不忍为也。’遂辞平原君而去，终身不复见。其后二十余年，燕将攻下聊城，聊城人或谗之燕，燕将惧诛，因保守聊城，不敢归。齐田单攻聊城岁余，士卒多死而聊城不下。鲁连乃为书，约之矢以射城中，遗燕将。……燕将见鲁连书，泣三日，犹豫不能自决……乃自杀。聊城乱，田单遂屠聊城。归而言鲁连，欲爵之。鲁连逃隐于海上，曰：‘吾与富贵而诎于人，宁贫贱而轻世肆志焉！’”“北辞千金”指上述辞平原君之事。“东蹈沧海”指上述辞田单之爵、逃隐东海之事。

【品评】

这是一首咏史诗。诗中选取了战国时期和西汉高祖时期七个典型人物，凸显特点，叙写了他们成败存亡的不同表现和结局。诗中用对比方法，对所写的人物有褒赞，有贬抑。褒赞的，一是张良、鲁仲连。他们有功名，但却能功成身退，“保身全名”；二是陈轸、郭隗，他们“忠而有谋”、为人正直。贬抑者，一是韩信，能战有功，因谋反而被夷灭三族；二是苏秦，行为邪僻，终被车裂；三是吴起，“智小谋大”，被箭射死。

曹丕写上述历史人物，诚如清人朱嘉征所说："志鉴戒也。君子不忘人鉴，不忘古鉴。"（引自黄节《魏文帝诗注》）这不仅表现在对这些人物的褒贬上，同时还明显地表现在"虚美难假"和"多言寡诚"的议论上。以史为鉴，是曹丕咏史诗的一个值得注意的特点。

陌上桑①

弃故乡，离室宅，远从军旅万里客。
披荆棘，求阡陌，②侧足独窘步，③路局苲。④
虎豹嗥动，⑤鸡惊禽失群，⑥鸣相索。⑦
登南山，奈何蹈盘石，⑧树木丛生郁差错。⑨
寝蒿草，⑩荫松柏，⑪涕泣雨面沾枕席。
伴旅单，⑫稍稍日零落。⑬
惆怅窃自怜，相痛惜。

【注释】

①陌上桑：乐府旧题，属《相和歌·相和曲》。 ②阡陌（qiān mò）：田间小路。 ③侧足：意为小路狭窄，只能侧脚行走。窘步：艰难行走。 ④局苲（zhǎ）：局促，狭窄。苲，一作"笮"，又作"窄"。 ⑤嗥（háo）：吼叫。 ⑥鸡：野鸡之类。 ⑦相索：相互寻找。 ⑧盘石：巨石。 ⑨郁：形容树木茂密。差错：指丛生交

错。 ⑩寝蒿草：在野草上睡觉。 ⑪荫松柏：用松柏遮盖。⑫伴旅单：指一起征战的伙伴很少了。 ⑬稍稍：渐渐。零落：死亡。

【品评】

这首诗写士卒弃乡离家远从军旅的艰难和痛苦。征途多艰难，更使人痛苦的是远征已久，伙伴越来越少，有些已经死去。面对此景此情，惆怅怜悯，痛惜不已。

这是一首杂言诗，全诗二十句，由三言、四言、五言和七言组成。其中三言十一句，占全诗的一半多，另外四言一句，五言五句，七言三句。今存建安时期的乐府诗，有五言、四言、七言和杂言四种。在杂言诗中，曹丕这首和曹操的《陌上桑》都是以三言为主，曹操的诗共十九句，其中三言十四句，其他五句全是七言。其结构形式是三言—三言—七言，四次循环。曹丕的这首除有三言和七言之外，还有四言和五言，其结构形式是：三言—三言—七言—三言—三言—五言—三言—四言—五言—三言—三言—五言—七言—三言—三言—七言—三言—五言—五言—三言。全诗每节多以三言开始，然后穿插七言、五言和四言。多种句式，随意搭配，富于变化，错落有致。

陈祚明说曹丕这首诗“极仿孟德”（《采菽堂古诗选》卷五）。这首诗和曹操的《苦寒行》的确相近，都是写征旅之苦，格调苍凉悲伤。不过，细读两诗，可以发现，两首诗主旨虽然相近，但各有特点。第一，曹操的《苦寒行》写的是一次具体的行军，“北上太行山”、经过诘屈的羊肠坂等艰险、严寒的时节等，都写得相当具体。

而曹丕的这首，写的似乎不是某一次行军，而是从万里的空间和长久的时间等角度，概括叙写征役的艰难和痛苦。第二，两首诗，虽然抒发的都是苦悲之情，但曹操的特别突出了怀念故乡之情，而曹丕的则突出了对死亡的痛惜。两首诗各有千秋，互相补充，从不同方面，表现了战争给人们造成的苦难，在那个时代都具有普遍的意义。

上留田行[①]

居世一何不同![②]上留田。[③]
富人食稻与粱，上留田。
贫子食糟与糠，上留田。
贫贱亦何伤，[④]上留田。
禄命悬在苍天，[⑤]上留田。
今尔叹息，[⑥]将欲谁怨?[⑦]上留田。

【注释】

①上留田行：乐府旧题，属《相和歌·瑟调曲》。晋代崔豹《古今注》卷中说：上留田，地名。此地有人，父母死后，兄长舍弃孤弟，邻居为其孤弟作悲歌以讽其兄，“故曰《上留田》曲”。原辞已经失传。　②居世：人生在世。一何：何等。一，语助词。　③上留田：诗中的“上留田”，均非确指，而是借用地名，重复地作句末和声的音节，增加感叹的情感。　④亦：语中助词。亦，一作

“一”。 ⑤禄命：福运，命运。 ⑥今：一作“命”。 ⑦将：则。谁怨：怨谁。

【品评】

《上留田》曲原属民歌。曹丕此诗受民歌的浸润，具有明显的民歌意味。全诗用浅显的语言，自由的句式，和谐的节奏，感伤的情调，以食物的对比作典型，表现了富人与贫人相差悬殊的不同生活境遇。富有和贫穷是古代阶级社会的一种普遍的现象，也是社会上的一个突出矛盾。但是在两汉和建安时期的诗坛上，却很少有反映这方面内容的诗歌。曹丕注意到社会上贫富悬殊的现象，同时也敢于正视，并用诗歌来叙写，表达了对贫穷者的同情。

当然，曹丕此诗所写的内容也有明显的历史和阶级的局限。“贫贱亦何伤”以下几句，把富贵和贫穷的原因完全归结为天命。这种归结，对贫穷者，表面上是宽慰，实际上是麻醉；对富贵者是为其寻找理由，让人们承认他们。

见挽船士兄弟辞别诗①

郁郁河边树，② 青青野田草。
舍我故乡客，③ 将适万里道。④
妻子牵衣袂，⑤ 抆泪沾怀抱。⑥
还附幼童子，⑦ 顾托兄与嫂。⑧

辞诀未及终，严驾一何早！[9]
负笮引文舟，[10]饥渴常不饱。[11]
谁令尔贫贱，咨嗟何所道！[12]

【注释】

①《乐府诗集》卷三七著录此诗，题为《折杨柳行》，定为谢灵运作。《初学记》卷一八、《北堂书钞》卷一三八、《白帖》卷六引此诗，题为《见挽船士兄弟辞别诗》，定为魏文帝作。今从后者。挽船士：纤夫。士，成年男子的通称。 ②郁郁：茂密的样子。 ③客：佃农。 ④适：走上。 ⑤衣袂（mèi）：衣袖。 ⑥抆（wěn）：擦。一作“落”。 ⑦还附：回身靠近。 ⑧顾托：嘱托。 ⑨严驾：整治车马，要出发。 ⑩笮（zuó）：竹索，用竹篾绞拧而成的竹缆。文舟：一作“舡行”。文舟，有雕饰的船只。 ⑪不饱：一作“不食”。 ⑫咨嗟：感叹。

【品评】

此诗主要写纤夫与妻子辞别时的悲伤情景。“郁郁河边树”两句，写辞别时的环境。“舍我故乡客”八句写辞别时的悲伤。纤夫离开故乡亲人，前面是遥远的万里之路。别时容易见时难。前来送行的有妻子、幼子和兄嫂。妻子牵衣恸哭，纤夫牵挂幼子。辞别未终，就被迫上路。离别时，难以割舍的是妻子和幼子。因此，诗中特别写了妻子牵衣不舍和托付幼童子。上述这些悲伤的情景，当是诗人所见，写得真切感人。接下去“负笮引文舟”两句，当是诗人预想纤夫拉船的艰苦生活。背拉船行，耗尽体力，但却常遭饥饿。最后“谁令尔贫贱，咨嗟何所道”两句，是诗人的口吻。虽然出自宽慰，但却把纤夫的贫贱归结为命运。这同他在《上留田行》中所说的“贫贱亦何伤”、“禄命悬在苍天”、“今尔叹息，将于谁怨”一样，是时代的局限，也是曹丕所处阶级和地位的局限。

十　五[①]

登山而远望，　溪谷多所有：[②]
楩楠千余尺，[③]　众草芝盛茂。[④]
华叶耀人目，[⑤]　五色难可纪。[⑥]
雉雊山鸡鸣，[⑦]　虎啸谷风起。
号罴当我道，[⑧]　狂顾动牙齿。

【注释】

①十五：乐府诗题，属《相和歌·相和曲》。　②溪谷：山谷。多所有：有很多东西，如“楩楠”以下几句所写的。　③楩（pián）楠（nán）：黄楩木和楠木，都是乔木。　④芝：一作“之”。　⑤华叶：即花叶。　⑥纪：同“记”。　⑦雉（zhì）：野鸡。雊（gòu）：野鸡叫。　⑧号罴（pí）：号叫的熊。罴，熊的一种。当：挡。

【品评】

此诗写的全是登山所望见的景物。开始两句，写登山远望所见，是鸟瞰。接下去，写由鸟瞰而渐及具体景物。写具体景物，又分为二："楩楠千余尺"四句，写植物：树木高大，众草繁茂，花叶耀眼，色彩斑斓。写植物，基于视觉，主要表现了自然界中优美的一面。"雉雊山鸡鸣"四句写动物：野鸡、山鸡鸣叫，虎啸风起，号熊挡道。当时人烟稀少，动物繁多，也常见虎、熊之类的凶猛动物。曹操诗作中就有几处写及，如《苦寒行》中的"熊罴对我蹲，虎豹夹路啼"；《步出夏门行·冬十月》中的"熊罴窟栖"。曹丕登山听到虎啸和看到号罴，在当时可能是平常事。曹丕写这些，表现了自然中雄壮的一面。

曹丕登山远望，关注的全是树木、众草、鸣禽、猛兽之类生气勃勃的景物。这是此诗值得注意的一个特点。

钓竿行①

东越河济水，② 遥望大海涯。③
钓竿何珊珊，④ 鱼尾何簁簁。⑤
行路之好者，⑥ 芳饵欲何为？⑦

【注释】

①钓竿行：乐府诗题，《乐府诗集·鼓吹曲辞三》列入《汉铙歌下》，题曰《钓竿》。西晋崔豹《古今注》卷中说："《钓竿》，伯常子妻所作也。伯常子避仇河滨，为渔父。其妻思之，每至河滨，作《钓竿》之歌。后司马相如作《钓竿》之诗，今传为古曲。"伯常子妻和司马相如所作，均已失传。 ②河济水：指黄河、济水。 ③海

涯：海滨。 ④珊珊：缓慢移动的样子。 ⑤簁（xǐ）簁：鱼跃掉尾声。以上两句化用乐府《相和歌·楚调曲·白头吟》古辞中的“竹竿何嫋嫋，鱼尾何簁簁”两句。 ⑥行路：指东越黄河、济水来到海滨。一说指过路的行人。好：爱好。 ⑦芳饵：味美的钓饵。

【品评】

这首诗是借用民歌形式来抒发自己的情思。隐语是民歌有时使用的一种表现方法。可能受民歌这种表现方法的影响，曹丕这首诗究竟表现了怎样的情思，很难确定。综合以前的相关论著，主要有两种见解：一是“追求应得法”说。如朱乾说：“《钓竿》，言所挟非所求也，渊深而鱼藏，行路之好，是陆地求鱼，犹孟子所谓‘缘木’也。虽有芳饵，意何所为？故求材必于大匠之门，取货必于五都之市。”（《乐府正义》卷三）二是“情歌”说。如余冠英说：“在歌谣里钓鱼常常用做男女求偶的象征隐语。《诗经·卫风》有‘籊籊竹竿，以钓于淇’两句，汉乐府《相和歌》辞有‘竹竿何嫋嫋，鱼尾何簁簁’两句，都是有关男女的诗。”“末两句是说那对我表示爱慕的路人虽有芳饵是没有用处的，我是不会上钩的。”（《三曹诗选》）上引两说，各有所据。特别予以引述，以供参考。

燕歌行二首[1]

其　一

秋风萧瑟天气凉，　草木摇落露为霜，[2]

群燕辞归雁南翔，[3] 念君客游多思肠。[4]
慊慊思归恋故乡，[5] 君何淹留寄他方？[6]
贱妾茕茕守空房，[7] 忧来思君不敢忘。[8]
不觉泪下沾衣裳， 援琴鸣弦发清商。[9]
短歌微吟不能长，[10] 明月皎皎照我床。[11]
星汉西流夜未央，[12] 牵牛织女遥相望。[13]
尔独何辜限河梁？[14]

【注释】

①燕歌行：属乐府《相和歌·平调曲》。今存最早的《燕歌行》是曹丕所作的二首。 ②摇落：零落。摇，一作"零"。 ③辞：一作"争"。雁：一作"鹄"，天鹅。 ④君：对对方的尊称。此指离家在外的丈夫。君，一作"吾"。多思肠：多相思愁绪。一作"思断肠"。 ⑤慊（qiàn）慊思归恋故乡：想象丈夫此时也在思念故乡。慊慊，怨恨的样子，一说是恋恋不舍的意思。 ⑥君何：一作"何为"，又作"君为"。淹留：久留。 ⑦贱妾：古代妇女自称的谦辞。茕（qióng）茕：孤独的样子。 ⑧敢：一作"可"。 ⑨援：取。琴：一作"瑟"。鸣弦：使弦发出声音，即弹奏的意思。清商：古曲调名，音节短促，凄清悲惋。 ⑩短歌：音节短促之歌。微吟：低声吟唱。不能长：清商曲节奏急促，只可短歌低吟，不能长歌，所以说"不能长"。 ⑪皎皎：洁白明亮的样子。 ⑫星汉：银河。西流：银河在不同季节方向不同，秋天转向西。央：尽。 ⑬牵牛、织女：二星座名，隔银河相对。传说牵牛、织女为夫妻，每年仅夏历七月七日，由喜鹊搭桥，才能相聚一次。 ⑭尔：你们，指牵牛、

织女。独:偏偏。何辜:何罪。一说,何故。限河梁:为银河上的桥梁所限制。

【品评】

全诗共十五句,可分成五节。

第一节,诗人选择相互联系的典型景物,写出了深秋景象,也为全诗作了铺垫。这三句既是真实景物描写,同时也具有比兴意义。时节已凉的深秋景象,尤其是那知道归处的群燕和大雁,很容易触动人们对离家在外的亲人的思念。诗中写的这位女子就是这样。

从第二节开始,直接写女子对丈夫的思念。她独处深闺,面对眼前的深秋景色,倍加思念离家在外的丈夫。思念深切不断。随着对丈夫的深切思念,由己及他,揣度丈夫此时此刻一定有很多怨恨,一定也在“恋故乡”。接着,她又想,既然“恋故乡”,那为什么还久留异乡、迟迟不归呢?这句话带有埋怨和责备的意思。透过表面的埋怨和责备,我们能进一步体会到她对丈夫的深沉思念。从字句来看,“慊慊”两句是写丈夫的思乡之情,似乎与女子的思念关系不大。但是由于丈夫的思乡之情是出自女子的想象,因此,这两句虽然不是直接写女子,而女子的思念之情却得到进一步表现。结合第一节来看,开始四句属于实写,而“慊慊”两句则是由实变虚,属于虚写了。这种有实有虚、虚实结合的写法,不仅写法有变化,更重要的是真切而委婉地表现了这位女子对丈夫的真挚思念。同时又自然地引出了下面一节。

第三节,又由虚到实,由丈夫到自己。进一步写女子因思念而产生孤独、忧伤和无法遏止的痛苦。值得注意的是，诗人在这一节写女子的“思君”，没有写作“不能忘”、“不愿忘”，而是用了“不敢忘”三个字。“不敢忘”，内涵深沉，表现了她对丈夫的担心和忠贞，也表现了她对丈夫难以割舍的恋爱。在她的心目中，一旦忘了丈夫，她的精神就没有依托了。

第四节写她为了排遣忧伤和痛苦，取琴弹奏。人在十分悲伤和痛苦的时候，常常想方设法排遣。诗中写的这位女子也是这样。为了舒缓自己极度的痛苦，她取琴弹奏清商曲。她所以选择弹奏清商曲，是因为清商曲节拍短促、音响低微，这和她哀怨忧伤的心情是相通的。她开始取琴弹奏，本来是想借弹琴来排遣忧伤，但是短促低微的琴声和自己的忧伤产生了共鸣，结果是借弹琴来排遣忧伤反而又增加了忧伤。这时，伴随着难以排遣的忧伤，眼前又出现了另外一种景象：“明月皎皎照我床。”这一句，不仅点出了时间已经到了夜间，同时用明亮清冷的月光照床这一景象，进一步写出了她的清冷和孤苦。

最后一节，紧承上一节“明月皎皎照我床”一句。“明月”一句写的是在屋内看到的景象。这一节是写远望看到的星空景象和引发的联想。“星汉西流夜未央”一句，特别点出银河“西流”，说明时间已到深夜。“夜未央”，又说明虽到深夜，但仍感到夜间还很长很长。“牵牛织女遥相望”一句写银河南北的牵牛和织女，既是实景，又是比兴。牵牛和织女只能遥望而不能相聚，正如自己不能同丈夫相聚一样。结尾的“尔独何辜限河梁”一句用反问的语气，表面看来，是说牵牛和织女之所以不能相聚，并不是因为他们有什么罪过，实际上是说自己和丈夫也没有什么罪过。到底是谁的罪过？诗中没有回答，而是留给读者去思考。

在写作上，这首诗的一个突出特点，就是情景融合。这在第一节和最后一节有明显的表现。诗人在这两节中，都是依据诗中所写女子的忧伤情感选取典型景物，而诗人对这些典型景物的描写，又进一步深化了她的忧伤情感。诗中的景语，也是情语。写景抒情，取得了景情璧合的艺术效果。

在用韵上，这首诗是句句用韵，一韵到底。这样的用韵，使全诗一气舒放、前后贯通，和全诗抒发的掩抑徘徊、缠绵委婉的情感和谐一致。

其　二①

别日何易会日难，② 山川悠远路漫漫。③
郁陶思君未敢言， 寄声浮云往不还。④
涕零雨面毁容颜，⑤ 谁能怀忧独不叹！
展诗清歌聊自宽，⑥ 乐往哀来摧肺肝。⑦
耿耿伏枕不能眠，⑧ 披衣出户步东西。
仰看星月观云间，⑨ 飞鸧晨鸣声可怜，⑩
留连顾怀不能存。⑪

【注释】

①汉魏乐府诗，原有本辞，后人称之为古辞。到了晋代演奏时，有些在本辞之外，又出现了修改本。曹丕的《燕歌行》其二，今并存古辞和晋乐所奏两种。两种文字有所不同。古辞见于《玉台新咏》卷九；晋乐所奏的见于《乐府诗集》卷三二。上面著录的是

古辞。为了便于参照比较，特将晋乐所奏的一首照录于下："别日何易会日难，山川悠远路漫漫。（一解）郁陶思君未敢言，寄书浮云往不还。（二解）涕零雨面毁形颜，谁能怀忧独不叹！（三解）耿耿伏枕不能眠，披衣出户步东西。（四解）展诗清歌聊自宽，乐往哀来摧心肝。悲风清厉秋气寒，罗帷徐动经秦轩。（五解）仰戴星月观云间，飞鸟晨鸣声（气）可怜，留连顾怀不自存。（六解）" ②何易：多么容易。 ③路：一作"浮"。 ④郁陶（yáo）：忧伤深重。 ④寄声：托付心声。声，一作"书"。 ⑤涕零雨面：形容泪流满面。容：一作"形"。 ⑥展诗清歌：展开诗篇歌唱。清歌，清唱，没有伴奏而唱。聊：姑且。 ⑦肺：一作"心"。 ⑧耿耿：不安的样子。 ⑨看：一作"戴"。 ⑩鸧（cāng）：即鸧鸹（guā），一种如鹤的水鸟。鸧，一作"鸟"。 ⑪留连：依恋。顾怀：思念。能：一作"自"。存：止息。

【品评】

《乐府诗集》卷三二引《乐府解题》总论曹丕的两首《燕歌行》说："晋乐奏魏文帝《秋风》、《别日》二曲，言时序迁换，行役不归，妇人怨旷无所诉也。"细读这两首诗，可以发现，两首诗尽管都是抒发思念亲人之情，但有明显的不同：第一，第一首，很明显写的是一位女子对丈夫的思念。而第二首是谁在思念，为什么"郁陶思君未敢言"？"所思为何者？终篇求之不得"（王夫之《船山古诗评选》卷一）。对于第二首，诗人之所以这样写，当有自己独特的蕴涵。这样写，诗的意旨显得朦胧，但同时也给读者留下了很大的想象空间。第二，第一首景物描写占的篇幅大。开头"秋风萧瑟天气凉”等三句由情及景，由景及情，同时点明时序是在晚秋。最后“明月皎皎照我床”四句景物描写，兼具比兴，笔长意深。整首诗有景有情，情景相融，写得宛曲细腻，耐人寻味。而第二首，全是直接抒情敷叙。全诗把“别日何易会日难”、“郁陶思君未敢言”、“谁能怀忧独不叹”、“乐往哀来摧肺肝”、“留连顾怀不能存”等直接的抒情，同“寄声浮云”、泪流满面、“展诗清歌”、伏枕不眠、“披衣出户”、仰看云间星月、耳听“飞鸽晨鸣”等表现思念忧伤之类的动作的叙写，彼此穿插，相互交融，用比较直白的笔墨，抒发了深沉而又难以抑制的思念之情。两首诗，虽然各有特点，但如果全面评价，第一首胜于第二首。

秋胡行（其二）

泛泛绿池，[①] 中有浮萍。
寄身流波， 随风靡倾。[②]
芙蓉含芳，[③] 菡萏垂荣。[④]
朝采其实，[⑤] 夕佩其英。[⑥]
采之遗谁？[⑦] 所思在庭。[⑧]
双鱼比目， 鸳鸯交颈。
有美一人， 婉如清扬，[⑨]
知音识曲，[⑩] 善为乐方。[⑪]

【注释】

①泛泛：形容水波荡漾。绿：一作“渌”，清澈。 ②靡：倒。③芙蓉：荷花。 ④菡萏(hàn dàn)：荷花。荣：花。 ⑤实：果实，指莲子。 ⑥英：花。 ⑦遗(wèi)谁：一作“谁遗”。遗，赠送。 ⑧所思在庭：言所思念的人在庭院之中。 ⑨有美一人，婉如清扬：语出《诗经·郑风·野有蔓草》。言有一个美丽的女子，长得眉清目秀。婉，美丽。如，而。清扬，眼睛清澈明亮。清扬，一作“青阳”。 ⑩知音识曲：懂得音乐，能识曲谱。 ⑪善为乐方：善于演奏和歌唱。方，方法。

【品评】

此诗写对一位所爱慕美人的思念。全诗十六句。前十二句，主要写绿池中的景物。“泛泛绿池”，写宏观所及。下面分写绿池水上随风倾倒的浮萍，含芳开花的荷花，成双成对的比目鱼和欢快交颈的鸳鸯。这些景物是实景，也浸染着实情，尤其是“双鱼比目，鸳鸯交颈”两句，明显具有比兴意义。在诸多景物中，清晨特别采摘了莲子，傍晚又佩带了荷花。采摘莲子是想赠送给所思念的人。所思念的是怎样的人？最后四句，做了回答，点明是一位美人。这四句直接写美人。写美人突出了两点：一是写其有美丽的眼睛；二是写其深知音乐，善于演奏和歌唱。值得注意的是，这首诗中的“有美一人”四句，又见于曹丕的《善哉行》其二。重复诗句的使用，表明曹丕所爱慕的美人，不仅有以眼睛美为主的外表之美，而且还有以“知音识曲”为主的内在的才能之美。

秋胡行(其三)

朝与佳人期,[1] 日夕殊不来。[2]
嘉肴不尝,[3] 旨酒停杯。[4]
寄言飞鸟, 告余不能。[5]
俯折兰英,[6] 仰结桂枝。[7]
佳人不在, 结之何为?
从尔何所之?[8] 乃在大海隅。[9]
灵若道言,[10] 贻尔明珠。[11]
企予望之,[12] 步立踟蹰。[13]
佳人不来, 何得斯须。[14]

【注释】

①期:约会。 ②殊:还,犹。 ③嘉肴:美味的菜。 ④旨酒:美酒。 ⑤能:通“耐”。 ⑥兰英:兰花。英,一作“黄”。 ⑦结:束结。一说,结,是“撷(xié)”的假借字,意思是采折。桂:一作“佳”。 ⑧从:追逐。尔:指佳人。 ⑨在:一作“至”。 ⑩灵若:海神名,又名海若。 ⑪贻:赠送。 ⑫企予望之:语本《诗经·卫风·河广》。企,翘起脚跟。予,而。 ⑬步立:时而行走,时而站立。踟蹰:一作“踌躇”,徘徊不定。 ⑭何得斯须:一会儿也难挨。斯须,片刻。斯,一作“何”。

【品评】

这首诗写等待佳人时的急切难耐的情思。佳人是谁?诗中没有明示。古代诗文中的佳人,有时指的是美女,有时指的是君子贤人,有时指的是友人,曹丕此诗所写的佳人,指的是谁,诗中没有明示。诗人或不便于明示,或有意略而不写,留给读者去想象。

一般写对佳人的期待,大多着笔于佳人和期待者两方,而此诗,却完全略去了对佳人的叙写,把所有的笔墨都集中于期待者一方。开始两句,就从期待者的一方,点明了主旨:清晨与佳人约会,到傍晚还不见佳人,痛苦忧伤的心态、渴求相见的情感,为全诗奠定了基调,是全诗的灵魂也诱发了下面期待者的种种表现。佳人尽管迟迟不来,但期待思念之情却丝毫未减。因期待思念填膺满怀,面对嘉肴美酒,无心饮尝。看见飞鸟,由鸟及人,又托飞鸟捎信给佳人,说自己久等难耐。接着又俯折兰花,仰采桂枝,想送给佳人。《离骚》和《九歌》中有"结幽兰而延伫"和"结桂枝兮延伫"两句,用兰花和桂枝象征品行的高洁。这里,曹丕化用前人的诗句,借以表现自己和佳人对高洁品行的追求。兰花折下了,桂枝采下了,全都束结好了,可是不见佳人。于是又想跟随佳人远至大海,让海神灵若把明珠赠给佳人。但这毕竟是想象,佳人毕竟不在面前。因此,情不自禁地翘足眺望,时走时立,徘徊不定。最终仍是不见佳人,渴望急切,片刻难忍。诗结尾与诗开头,相互照应,与佳人约会而终不得相会的渴望、痛苦和忧伤之情贯穿了全诗。

善哉行（其一）

上山采薇，[①] 薄暮苦饥。[②]
溪谷多风，[③] 霜露沾衣。[④]
野雉群雊，[⑤] 猿猴相追。
还望故乡， 郁何垒垒。[⑥]
高山有崖， 林木有枝。
忧来无方， 人莫之知。[⑦]
人生若寄， 多忧何为！[⑧]
今我不乐， 岁月其驰。[⑨]
汤汤川流，[⑩] 中有行舟。
随波转薄，[⑪] 有似客游。
策我良马，[⑫] 被我轻裘。
载驰载驱，[⑬] 聊以忘忧。

【注释】

①采薇：《诗经·小雅》中有《采薇》一篇，表达久役在外的士卒思乡归来之情。本诗开始特写“上山采薇”，当有借《采薇》起兴之意。薇，野生豆科植物，可食。 ②薄暮：时近夜晚。薄，迫近。 ③多：一说“多”下有“悲”字。 ④沾：一说“沾”下有“我”字。 ⑤雉（zhì）：一种鸟，通称野鸡。雊（gòu）：野鸡叫。 ⑥郁：忧愁。

垒垒：重积的样子。 ⑦“高山有崖”四句：用前二句反衬后二句，写忧伤之深重。崖，一作“林”。林，一作“崖”。无方，没有一定的方向、方位。之知，一作“知之”。 ⑧寄：寄居。 ⑨今我不乐，岁月其驰：化用《诗经·唐风·蟋蟀》“今我不乐，日月其除”二句。岁，一作“日”。其，一作“若”。驰，很快流逝。 ⑩汤（shāng）汤：水大流急的样子。 ⑪转薄：旋转、停泊。薄，通“泊”。谓舟靠岸。转薄，一作“回转”。 ⑫策：用鞭驱赶。 ⑬载驰载驱：用《诗经·鄘风·载驰》成句。载，助词。驰，放马快跑。驱，赶马前进。

【品评】

这首诗写游子思念故乡而不得归的忧伤。

前十二句叙事、写景与抒情互相交融，写怀乡的忧伤。头四句写上山入溪之苦。以下八句，兴比兼具，由山溪延伸，写在山溪所见野鸡、猿猴各有伙伴，鸣叫呼唤、互相追随的欢快，反衬客游的孤独和望乡难归的痛苦。其中，“忧来无方”一句是全诗的“关键词”。陈祚明云：“‘忧来无方’，言忧始深。意中有一事可忧，便能举以示人，忧有域也。惟不能示人之忧，戚戚自知，究乃并己亦不自知其何故，耳触目接，无非感伤，是之谓‘无方’。非‘无方’二字不能写之。”（《采菽堂古诗选》卷五）

后十二句，重点写由忧伤转向自我宽慰。“人生若寄，多忧何为”，承上解“忧来无方”而转，点出人生短暂，应当及时行乐。但由于忧伤深重，难以宽解，于是又触景生忧，用“汤汤川流”四句，写客游的流荡不定。客游在外，本如大水急流中的行舟，漂泊荡动，但诗中却说行舟似客游，极言客游漂荡不安和无定。最后四句，顺承“有似客游”一句，想策良马、披轻裘任其驰骋，再次用行乐来宽慰自己，忘其忧伤。但忧伤深重，所谓行乐，只是出于无奈，聊以自慰罢了。行乐的闪念瞬息即逝之后，思念故乡而不得归的忧伤会变得更加深重。

善哉行(其二)

有美一人，　婉如清扬。
妍姿巧笑，[①] 和媚心肠。[②]
知音识曲，　善为乐方。[③]
哀弦微妙，[④] 清气含芳。[⑤]
流郑激楚，[⑥] 度宫中商。[⑦]
感心动耳，[⑧] 绮丽难忘。
离鸟夕宿，　在彼中洲。[⑨]
延颈鼓翼，[⑩] 悲鸣相求。
眷然顾之，[⑪] 使我心愁。
嗟尔昔人，[⑫] 何以忘忧？

【注释】

①妍：美。巧笑：笑得娇美。　②和媚：温和而妩媚。　③善为乐方：擅长演奏和歌唱。方，方法。　④哀弦：指演奏动人的琴

弦之声。 ⑤清气含芳：指乐曲清新，好像含有芬芳的花香。⑥流郑：流畅的郑声。郑，指《诗经·国风》中的《郑风》，这里代指俗乐。激：急越。楚：楚乐。 ⑦度宫中商：意为演奏的宫、商各调都符合音律。度、中，符合。宫、商，均为古代五音之一。宫中，一作“中宫”。 ⑧耳：一作“意”。 ⑨中洲：洲中。 ⑩延颈：伸长脖子。鼓翼：拍打翅膀。 ⑪眷然：留恋的样子。 ⑫嗟尔：感叹声。尔，语助词。

【品评】

这首诗是写诗人对一个美丽和善、擅长乐曲的女子的赞美和渴求之情。

全诗二十句，前十二句是对所爱慕女子的描写。“有美一人”四句，化用《诗经》中的句子，主要写女子美丽的容姿，兼及和善的心地。“知音识曲”八句，写女子“知音识曲”、善于演奏的音乐才华。曹丕爱好音乐，并且有很深的造诣，所以对所写女子的音乐才华，倍加赏识，在诗中用了较多笔墨，从女子非凡的演奏和听者的“感心动耳”等角度加以铺陈叙写，写得真切动人。同时也表现了曹丕对音乐美的向往和追求。从结构上看，“感心动耳”一句，是就演奏乐曲方面而言，而“绮丽难忘”一句则是对开始四句所写美丽容颜的回应。诗中的后八句，先以洲中的离群之鸟在夜间悲鸣求伴作比兴，接着直抒自己因眷恋顾盼那个女子而生发的难以忘怀的忧愁。比兴形象，直抒坦诚，二者结合，表现了忧愁的深重而又难以消解。

今存曹丕的诗歌中，以游子思妇和男女情爱为题材的较多。

曹丕的这类诗歌，一般都写得低回婉转，清新蕴藉，格调舒缓。这首《善哉行》大体上也是这样。

猛虎行①

与君媾新欢，②托配于二仪。③
充列于紫微，④升降焉可知！
梧桐攀凤翼，⑤云雨散洪池。⑥

【注释】

①猛虎行：乐府旧题，属《相和歌·平调曲》。 ②媾（gòu）：会合，交合。 ③托：寄托。二仪：天地或阴阳。 ④充列：列位。紫微：星座名，这里当指紫微宫。古代常用星座名命名皇宫中的殿堂。 ⑤梧桐：一作“何梧”。 ⑥洪池：水池名，在洛阳东三十里。

【品评】

“与君媾新欢”两句，言与君新交欢，如同天与地（或阴与阳）相配一样，合乎自然。“充列于紫微”两句，由交欢顿转忧虑。写身居宫殿中，是升，还是降？难以预知。最后“梧桐攀凤翼”两句，写梧桐与凤凰相互攀附，云雨散于洪池。两句是写景，同时似乎喻有与君难以割舍之义。

从今存《猛虎行》古辞来看，《猛虎行》原是写游子的。曹丕此诗，只是借用古题。就“与君媾新欢”几句而言，此诗有可能写的是男女爱情。另外，朱止溪说此诗“曲辞似别有寄托”（引自夏传才、唐绍忠《曹丕集校注》）。关于寄托，又有二说。“诗以为汉宠任外戚，卒致族灭，故为后来者戒”（朱乾《乐府正义》卷六），此其一。黄节《汉魏乐府风笺》卷十引《魏略》说：“太祖不时立太子，太子自疑。”故有“‘升降焉可知’之言欤”！此其二。以上二说，特予引录，以资参考。

杂诗二首①

其一

漫漫秋夜长，　烈烈北风凉。②
展转不能寐，③　披衣起彷徨。④
彷徨忽已久，　白露沾我裳。
俯视清水波，　仰看明月光。
天汉回西流，⑤　三五正纵横。⑥
草虫鸣何悲，　孤雁独南翔。
郁郁多悲思，⑦　绵绵思故乡。⑧
愿飞安得翼，　欲济河无梁。⑨
向风长叹息，　断绝我中肠。

【注释】

①杂诗：今存最早用“杂诗”题名，是萧统《文选》选录王仲宣和刘公干等人的“杂诗”。《文选》把杂诗作为一类，集中于卷二九、卷三十（两卷中也有一些不题“杂诗”的）。卷二九，李善注王仲宣“杂诗”说：“杂者，不拘流例，遇物即言，故云杂也。” ②烈烈：形容寒冷。 ③展转：即辗转，反复转动。 ④徨：一作“徉”。⑤天汉：天河，银河。回西流：由西南转向正西，表示夜已深。⑥三五：指天上的星星。一说，三指参（shēn）星，五指昴（mǎo）星。二星离得很近，能同时出现在天空。横：此处应读为 huāng。⑦郁郁：心里苦闷。 ⑧绵绵：连续不断的样子。 ⑨济：渡。

【品评】

此诗的主旨，正如诗中“郁郁多悲思，绵绵思故乡”两句所说，写游子思念故乡而不得归的悲伤。开始四句，写秋夜难眠。“漫漫秋夜长”两句，具有浓厚的悲秋意味，写秋天昼短夜长，凉风劲吹。“夜长”既是写实，也是写心态。所谓写实，是因为秋天确实夜长，所谓写心态，是因为人在欢畅时总感到夜短，而在忧伤时，则总感到夜格外的长。这四句用简练的文字，写明了时间，同时也为全诗奠定了忧伤的基调。夜长、风吹、天凉，使游子难以入睡，只好起来到屋外徘徊。接下去八句，主要写徘徊时所遇见的各种秋夜景物。独自徘徊，不觉时间已久，白露沾湿了“披衣”。秋夜风吹天清，俯视可以看到清水之波。水面一片清光，顿觉明月所照，于是又仰视，见到天空月光。“天汉回西流”二句，由上面“仰视明月光”一句而来，进一步写“仰视”所见，并暗指时已夜深。

“草虫鸣何悲”一句，上承“俯视清水波”一句，用草虫鸣叫的悲切，暗喻自己的忧伤。“孤雁独南翔”又写仰视所见。草虫悲鸣和孤雁南翔，又引发了忧伤情思。“郁郁多悲思”两句，是全诗的筋骨。这两句直抒悲伤，并点明上述悲伤的根由全在于“思故乡”。最后四句，以愿飞而无翼、欲渡河而无桥，比喻想归乡而难能，最终只能向风长叹，悲痛至极。从氛围和结构上看，“向风长叹息”一句，不仅与开始的“烈烈北风凉”一句，遥相呼应，而且连同“断绝我中肠”一句，把思乡而难归的悲伤推向了顶点。

其　二

西北有浮云，　亭亭如车盖。①
惜哉时不遇，② 适与飘风会。③
吹我东南行，④ 行行至吴会。⑤
吴会非我乡，　安得久留滞？⑥
弃置勿复陈，⑦ 客子常畏人。⑧

【注释】

①亭亭：高高耸立的样子。一作“团团”。如：一作“似”。车盖：车篷。古代车篷如伞状。　②时不遇：没有遇着好时机。③适：恰巧。飘风：暴风。　④我：浮云自称。　⑤行行：一作“南行”。吴会：吴郡和会稽郡，今江苏南部和浙江一带。　⑥留滞：即滞留，停留。　⑦弃置勿复陈：乐府诗常用的套语，意思是抛开这些，不要再说了。陈，述说。　⑧客子：客居他乡的游子。

【品评】

从写法上看，上一首诗用的是赋，而这首诗用的则是比。用比写游子被迫长期离乡而难归的忧伤和畏惧。

开始四句，用浮云遭遇暴风为比，写游子生逢昏乱时代。“西北”和下文的“东南”，遥相呼应，泛指空间，并非确指。“惜哉时不遇”一句，特别点出了时势，暗示游子的不幸，实际上是昏乱的时势造成的。既然生逢昏乱时势，游子就如同浮云被暴风所吹一样，自己完全不能自主。“吹我东南行”四句，紧承前文，用“我”代称浮云，自然地把前四句用浮云作比，过渡到被比喻的实体——游子。同时又没有完全脱离作为比喻的浮云，表现了游子如同浮云被暴风吹至远方，长期远离故乡的忧伤。“吴会非我乡，安得久留滞”两句，点明了全诗的主旨。后一句，特别用了一“久”字，又用自问的句式，表现了游子离乡时间之长和欲归故乡而不得的感伤。最后两句，“弃置勿复陈”一句，本来是乐府诗和古诗中常用的套语，但在这里，诗人信手拈来，表达了对游子的同情。诗最后用“客子常畏人”收束全诗，又进一步深化了游子的忧伤。游子长期离乡，孤身一人，寄居远方，多有危险，常存畏惧。思乡之情已使游子难以承受，而常有的畏惧心理，如同雪上加霜，使游子更加无法承受。

此诗在写作上，除了通篇用比之外，还有一个特点就是“结句换韵”。关于诗歌的用韵，清代王士祯等著《师友诗传录》说：“一韵气虽矫健，换韵意方委曲。有转句即换者，有承句方换者，水到渠成，无定法也。”此诗结句换韵，应当说是“水到渠成”，用韵自然，与诗最后抒发的游子的忧惧心情正相谐和。

清河作①

方舟戏长水，② 湛澹自浮沉。③
弦歌发中流， 悲响有余音。④
音声入君怀，⑤ 凄怆伤人心。⑥
心伤安所念？ 但愿恩情深。⑦
愿为晨风鸟， 双飞翔北林。⑧

【注释】

①清河作：《艺文类聚》卷二八引此诗题作《于清河作》。清河，古河名。上游承白沟（今河南东北），东北流经今河北威县，以下始称清河。一说是淇水支流，在今河南内黄。 ②方舟：两船相并。 ③湛澹：水清而有波澜。一作“澹澹”，水动荡的样子。澹，一作“淡”。 ④悲响有余音：一作“悲风漂余音”。 ⑤君：对对方的敬称。 ⑥凄怆：悲伤。 ⑦愿：一作“顾”。 ⑧愿为晨风鸟，双飞翔北林：晨风，鸟名，又名鹯（zhān），像鹞子。晨，一作“鷐”。北林，泛指树林。《诗经·秦风·晨风》：“鴥彼晨风，郁彼北林。”

【品评】

这是一首情歌。

开始二句，直扣河水，写方舟在动荡的河水中自由漂浮。一个“戏”字，写出了喜悦之情。接下去四句抒发的情感，由喜悦转为悲伤，到河中弹弦唱歌，音响悲伤，饶有余音。这悲伤的余音，想象传入自己深爱的对方那里，沁入心怀，定会引发深沉的悲伤。最后四句，由对对方的思念，又转写自己，表示但愿对方对自己恩情深厚，自己愿意化为晨风鸟，与对方双双飞翔在北林。

王夫之在《古诗评选》卷四中，选录了此诗，评价说：“玄音绝唱。”陈祚明在《采菽堂古诗选》卷五中，也选录了此诗，称赞说：“辞旨宛转相抱，亦以自然独胜。”

曹丕赋选

寡妇赋并序[1]

陈留阮元瑜,[2]与余有旧,[3]薄命早亡,[4]故作斯赋,以叙其妻子悲苦之情。命王粲等并作之。

惟生民兮艰危,[5]于孤寡兮常悲。人皆处兮欢乐,我独怨兮无依。抚遗孤兮太息,[6]俯哀伤兮告谁?[7]三辰周兮递照,[8]寒暑运兮代臻。[9]历夏日兮苦长,涉秋夜兮漫漫。微霜陨兮集庭,[10]燕雀飞兮吾前。去秋兮就冬,改节兮时寒。水凝兮成冰,雪落兮翻翻。[11]伤薄命兮寡独,内惆怅兮自怜。

【注释】

①此赋之序据《文选》卷一六潘岳《寡妇赋》李善注引。又《艺文类聚》卷三四、《魏文帝集》录引此赋序为:"陈留阮元瑜早亡,每感存其遗孤,未然不怆然伤心,故作斯赋。"二序词句略有不同。 ②陈留阮元瑜:阮瑀字元瑜,陈留尉氏(今河南开封)人,建安七子之一。③旧:交情。 ④薄命:没有好命运。早亡:阮瑀死时约四十多岁,故云"早亡"。 ⑤生民:人。艰危:艰苦危难。 ⑥遗孤:死后留下的孩子。阮瑀死时,其子阮籍三岁。太息:深深地叹息。 ⑦俯:低头。⑧三辰:日、月、星。周:转。递:顺次。 ⑨代:更替。臻:至。

⑩微霜：一作“后霜”，晚霜。陨：落。庭：院子。 ⑪翻翻：飞舞貌。

【品评】

建安十七年(212)阮瑀不幸早亡，撇下妻子和儿子，曹丕为之悲伤，不仅自己写诗作赋，同时还命王粲等人写作。

此赋属于代言体，是用寡妇的口吻，叙写了她难以抑制的孤苦和悲伤。

全赋可分为两节。开始“惟生民兮艰危”六句是第一节，主要直叙寡妇的悲伤和孤苦。“惟生民兮艰危，于孤寡兮常悲”，从正面着笔。“人皆处兮欢乐，我独怨兮无依”，同王粲《寡妇赋》中的“人皆怀兮欢豫，我独感兮不怡”两句相近，使用反衬。正反交错，深切地表现了寡妇的孤苦和悲伤。如果说作为寡妇，自己的孤苦尚能承受的话，那么当面对失去父亲的孤儿时，其孤苦就难以抑制了。于是，接着“抚遗孤兮太息，俯哀伤兮告谁”两句，一个典型的动作，一个反问的语意，又进一步深化了孤苦和悲伤之情。

“三辰周兮递照”以下的十二句，是第二节。这一节，当是设想之词，设想寡妇以后备受煎熬的岁月。十二句，主要着眼于一年当中寒暑的更替，寡妇在夏、秋、冬三个季节中的特殊感受，更深入地写她的孤苦和悲伤。值得注意的是，诗人写三个季节，并没有平均使用笔墨，而是突出了秋、冬两个季节。秋天夜长漫漫，微霜集庭，燕雀飞飞。冬天严寒，水凝成冰，雪落飞扬。这些凄凉景物，既是寡妇特别容易感受的，同时又加深了她的痛苦。因此最后自然地又引出了“伤薄命兮寡独，内惆怅兮自怜”两句，收束全赋。这两句直接抒情，与开始的几句相呼应，进一步表现了寡妇孤独忧伤而又无可奈何的心态。

此赋虽属代言体，但写得景情交融，真切感人。

柳赋并序[1]

昔建安五年，上与袁绍战于官渡时，[2] 余始植斯柳。自彼迄今，十有五载矣。感物伤怀，乃作斯赋。曰：

伊中域之伟木兮，[3] 瑰姿妙其可珍。[4] 禀灵祇之笃施兮，[5] 与造化乎相因。[6] 四时迈而代运兮，[7] 去冬节而涉春。[8] 彼庶卉之未动兮，[9] 固肇萌而先辰。[10] 盛德迁而南移兮，星鸟正而司分。[11] 应隆时而繁育兮，[12] 扬翠叶之青纯。[13] 修干偃蹇以虹指兮，[14] 柔条阿那而蛇伸。[15] 上扶疏而施散兮，[16] 下交错而龙鳞。[17]

在余年之二七，[18] 植斯柳乎中庭。始围寸而高尺，[19] 今连拱而九成。[20] 嗟日月之逝迈，[21] 忽亹亹以遄征。[22] 昔周游而处此，[23] 今倏忽而弗形。[24] 感遗物而怀故，[25] 俯惆怅以伤情。[26]

于是曜灵次乎鹑首兮，景风扇而增暖。[27] 丰弘阴而博覆兮，[28] 躬恺涕而弗倦。[29] 驷马望而倾盖兮，[30] 行旅仰而回睠。[31] 秉至德而不伐兮，[32] 岂简卑而择贱。[33] 含精灵而寄生兮，[34] 保休体之丰衍。[35] 惟尺断而能植兮，[36] 信永贞而可羡。[37]

【注释】

①此赋并序，《初学记》卷二八、《艺文类聚》卷八九、《太平御览》卷九五七所引，字句、结构不同。这里依据《魏文帝集》所编辑的。 ②上：指曹操。建安五年(200)，曹操在官渡大败袁绍。官渡，地名，在今河南中牟东。 ③伊：语助词。中域：域中。 ④瑰：奇伟，珍贵。 ⑤禀：承受。灵祇(qí)：天地之神。笃施：厚施，厚赐。 ⑥造化：自然的创造化育。 ⑦四时：四季。时，一作“气”。迈：行进。代运：季节相替。 ⑧涉：及，到。 ⑨庶卉：众花草。未动：未萌动。 ⑩固：乃。肇萌：初萌，先萌发。辰：延长，伸舒。 ⑪盛德迁而南移兮，星鸟正而司分：意为星辰变化，冬去春来。盛德，指旺盛之气。南移，指司春之星辰由司冬之星辰从北而南。古代天文认为：斗、牛等七星宿司冬，配于北方。井、鬼等七星宿司春，配于南方。鸟，古指南方朱鸟七星宿。司分，掌管节气。 ⑫隆时：盛时。 ⑬青纯：纯青之色。 ⑭修干：长长的枝干。偃蹇(yǎn jiǎn)：高耸的样子。虹指：形容枝干上部弯垂，如同虹那样弯垂。 ⑮阿那：即婀娜，优美的样子。⑯扶疏：繁茂纷披的样子。施散：散布。施，散。施，一作“孛”(bó)，茂盛的样子。 ⑰龙鳞：状如龙鳞。 ⑱余：我。二七：指十四岁。 ⑲围寸：寸围，粗一寸，意为很细。高尺：一尺高。⑳连拱：两手合围是一拱。连拱，形容很粗。九成：九重，九层，形容很高。 ㉑嗟：叹。逝迈：流逝。 ㉒亹(wěi)亹：行进的样子。遄(chuán)：远。 ㉓周游：出游。 ㉔倏忽：转眼之间。弗形：不是原来的样子。 ㉕遗物：旧物，指柳。怀故：怀旧。 ㉖俯：低头。㉗于是曜灵次乎鹑首兮，景风扇而增暖：意为到了夏季，天气变热。

曜灵次乎鹑首，指五月。曜灵，太阳。鹑首，星次名，指朱雀七宿中的井宿、鬼宿。景风，夏至后的和暖之风。扇，吹动。 ㉘丰弘阴：丰满宽大的树阴。阴，同“荫”。博覆：普遍遮盖。 ㉙躬：躬身。恺悌：和乐平易。弗倦：不倦怠。 ㉚驷马：指四马之车。倾盖：落下车盖。㉛行旅：来往行人。仰：仰视。回睠：回首眷恋。睠，同“眷”。㉜秉：持有。至德：最高品德。不伐：不夸耀。 ㉝简：选择。 ㉞精灵：神明。 ㉟休体：美好的身体。丰衍：丰满繁盛。 ㊱惟尺断而能植兮：意为割下尺长的柳枝插地而能成活。 ㊲信：诚然。永贞：永远保持高尚的情操。可羡：值得羡慕。

【品评】

此赋作于建安二十年(215)，是一篇咏物赋。全赋“感物伤怀”，借写栽植柳树和赞美柳树，表现了曹丕复杂的思想情感。其中有两点比较突出：

一是通过写柳树由初栽的细小到后来的高大、瑰奇和繁茂，表现了曹丕对生命旺盛的赞颂，同时也流露出基于生命意识而生发的对时光流逝的感伤。

二是赞美柳树弘荫博盖，恺悌不倦，有高尚的品德而不夸耀，尺长而能栽植，永葆节操。这些描述，显然是移情于柳树，借物咏怀。表现了自己对上述品德节操的钦羡。这是自励自警，也是借以示人。

曹丕文选

典论·论文[1]

文人相轻,[2]自古而然。傅毅之于班固,伯仲之间耳,而固小之,与弟超书:"武仲以能属文,为兰台令史,下笔不能自休。"[3]夫人善于自见,而文非一体,鲜能备善,[4]是以各以所长,相轻所短。里语曰:[5]"家有弊帚,[6]享之千金。"[7]斯不自见之患也。

【注释】

①《典论》是曹丕的论著集,其中所收文章,当作于不同时期,基本成书是在建安二十二年(217)冬大疫发生后不久。成书后当不断有所删补。《典论》所收文章,多有散佚。《论文》是其中的一篇。《论文》最早见于《文选》卷五二。此文除《文选》所载之外,《北堂书钞》、《艺文类聚》和《太平御览》等类书中,尚有片段。②相轻:相互轻视。　③"傅毅之于班固"七句:傅毅,字武仲,东汉茂陵(今陕西兴平东北)人,文学家。章帝时为兰台令史,拜郎中,与班固等共同主持整理图书,现存诗、赋、诔、颂、连珠等共二十八篇。班固:字孟坚,东汉安陵(今陕西咸阳东)人,文学家。明帝时为郎,典校秘书,著有《汉书》、《白虎通义》等。伯仲之间:意为傅、班二人的文才差不多。伯仲,兄弟的次序,长者为伯,次者为仲。小之:小看傅毅。超:班超,字仲升。属文:写文章。兰台

令史：兰台，汉时宫中藏书的机关，初由御史中丞掌管，后又设兰台令史，主持整理书籍和办理书奏。不休：不止，意为为文冗长。④鲜：少。备善：完善。 ⑤里语：民间谚语。 ⑥弊帚：破笤帚。⑦享之千金：享有千金之贵。

今之文人，鲁国孔融文举、[1]广陵陈琳孔璋、[2]山阳王粲仲宣、[3]北海徐干伟长、[4]陈留阮瑀元瑜、[5]汝南应玚德琏、[6]东平刘桢公干。[7]斯七子者，[8]于学无所遗，[9]于辞无所假，[10]咸以自骋骥騄于千里，[11]仰齐足而并驰。[12]以此相服，[13]亦良难矣。[14]盖君子审己以度人，故能免于斯累而作论文。[15]

【注释】

①鲁国孔融文举：孔融，字文举，鲁国（今山东曲阜）人。孔子二十世孙。历任北海相、少府等职。因多次冒犯曹操而被杀。有《孔少府集》。 ②广陵陈琳孔璋：陈琳，字孔璋，广陵射阳（今江苏淮安）人。初为何进主簿，后归袁绍。绍败，归曹操，任司空军谋祭酒，管记室。有《陈记室集》。 ③山阳王粲仲宣：王粲，字仲宣，山阳高平（今山东邹城西南）人。祖父王畅在东汉灵帝时官至三公。粲少年时为东汉文学家蔡邕所器重。董卓之乱，避难荆州，依刘表。后归曹操，拜侍中。擅长诗赋。有《王侍中集》。④北海徐干伟长：徐干，字伟长，北海剧县（今山东潍坊西北）人，任司空军谋祭酒、五官中郎将文学。著有《中论》，有《徐伟长集》。⑤陈留阮瑀元瑜：阮瑀，字元瑜，陈留尉氏（今河南开封）人。为司空军谋祭酒，管记室。当时的军国书檄，多由他和陈琳所作。有

《阮元瑜集》。 ⑥汝南应玚德琏：应玚，字德琏，汝南郡南顿县(今河南项城)人。为丞相掾属，转平原侯庶子，后为五官中郎将文学。有《应德琏集》。 ⑦东平刘桢公干：刘桢，字公干，东平宁阳(今属山东)人，丞相掾属，后为五官中郎将文学、临淄侯庶子。以五言诗著称。 ⑧斯七子者：指上文所说的孔融等七人，后世称为"建安七子"。其实孔融没有参与曹氏父子所领导的建安文学集团，其他六人都为曹氏效力，在文学上也与曹氏关系密切。⑨于学无所遗：学识全面，无所遗漏。遗，余留。 ⑩于辞无所假：意为善于自创新文辞。假，借。 ⑪咸：都。骥騄(lù)：千里马。 ⑫仰齐足而并驰：是说七子在学识和创作上并驾齐驱，不相上下。仰，恃。 ⑬相服：互相佩服。 ⑭良：确实。 ⑮盖君子审己以度人，故能免于斯累而作论文：言有修养的人能审查自己的才学去度量别人，所以能避免"文人相轻"的过失而写作论文。免于斯累，避免上述的过失。累，过失。二句所言，指的是"君子"的态度，也包括自己在内。

王粲长于辞赋，徐干时有齐气，[1] 然粲之匹也。[2] 如粲之《初征》、《登楼》、《槐赋》、[3]《征思》，干之《玄猿》、《漏卮》、《圆扇》、《桔赋》，[4] 虽张、蔡不过也。[5] 然于他文，未能称是。琳、瑀之章表书记，今之隽也。[6] 应玚和而不壮。刘桢壮而不密。孔融体气高妙，有过人者，然不能持论，[7] 理不胜辞，[8] 以至乎杂以嘲戏，及其所善，扬、班俦也。[9]

【注释】

①徐干时有齐气：言徐干的辞赋有时显得舒缓。齐气，李善注："言齐俗文体舒缓，而徐干亦有斯累。" ②匹：相当。 ③《槐赋》：《艺文类聚》、《初学记》引，均作《槐树赋》。 ④干之《玄猿》、《漏卮》、《圆扇》、《桔赋》：徐干的《玄猿》、《漏卮》和《桔赋》，已经失传。《圆扇》今存四句。 ⑤张：指张衡，字平子，东汉文学家和科学家，善于辞赋，有《西京赋》、《东京赋》、《南都赋》、《述志赋》、《思玄赋》等。蔡：指蔡邕，字伯喈，东汉文学家，善于辞章，有《述行赋》、《团扇赋》等。 ⑥琳、瑀之章表书记，今之隽也：曹丕《又与吴质书》："孔璋章表殊健，微为繁富……元瑜书记翩翩，致足乐也。"隽，同"俊"，杰出。 ⑦持论：立论。 ⑧理不胜辞：辞超过了理。 ⑨扬、班俦也：可与扬雄、班固等人的文章相等。俦，等，辈。

常人贵远贱近，向声背实，[1]又患暗于自己，谓己为贤。夫文本同而末异。[2]盖奏议宜雅，[3]书论宜理，[4]铭诔尚实，[5]诗赋欲丽。此四科不同，故能之者偏也，唯通才能备其体。[6]

【注释】

①向声背实：崇尚虚名而背弃实际。 ②夫文本同而末异：本同，指文的根本、共性，如下文所说的"文以气为主"、"盖文章，经国之大业，不朽之盛事"。末异，指文的体式、表现等特性，如下文所说的奏议等文体的特点。 ③奏议宜雅：写奏、议应讲求典

雅。 ④书：文体名，主要指私家文书。理：条理。 ⑤铭诔尚实：写铭、诔，应当真实。 ⑥通才：全才。

文以气为主，[1]气之清浊有体，[2]不可力强而致。譬诸音乐，曲度虽均，节奏同检，至于引气不齐，巧拙有素。[3]虽在父兄，不能以移子弟。[4]

【注释】

①文以气为主：文章体现的主要是作者的气质。气，气质。 ②清：指阳刚的气质。浊：指阴柔的气质。 ③"曲度虽均"四句：言曲法、曲谱、节奏、法度虽然相同，但演奏时，运气不一样，有巧有拙。巧、拙的根源，在于气质的不同。检，法度。引气，指吹奏时引气。素，原始，根本。 ④移：传。

盖文章，经国之大业，[1]不朽之盛事。[2]年寿有时而尽，[3]荣乐止乎其身，二者必至之常期，[4]未若文章之无穷。是以古之作者，寄身于翰墨，[5]见意于篇籍，[6]不假良史之辞，[7]不托飞驰之势，[8]而声名自传于后。故西伯幽而演《易》，[9]周旦显而制《礼》，[10]不以隐约而弗务，[11]不以康乐而加思。[12]夫然，[13]则古人贱尺璧而重寸阴，[14]惧乎时之过已。而人多不强力，[15]贫贱则慑于饥寒，[16]富贵则流于逸乐，[17]遂营目前之务，而遗千载之功。[18]日月逝于上，体貌衰于下，忽然与万物迁化，[19]斯志士之大痛也。

融等已逝，唯干著论，成一家言。[20]

【注释】

①经国：治国。 ②不朽之盛事：《左传》："太上有立德，其次有立功，其次有立言，虽久不废，此谓之不朽。"写文章属于立言，所以说是"不朽之盛事"。 ③年寿：寿命。 ④常期：定期。 ⑤寄身于翰墨：一生以写作文章为寄托。翰墨，笔墨，此指写作文章。 ⑥见：表现。 ⑦假：借。 ⑧不托飞驰之势：不靠地位和权势。 ⑨西伯幽而演《易》：西伯，周文王。幽，指被殷纣王囚禁。演《易》，推演易象作卦辞。 ⑩周旦：周公旦，周文王之子，周武王之弟。显：显达。 ⑪不以隐约而弗务：指上文所说的周文王。隐约，穷困。弗务，不从事写作。 ⑫不以康乐而加思：指上文所说的周公。加思，意为转移写作的想法。加，移。 ⑬夫然：这样。 ⑭尺璧：璧，圆形、扁平、正中有孔的玉器。尺璧，直径一尺的玉璧。 ⑮而人多不强力：人多不知努力。强，勉，努力。 ⑯慑：惧怕。 ⑰流：放纵。 ⑱功：功业，指写作文章。⑲迁化：意为死亡。 ⑳唯干著论，成一家言：指徐干著《中论》。

【品评】

《典论·论文》是我国今存古代文学理论批评史上最早的一篇文学专论。需要说明的是，我们虽然称《论文》中所说的"文"和"文章"为"文学"，但曹丕所说的"文"和"文章"包括各种诗文，范围很广，和后来所说的文学的含义有区别。

《论文》篇幅不很长，但论述了许多重要的文学理论批评问题：

一、从文学是治国"之大业"和"不朽之盛事"两方面，空前地强调了文学的重要价值。文中，特别用了较多的文字论述了"不朽之盛事"这一方面。曹丕强调文学的不朽，主要是着眼于文学是一种特殊的精神产品，具有长久不朽的生命。这有助于人们认识文学的特殊性，也有助于激励文人"不假良史之辞，不托飞驰之势"，独立地去进行创作。

二、提出了"文以气为主"的文气说。曹丕把文气完全归于先天，有失于全面。但他强调文人的气质在创作中的地位和作用，把气分为清、浊两种等独到的见解，对人们认识文学的特点和作家、作品的不同风格，都有重要的启示。

三、在文学体裁上的建树。文中不仅在我国古代文论史上，第一次集中地论述了奏议、书论、铭诔、诗赋四科八种体裁及其特点，同时，还指出："夫文本同而末异"，"四科不同，故能之者偏也"。这些见解诱发了后来对各种体裁的进一步探讨，也从体裁的角度，启示人们评论作家作品时，不能求全责备。

四、批评了"文人相轻"、"贵远贱今，向声背实"等不良风气。曹丕基于对不同文气和体裁的分析，指出作家各有长短，"鲜能备善"，不能"各以所长，相轻所短"，应当"审己以度人"。曹丕的这些见解，不仅在当时具有针对性，而且具有普遍的意义。

曹丕在文学批评方面，还本着上述原则和精神，对建安七子及其作品，高屋建瓴，作出了比较全面、辨证的分析和评价。

《论文》是一篇论说文，在理论上有多方面的重要建树。文中对所论及的问题，古今结合，夹叙夹议，摆事实，讲道理，论析相当全面辨证。同时论述时,笔端常带感情。如文中最后一部分论文章是“不朽之盛事”的一段,从时间的角度,把人生命的有限和文章的无穷相比照,有正面的赞颂:“古之作者,寄身于翰墨,见意于篇籍,不假良史之辞,不托飞驰之势,而声名自传于后。故西伯幽而演《易》,周旦显而制《礼》,不以隐约而弗务,不以康乐而加思。夫然,则古人贱尺璧而重寸阴,惧乎时之过已。”有惋惜和悲叹:“而人多不强力,贫贱则慑于饥寒,富贵则流于逸乐,遂营目前之务,而遗千载之功。日月逝于上,体貌衰于下,忽然与万物迁化,斯志士之大痛也。”赞颂与惋惜和悲叹相结合,对文学的重视和热忱,对作家的殷切期待,溢于言表。

又与吴质书[①]

二月三日,丕白:[②]岁月易得,[③]别来行复四年。[④]三年不见,《东山》犹叹其远,[⑤]况乃过之。思何可支![⑥]虽书疏往返,[⑦]未足解其劳结。[⑧]

【注释】

①原题作《与吴质书》,据四库本《汉魏六朝百三家集》卷二四改。现存曹丕文集中,有一篇写于建安二十二年(217)的《与吴质书》。《魏志·吴质传》注引《魏略》:建安“二十三年,太子又与吴质书”。即指这封书信。吴质,字季重,博学多智,官至振威将军,与曹丕友善。　②白:说。　③岁月易得:指时间过得很快。

④行：将。复：又。 ⑤《东山》犹叹其远：《诗经·豳风·东山》："自我不见，于今三年。"写士兵的思乡之情。远，指时间久远。 ⑥支：承受。 ⑦书疏：书信。 ⑧劳结：因忧思而生的郁结。劳，忧愁。

昔年疾疫，[1]亲故多离其灾，[2]徐、陈、应、刘，[3]一时俱逝，痛可言邪！昔日游处，行则连舆，[4]止则接席，[5]何曾须臾相失！[6]每至觞酌流行，[7]丝竹并奏，[8]酒酣耳热，仰而赋诗。当此之时，忽然不自知乐也。[9]谓百年己分，[10]可长共相保。[11]何图数年之间，[12]零落略尽！[13]言之伤心。顷撰其遗文，都为一集。[14]观其姓名，已为鬼录。[15]追思昔游，犹在心目，而此诸子，化为粪壤，[16]可复道哉！

【注释】

①昔年疾疫：指建安二十二年发生的疾疫。 ②离：通"罹"，遭遇。 ③徐：指徐干。陈：指陈琳。应：指应玚。刘：指刘桢。④连舆：车与车相连。舆，车。 ⑤接席：座位相连接。 ⑥须臾：一会儿。相失：相离。 ⑦觞酌流行：传杯接盏，饮酒不停。觞，酒杯。酌，斟酒，代指酒。 ⑧丝：指琴类弦乐器。竹：指箫、笙类管乐器。 ⑨忽然：一会儿。不自知乐：不觉得自己处在欢乐之中。 ⑩谓百年己分(fèn)：以为长命百年是自己的当然之事。分，本应有的。 ⑪相保：相互保有同处的欢娱。 ⑫图：料想。 ⑬零落略尽：大多已经死去。零落，本指草木凋落，此比喻人死亡。略，差不多。 ⑭顷撰其遗文，都为一集：最近撰集他们

的遗作，编成了一部集子。顷，近来。都，汇集。 ⑮鬼录：死人的名录。 ⑯化为粪壤：指死亡。人死埋葬，久而朽为泥土。

观古今文人，类不护细行，[①]鲜能以名节自立。[②]而伟长独怀文抱质，[③]恬淡寡欲，有箕山之志，[④]可谓彬彬君子者矣。[⑤]著《中论》二十余篇，[⑥]成一家之言，辞义典雅，足传于后，此子为不朽矣。德琏常斐然有述作之意，[⑦]其才学足以著书。美志不遂，良可痛惜。[⑧]

【注释】

①类：大多。护：注意。细行：小节，细小行为。 ②鲜：少。名节：名誉节操。 ③伟长：徐干字。怀文抱质：文质兼备。文，文采。质，质朴。 ④箕山之志：鄙弃利禄的高尚之志。箕山，相传为尧时许由、巢父隐居之地，后常用来代指隐逸的人或地方。⑤彬彬君子：《论语·雍也》："文质彬彬，然后君子。"彬彬，文质兼备的样子。 ⑥《中论》：分为上下卷，部分散佚。是一部哲理性学术著作。 ⑦德琏：应玚字。斐然：有文采的样子。述：阐发前人著作。作：自己创作。 ⑧良：确实。

间者历览诸子之文，[①]对之抆泪。[②]既痛逝者，行自念也。[③]孔璋章表殊健，[④]微为繁富。[⑤]公干有逸气，[⑥]但未遒耳，[⑦]其五言诗之善者，妙绝时人。[⑧]元瑜书记翩翩，[⑨]致足乐也。[⑩]仲宣独自善于辞赋，[⑪]惜其体弱，[⑫]不足起其文。[⑬]至于所善，古人无以远过。昔伯牙绝弦于钟期，[⑭]仲尼覆醢于子路，[15]痛知音之难遇，伤门人之莫逮。[16]诸子但为未及古人，[17]自一时之俊也。今之存者，已不逮矣。后生可畏，[18]来者难诬，[19]然恐吾与足下不及见也。[20]

【注释】

①间（jiàn）者：近来。 ②抆（wěn）：擦拭。 ③既痛逝者，行自念也：既悲痛死者，又自己思考。行，又。 ④孔璋：陈琳字。章表：奏章、奏表，均为臣下上呈皇帝的奏书。殊健：言其文气十分刚健。 ⑤微：稍微。繁富：指辞采繁多，不够简洁。 ⑥公干：刘桢字。逸气：超迈流俗的气质。 ⑦遒：刚劲有力。⑧绝：超过。 ⑨元瑜：阮瑀字。书记：指军国书檄等官方文字。翩翩：形容词采飞扬。 ⑩致足乐也：十分令人快乐。致，至，极。⑪仲宣：王粲字。独：一作“续”。 ⑫体弱：《魏志·王粲传》说王粲“容状短小”，“体弱通脱”。体，体质，气质。 ⑬起其文：勃起他的文气。 ⑭昔伯牙绝弦于钟期：春秋时俞伯牙善弹琴，唯钟子期为知音。子期死，伯牙毁琴，不再弹。钟期，即钟子期。⑮仲尼覆醢（hǎi）于子路：孔子的学生子路在卫国被杀并被剁成肉酱后，孔子便不再吃肉酱一类的食物。覆，倒。醢，肉酱。⑯门人：门生。莫逮：没有人能赶上。 ⑰但为：只是。 ⑱后生可畏：年轻人值得敬畏。 ⑲诬：妄言，乱说。 ⑳足下：对吴质的敬称。

年行已长大，[1]所怀万端。时有所虑，至通夜不瞑，[2]志意何时复类昔日？已成老翁，但未白头耳！光武言：[3]

"年三十余，在兵中十岁，所更非一。"[④]吾德不及之，年与之齐矣。以犬羊之质，服虎豹之文；无众星之明，假日月之光。[⑤]动见瞻观，[⑥]何时易乎？[⑦]恐永不复得为昔日游也！少壮真当努力，年一过往，何可攀援！[⑧]古人思秉烛夜游，[⑨]良有以也。[⑩]

顷何以自娱？[⑪]颇复有所述造不？[⑫]东望於邑，[⑬]裁书叙心。[⑭]丕白。

【注释】

①年行：行年，已度过的年龄。　②瞑：合眼入睡。　③光武：东汉开国皇帝刘秀的庙号。　④年三十余，在兵中十岁，所更非一：李善注认为语出《东观汉记》载刘秀《赐隗嚣书》。所更非一，所经历的事不只一件。　⑤"以犬羊之质"四句：谦称自己并无突出的德能，登上太子之位，全凭父亲指定。服，披，穿。假，借。日月，喻帝后、天地。此喻指曹操。　⑥见：被。　⑦易：改变。　⑧攀援：挽留。　⑨秉烛夜游：持烛火，夜以继日地游乐。秉，持。一作"炳"，燃。　⑩良有以也：确有原因。　⑪顷：最近。⑫述造：即"述作"。不：同"否"。　⑬於邑（wū yè）：同"呜咽"，低声哭泣。　⑭裁书：写信。古人写字用的帛、纸往往卷成轴，写字时要先剪裁下来。

【品评】

这封信除了首尾两段是抒写对吴质的思念之外，中间的主要内容是悼念与自己关系亲密的徐干、陈琳、应玚、刘桢和王粲等几位文人,并对他们的创作进行评论。

建安九年(204)曹操攻克了袁绍、袁尚父子长期盘踞的大本营邺城。从此以后,邺城成了曹魏的军事、政治和文化中心,也成了曹魏集团和许多文人生活的乐园。信中所写到的徐、陈、应、刘和王等许多著名的文人相继聚会在这里,形成了以三曹为中心的建安文人集团。建安十六年(211),曹丕任五官中郎将,置官属,为丞相副。天下向慕,宾客如云。曹丕爱好文学,能诗善文,又尊重文人,经常与文人唱和诗赋,游园饮宴,沉浸在游乐诗酒当中。可是他没有想到,乐景不长。先是,建安十七年(212)建安七子之一的阮瑀去世,到二十二年(217)春天,王粲病死,到冬天,一场灾疫突然袭来,“徐、陈、应、刘,一时俱逝”。在不太长的时间里,特别是前年同时失去了四位友人,使他震撼,使他痛心不已。曹丕同许多建安文人一样,对生命特别敏感。他为逝者悲伤,也为自己悲伤。他想通过写这封给知己好友的信,叙说自己的悲伤,安慰一下自己。他在信中,用了主要篇幅抒发了对逝者的悲痛和自己的忧伤,同时表述了对逝者的创作的看法。

写对逝者的悲伤,突出了对过去游宴诗酒欢乐相处的回忆和眼下“零落略尽”的对比。通过对比,不仅抒发了对死者的深切追念,同时也蕴涵着对生死难以预料和面对灾疫的无奈。

由于逝者都是著名的文人,曹丕自然会联想到他们的创作,所以在追念逝者之后,对他们的创作进行了评述。如果说作者在追念逝者时带有深厚悲伤的话,那么当评述他们的创作时,则变得相当理智。他评述逝者的创作,兼顾为人和述作,观点明确,突出特点,显瑜而又不掩瑕。

这篇书信由于其主旨是悼念逝者，因而奠定了抒发的感情基调是悲伤。但值得特别体会的是，作者在抒发悲伤时，并没有完全沉溺于悲伤而不能自拔。从文中对逝者创作的客观评述，从文中穿插的“后生可畏，来者难诬”以及“少壮真当努力”云云来看，作者悼念逝者，在深沉的悲伤中，还蕴涵着对未来的期望和对存者的警示。

在写作上，这篇书信通篇能把叙事与抒情交融在一起。即使在相当理智地评述逝者的创作时，也蕴藏着深情厚谊。另外，作者为了直抒情怀，在文中用了“思何可支”、“痛可言邪”、“可复道哉”、“何可攀援”等反问感叹的句调，进一步增加了抒情的分量。

在句式上，这篇书信用得最多的是四言和六言整齐的辞赋句式，说明曹丕的散文受到了辞赋的影响，但文中有时也用五言、七言、八言，甚至十言这样的散文句式。纵观通篇，整散结合，错落变化，不拘一格。读起来既感到有节奏美，又感到有一种舒缓抑扬的韵味。

禁复私仇诏[①]

丧乱以来，兵革纵横，[②]天下之人，多相残害者。[③]昔田横杀郦商之兄，[④]张步害伏湛之子，[⑤]汉氏二祖下诏，[⑥]使不得相仇。贾复、寇恂，私相怨憾，至怀手剑之忿，光武召而和之，卒共同舆而载。[⑦]今兵戎始息，[⑧]宇内初定。[⑨]民之存者，非流亡之孤，则锋刃之余。当相亲爱，养老长幼。自今以后，宿有仇怨者，[10]皆不得相仇。敢有复私仇者，皆族之。[11]

【注释】

①此文据严可均《全三国文》卷五。题目是后人所拟。②兵革：战争。纵横：纷繁交错，指战乱频繁。此句一作“兵革未戢”。 ③多相残害者：一作“多相杀害”。 ④田横杀郦商之兄：田横，秦末齐人。其兄田荣为齐王，荣死，立荣子广为齐王，自为相，执掌国政。郦商之兄：指郦食其（yì jī），又称郦生，汉陈留高阳人。沛公刘邦领兵至高阳，食其献计攻下陈留，号曰广野君。后游说齐田广、田横归汉刘邦。田氏相信他，罢守战备。及汉将韩信攻齐，田广、田横以为郦食其出卖自己，于是烹杀之。 ⑤张步害伏湛之子：张步，字文公，东汉琅玡人。伏湛之子，指伏隆，字伯文，东汉琅玡人。当时张步兄弟各拥强兵，占据齐地。光武任命伏隆为光禄大夫使齐，招降张步，为张步所杀。 ⑥汉氏二祖：指汉高祖刘邦、汉光武帝刘秀，他们分别为西汉和东汉的开国之祖。⑦“贾复、寇恂（xún）”五句：贾复、寇恂二人都是东汉光武帝时的朝廷大臣。贾复，字君文，南阳冠军人。光武即位，拜为执金吾，封冠军侯。寇恂，字子翼，上谷昌平人。因有功，光武任命他为颍川太守，封雍奴侯，邑万户。执金吾贾复在汝南时，部将杀人于颍川。寇恂捕杀于市。贾复以为耻，还过颍川时对左右说：“今见恂，必手剑之。”寇恂得知后，不忘蔺相如为国回避廉颇，不与争胜。后经光武帝的劝说，贾复、寇恂二人，“并坐极欢，遂共车同出，结友而去”。手剑，动剑。忿，愤怨。和之，使他们和好。卒，

终于。舆，车。 ⑧戎：战事。 ⑨宇内：一作“海内”。 ⑩宿：旧日，以前。 ⑪族：杀，又指灭其家族。

【品评】

据《三国志·魏书·文帝纪》，此诏作于黄初四年（223）春正月。

此诏虽属政令一类的应用文，但写得有理有情，情理交融。为了表明严禁复仇的重要，文中在叙述了当时“多相残害”的现实之后，由今及史，选择了两汉时期六个大臣和两个开国皇帝的史实，其中大臣有反面的“田横杀郦商之兄，张步害伏湛之子”，有正面的贾复、寇恂化怨憾复仇为友好相处。在皇帝中，特别标举两汉的开国皇帝汉高祖和光武帝下诏“使不得相仇”。这既是赞颂，又有自比的含义。“今兵戎始息”以下，又由史到今。“民之存者，非流亡之孤，则锋刃之余”几句，饱含悲伤怜悯之情。死者已矣，存者有幸。存者“当相亲爱，养老长幼。自今以后，宿有仇怨者，皆不得相仇”，多么温存的劝告！劝告之后，又以严厉的惩罚警示之，云：“敢有复私仇者，皆族之。”

曹植诗选

泰山梁甫行[1]

八方各异气,[2] 千里殊风雨。
剧哉边海民,[3] 寄身于草墅。[4]
妻子象禽兽, 行止依林阻。[5]
柴门何萧条,[6] 狐兔翔我宇。[7]

【注释】

①泰山梁甫行:一作《梁甫行》,乐府旧题。此诗最早见于《艺文类聚》卷四一,《乐府诗集》卷四一入《相和歌·楚调曲》,均题作《泰山梁甫行》。《艺文类聚》"泰"作"太"。 ②八方:东、西、南、北、东南、东北、西南、西北。异气:不同风气。 ③剧:艰难。边海:海边。 ④寄身:托身。墅:一作"野"。墅,同"野"。 ⑤阻:障隔。 ⑥柴门:用树条编扎的简陋之门。 ⑦翔:行走。宇:房屋。

【品评】

据《乐府诗集》卷四一,在曹植写作《泰山梁甫行》之前,有《泰山吟》、《梁甫吟》、《泰山梁甫吟》,三者都属于葬歌。曹植此篇只是借用乐府旧题,与葬歌没有关系。

此诗作于建安十二年(207)曹植随曹操北征三郡乌桓途中。

开始两句,从大处着笔,概写各地的风气习俗和地理气候有很大的不同。但诗人的视野和感受并没有停留在广阔之处,而是由广阔转向了局部,特别注意了海边的人民。于是,“剧哉边海民”以下六句转入了对海边人民生活的叙写。“剧哉边海民”一句,用慨叹的语气,概括了全诗主旨,在结构上,具有承上启下的作用。下面五句,紧承“剧哉边海民”一句,具体写海边人民艰难的生活境况。“寄身于草墅”,从大的方面,写海边人民生活在人烟稀少的草野之中。“妻子象禽兽”两句,写由于贫穷,妻子没有衣服,或者衣不裹体,行止如同禽兽,只能在树林中,依靠树林来遮蔽。“柴门何萧条”两句,写住处的荒凉破败,以至成为野兽的行游之地。最后四句,诗人选取了妻子没有蔽身之衣、野兽在住处行游两个典型,笔墨不多,但写出了海边人民生活的艰难和困苦。

这首诗在表达上,受民歌的影响,运用白描、直叙的写法,不作雕饰,语言自然质朴。

借用乐府旧题予以表现人民艰难困苦的生活遭遇,并且表现得如此真切感人,实属难得。在建安诗坛上,写中原一带人民悲惨生活的诗歌较多,而集中写边远之地人民艰难困苦生活的,却只有曹植此篇。

赠徐干[1]

惊风飘白日, 忽然归西山。

圆景光未满，[2] 众星灿以繁。
志士营世业，[3] 小人亦不闲。[4]
聊且夜行游， 游彼双阙间。[5]
文昌郁云兴，[6] 迎风高中天。[7]
春鸠鸣飞栋，[8] 流猋激棂轩。[9]
顾念蓬室士，[10] 贫贱诚足怜。
薇藿弗充虚，[11] 皮褐犹不全。[12]
慷慨有悲心，[13] 兴文自成篇。[14]
宝弃怨何人？ 和氏有其愆。[15]
弹冠俟知己， 知己谁不然？[16]
良田无晚岁， 膏泽多丰年。[17]
亮怀玙璠美，[18] 积久德愈宣。[19]
亲交义在敦，[20] 申章复何言！[21]

【注释】

①徐干：字伟长，北海剧县（今山东潍坊西北）人。建安七子之一。建安中，任司空军谋祭酒，后为五官中郎将文学。 ②圆景：指月亮。景，同“影”。光未满：指月亮未全圆。 ③营：经营，追求。世业：传世的大业。 ④小人：曹植自己戏称。一说指一般的人。 ⑤双阙：宫门两侧的望楼。 ⑥文昌：正殿名。郁云兴：云气郁然升起。郁，盛积的样子。 ⑦迎风：观名。中天：半天，形容迎风观极高。 ⑧春鸠：鸟名，形体像鸽子。飞栋：指很高的屋宇。 ⑨流猋（biāo）：旋风。猋，同“飙”。激：猛吹。棂

(líng)轩：窗户。棂，窗户的格子。 ⑩蓬室士：贫士，指徐干。蓬室，用蓬草盖的居室。 ⑪薇：一种野菜名，也称野豌豆。藿：豆类作物的叶子。弗充虚：不充饥。虚，指空腹。 ⑫皮褐(hè)：用皮做的短敝之衣。不全：不能完全遮蔽身体。 ⑬慷慨：《说文》："慷慨，壮士不得志于心也。" ⑭兴文自成篇：指徐干潜心写作《中论》。 ⑮"宝弃"二句：春秋时楚人卞和把他发现的璞玉先后献给楚厉王和楚武王。二王使玉人看后，说是石头。卞和被诬有欺君之罪而受到刖刑(斩掉两脚)。到楚文王时，才认出那是一块真玉。后来琢成玉璧，名和氏璧。宝、和氏，指徐干。愆，过失。 ⑯"弹冠"二句：弹冠，出仕前先弹去帽子上的灰尘。俟(sì)，等待。不然，不是这样。 ⑰"良田"二句：言有才德的人，一定会有成就。无晚岁，收获不会晚。膏泽，肥沃有水的田地。膏泽和良田，均喻有德有才的人。多丰年，多有丰收之年。 ⑱亮怀玙璠(yú fán)美：言徐干怀有美德。亮，信，诚。怀，抱。玙璠，美玉，喻美德。 ⑲宣：明显。 ⑳亲交：亲近的朋友。敦：劝勉。 ㉑申章：指写这首诗。申，陈展。

【品评】

此诗当作于徐干出任司空军谋祭酒之前，时间在建安十二年(207)前后。

此诗是曹植在邺宫夜晚行游时的即兴之作，主旨是劝勉朋友徐干应当尽快出仕。开始"惊风飘白日"四句，写时光迅疾：风吹白日，忽然下落；月亮未圆，繁星灿烂。曹植诗歌"工于起调"。此诗的开头就表现了这一特点。傍晚有风、太阳下山，本来是一种很平常的自然现象，但在曹植的心目中，风是“惊风”，是惊风飘动白日，使白日“忽然归西山”。“惊”、“飘”、“归”等字的选用，情感与景物交融，想象奇特，得神入理，赋予景物和时间以生命，化板为活，重新构造了人们对客观景物的感受，写时日疾逝、白天倏忽为夜晚所取代。“圆景光未满”两句，写入夜后天空的月亮和星星。星光与月光关系密切，“月明星稀”。而这两句写月未圆，亮光较弱，所以星繁灿烂，写出了独特的星空。时间的疾逝，独特的星空，激发了诗人对人间世事的关怀。于是接下去有“志士营世业”两句。前一句暗赞徐干在营建大业，后一句戏称自己也不偷闲。所谓不偷闲，指的是夜间出来行游。于是，引出下文“聊且夜行游”六句，具体写行游的地点和所见到的景物，景物壮观而又有些寂静。“顾念蓬室士”六句，笔锋陡转，直叙尚未出仕的徐干的生活。其中有对徐干贫困生活的叙写和怜悯，有对徐干慷慨著述的赞叹。鉴于徐干生活的贫困，因而“宝弃怨何人”八句，又从不同的角度劝勉徐干应当尽快出仕。劝勉中，有善意的责备，言徐干不仕，自己有过失。有宽慰，言等待知己，而宫廷朝臣，都是你的知己。有信任和期待，言有才德者，终会有所成就，终会献出自己的才德。最后用“亲交义在敦，申章复何言”两句收束全诗，点明赠诗之意，同时又进一步表现了诗人对徐干真挚、深厚的友情。

赠丁仪[1]

初秋凉气发，　庭树微销落。[2]

凝霜依玉除，[3] 清风飘飞阁。[4]
朝云不归山， 霖雨成川泽。[5]
黍稷委畴陇，[6] 农夫安所获！[7]
在贵多忘贱， 为恩谁能博？[8]
狐白足御冬， 焉念无衣客！[9]
思慕延陵子， 宝剑非所惜。[10]
子其宁尔心，[11] 亲交义不薄。[12]

【注释】

①此诗最早见于《文选》卷二四。丁仪：字正礼，沛郡（今安徽濉溪北）人。据《魏志·陈思王植传》裴注引《魏略》，曹操闻丁仪为“令士”，想把爱女嫁给他，后因曹丕阻挠，未成。不久，曹操辟其为属官。丁仪恨不得公主，而与曹植亲善，多次劝曹操立曹植为太子。至曹丕立为太子，即杀害了丁仪及其弟丁廙。 ②微销落：开始凋落。 ③凝霜：厚霜。依：附着。玉除：玉阶。玉，形容华丽。 ④飞阁：很高的楼阁。 ⑤霖雨：下了三天以上的雨，指连雨。 ⑥黍：黍子。稷：黍类作物。这里用“黍稷”，代指庄稼。委：弃。一说，委同“萎”，死。畴陇：田地。畴，耕治之田。陇，田埂。 ⑦安所：何可。 ⑧为恩：施恩。 ⑨“狐白”二句：意为穿上狐皮衣足以抗寒过冬者，怎会想到无衣的人。焉，怎么。狐白裘，用狐狸腋下之皮（其毛纯白）制成的皮衣，轻而暖。 ⑩“思慕”二句：延陵子即春秋时延陵季子，吴王最小的儿子季札。《新序·节士》载：“延陵季子将西聘晋，带宝剑以过徐君。徐君观剑，不言而色欲之。延陵季子为有上国之使，未献也，然其心许之矣。

致使于晋，顾反，则徐君死于楚……于是季子以剑带徐君墓树而去。徐人嘉而歌之曰：'延陵季子兮不忘故，脱千金之剑兮带丘墓。'"惜，爱。 ⑪子、尔：指丁仪。宁：安，静。 ⑫交：朋友。

【品评】

此诗的主旨是宽慰好友丁仪。从诗中"在贵多忘贱"、"焉念无衣客"和"子其宁尔心"等句来看，诗当作于丁仪受曹操赏识、任曹操属官之前。据曹植建安十六年(211)十月所作的《赠丁仪王粲》诗中有"丁生怨在朝"一句，知丁仪在建安十六年十月已任职朝中，据此推测，此诗作期的下限应在建安十六年十月之前。

诗前八句，就所见秋景着笔。写秋景，由近及远，由眼前的庭树、玉阶和飞阁扩及远处的广大农田。写秋凉叶落，霜结风飘，霖雨水潦，庄稼遭灾，农民无获。从全诗的意绪和结构来体会，前八句对农民的叙写和同情，与下面所写对尚未出仕的丁仪的宽慰有相通之处。丁仪在任曹操属官之前，地位低下。把农民的悲惨景况展示给好友，当有让其体谅农民不幸的用意，以便使他能够正确对待眼下所处的地位。接下去写了"在贵多忘贱"四句，直扣诗题，直接针对好友丁仪，对其宽慰。诗写到这里，意犹未尽，于是又写了最后四句，进一步宽慰丁仪。诗引延陵子一事，表明诗人思慕延陵子，自己会像他那样，对朋友一定会不惜一切，竭诚重诺。而丁仪您呢，一定要安心地等待。我们之间的深情厚谊是以道义为根基的，永远不会削弱。结尾四句，援引古事和直抒胸怀相结合，突出重义之意，笃厚真挚之情，溢于言表。

此诗前八句写景，注意从大的方面选取即时见到的景物，写自己的独特观感。“朝云不归山”四句，想象与写实相结合，特别写了霖雨成灾、庄稼不收的悲惨景况。寓悲凉于景物叙写之中。后八句，情理结合，劝慰好友静心等待。劝慰中，晓之以理，动之以情。都是真心显露、肺腑之言。全诗由景到情，景情融合，浑然一体。抒发的虽是友好之情，但却从一个方面体现了建安文学“雅好慷慨”、“梗概而多气”(《文心雕龙·时序》)的时代特点。

斗　鸡[1]

游目极妙伎，[2]　清听厌宫商。[3]
主人寂无为，[4]　众宾进乐方。[5]
长筵坐戏客，[6]　斗鸡观闲房。[7]
群雄正翕赫，[8]　双翘自飞扬。[9]
挥羽邀清风，[10]　悍目发朱光。
觜落轻毛散，[11]　严距往往伤。[12]
长鸣入青云，[13]　扇翼独翱翔。[14]
愿蒙狸膏助，[15]　常得擅此场。[16]

【注释】

①斗鸡：一作《斗鸡篇》，见《乐府诗集》卷六四，属《杂曲歌辞》。　②游目：放目纵观。极：穷尽。妙伎：美妙舞伎。　③厌：厌倦。宫商：指音乐。中国古代音乐分宫、商、角、徵、羽五个音

阶，常用“宫商”代指音乐。 ④无为：无所事事。 ⑤进：提出。乐方：娱乐的方式。 ⑥筵：竹席。 ⑦斗鸡观闲房：在空阔宽大的房子里观看斗鸡。闲，空阔宽大。观闲，一作“闲观”。 ⑧翕(xī)赫：凶猛的样子。 ⑨翘：尾部长毛。翘，一作“翅”。 ⑩挥羽：挥动翅膀。邀清风：一作“激流风”。邀，招。激，发。 ⑪觜(zuǐ)：鸟嘴，这里指鸡嘴。 ⑫严：强壮。距：鸡附足骨，此指鸡爪的尖端。伤：刺伤对方。 ⑬长鸣：《左传·襄公二十一年》杜预注：“鸡斗胜而先鸣。”入青云：形容叫声高亢响亮。 ⑭翱(áo)翔：游行自得的样子。 ⑮狸膏：豹猫的脂膏。狸，豹猫。《艺文类聚》卷九一引庄子逸篇：“羊沟之鸡，三岁为株。相者视之，则非良鸡也。然而数以胜人者，以狸膏涂其头。”注：“鸡畏狸也。”一说在头部涂上狸膏可减少被啄的痛苦。 ⑯擅：专，指独操得胜。

【品评】

此诗当作于建安中后期。

斗鸡是古代的一种娱乐方式。早在春秋时期，人们就喜欢以斗鸡来决胜负。建安时期，随着曹操统一中原一带和邺都的建设，曹氏的地位得到巩固，物质生活条件得到提升，曹丕、曹植兄弟开始了游乐的豪华生活。他们有时厌倦饮宴歌舞，承续了过去斗鸡这一娱乐方式，以观赏斗鸡来取乐。曹植的《斗鸡》，就是他们追求精神愉悦在一个方面的反映。

此诗写斗鸡取乐，重在表现斗鸡的勇猛神态和对长胜的期望。这集中体现在“群雄正翕赫”这十句中。这十句，可分成三个层次来体会：“群雄正翕赫”四句是第一个层次，写交锋前斗鸡气势凶猛，长尾翘扬，振动翅膀激起阵阵清风，凶怒的眼睛，发出火一样的红光。“觜落轻毛散”两句是第二个层次，写正式交锋激斗。斗鸡的利器是嘴和爪。这两句，语言简洁，集中、形象地描绘了嘴和爪的锐利以及相斗的激烈：斗起来，利嘴到处，轻毛散飞；尖爪所及，多有血伤。下面“长鸣入青云”四句是第三个层次，写胜者的得意：长长鸣叫，鸣声高上青云。扇动两翼，独自行游，怡然自得。它虽然取得了胜利，但并不自满，还希望得到帮助，继续取胜。上述三个层次，紧密相连，描绘了斗鸡的过程，特别突出了斗鸡的神态、锐气。全诗纵贯横逸，描绘形象。清人陈祚明说：“‘挥羽’六语，生动，咏小物须如此生动始佳。”（《采菽堂古诗选》卷六）

公　宴

公子爱敬客，[①] 终宴不知疲。[②]
清夜游西园，[③] 飞盖相追随。[④]
明月澄清景，[⑤] 列宿正参差。[⑥]
秋兰被长坂，[⑦] 朱华冒绿池。[⑧]
潜鱼跃清波，好鸟鸣高枝。
神飙接丹毂，轻辇随风移。[⑨]
飘颻放志意，[⑩] 千秋长若斯。[⑪]

【注释】

①公子：指曹丕，时任五官中郎将。爱敬：一作“敬爱”。②终宴：宴会结束。 ③清夜：清静之夜。西园：在邺城西。一说指玄武苑，苑在邺城西，漳水南。 ④飞盖：轻便行进飞快的车。盖，车盖，指代车。 ⑤澄：清。景：指月光。 ⑥列宿：众星。参差：不齐的样子。 ⑦秋兰：一种香草，生长在水边。被：覆盖。坂：斜坡。 ⑧朱华：指芙蓉，荷花。华，通“花”。冒：覆盖。⑨神飙（biāo）接丹毂，轻辇随风移：飙，回风。这里的“飙”和下句中的“风”，并非自然的风，而是由于车乘行进飞快而激起的。丹毂，用红色涂饰的毂。毂，车轮中心的圆木。辇，古代人拉的车，后来多指皇室和贵族所用的车。 ⑩飘飖：随风飘动。这里用来形容逍遥、游乐。放：放纵。 ⑪千秋：千年，意思是一辈子。若斯：如此。

【品评】

此诗当与曹丕《芙蓉池作》作于同时。“盖和魏文帝《芙蓉池作》。”（黄节《曹子建诗注》）今存王粲和刘桢均有《公宴诗》，当是同时之作。

此诗题曰《公宴》，是着眼于开始的“公子爱敬客，终宴不知疲”两句，实际上全诗写的是夜间游西园的所见所感。“清夜游西园”两句，写在幽静的夜间乘车游赏西园，点明了出游的时间、地点和方式。接下去的“明月澄清景”六句紧承上两句，具体从不同的角度，描写行游西园时看到的各种景色：天空，明月澄清光照，星星参差不齐；水边，秋兰布满了长长的斜坡；水中，红色的荷花覆盖了绿水，游鱼时时跃出清波；美好的鸟儿在高高的树枝上鸣唱。笔墨不多，但写出了西园一派生机勃勃的园林之美。读起来，给人以身临其境之感。“神飙接丹毂”四句，笔锋顿转，与此诗开始的四句相呼应，由写西园之景转写游园之人。“神飙接丹毂”两句，写车行飞快，激起的回风与车轮相接，轻便之车随风行进。写车的飞快，实际上是写人的放纵和忘怀的兴致。最后两句，直叙游园时逍遥放纵、忘却一切的欢快，并希望千年长能如此。表面看，这两句表现了一种欢快之情，但其中却暗含着“乐往哀来”的忧伤情思。眼下的“飘飖放志意”，反衬出平时难以这样，所以希望“千秋长若斯”。这种情思同曹丕在《芙蓉池作》中最后所说的“寿命非松乔，谁能得神仙？遨游快心意，保己终百年”相近。但二者也有不同。曹丕感伤的主要是生命的短暂，而曹植感伤的则主要是逍遥的情思难以长久。

曹植的诗歌语多修饰，华赡精工。这在此诗中有明显表现。全诗叙写生动传神，如“神飙接丹毂，轻辇随风移”二句，清人宝香山人说：这二句，“写得出，画不出”（《三家诗·曹集》卷一）。诗中多用对仗句式。全诗十四句，其中对仗句有六句之多。因此，曾国藩评此诗，只云“工律”二字（曾国藩《十八家诗钞》卷一）。诗中用词，特别是动词，如“被”、“冒”、“接”等，非同寻常，准确形象。

送应氏二首[①]（其一）

步登北邙坂，[②] 遥望洛阳山。[③]

洛阳何寂寞！　宫室尽烧焚。[4]
垣墙皆顿擗，[5]　荆棘上参天。[6]
不见旧耆老，[7]　但睹新少年。
侧足无行径，[8]　荒畴不复田。[9]
游子久不归，　不识陌与阡。[10]
中野何萧条！[11]　千里无人烟。
念我平生亲，[12]　气结不能言。[13]

【注释】

①应氏：指应玚。　②北邙(máng)：山名，又称邙山、北山，在洛阳城北。坂：斜坡。一作“阪”。　③洛阳山：又名大石山，在洛阳东南四十里。一说，指洛阳周围的群山。　④尽烧焚：全被焚烧。焚，读作 fán。　⑤垣(yuán)墙：指城墙。垣，墙。顿擗(pǐ)：毁坏断裂。　⑥上参天：意为荆棘长得高与天齐。　⑦耆(qí)老：古称六十岁曰耆，七十岁曰老。　⑧侧足：侧着身体行走。径：道路。　⑨畴：耕种过的土地。田：作动词用，耕种。⑩游子：指应玚。陌、阡：田野间的小路。南北称阡，东西称陌。⑪中野：野中。　⑫我：由上文的“游子”而来，指应玚，代应玚设词。平生亲：平时的亲友。平生亲，一作“平生居”。　⑬气结不能言：用《古诗》“悲与亲人别，气结不能言”成句，意为感情激动，气郁结说不出话来。

【品评】

此诗当作于建安十六年(211)。这一年曹植被封为平原侯，应玚为平原侯庶子。七月，曹操征马超，曹植抱病从征，途经洛阳，在洛阳送别应玚。张玉谷说："此在北邙送应归家之诗。应家汝南，在洛阳之东南，归途必过洛阳，而洛阳新乱，汝南亦骚动不宁。应氏之归，心必皇遽，故亦为之伤感也。"（同上）诗前十句，开始两句，简括点明送别地点是在洛阳城北的北邙山坡上，进而由远到近，用较多的笔墨写在山坡上所见洛阳惨遭烧毁破坏后和老人多已死亡的荒寂悲凉境况。"游子久不归"六句，转写应氏之归。由于战乱造成的灾难和应氏"久不归"，他归途中当是"阡陌不识，萧条无人"。这是曹植"猜度其途中事情，非与前段复沓也"（同上）。最后两句，直抒应氏伤乱惜别、气结难言的深沉情感。

赠丁仪王粲

从军度函谷，[①] 驱马过西京。[②]
山岑高无极，[③] 泾渭扬浊清。[④]
壮哉帝王居，[⑤] 佳丽殊百城。[⑥]
员阙浮出云，[⑦] 承露槩泰清。[⑧]
皇佐扬天惠，[⑨] 四海无交兵。[⑩]
权家虽爱胜，[⑪] 全国为令名。[⑫]
君子在末位，不能歌德声。[⑬]
丁生怨在朝，[⑭] 王子欢自营。[⑮]
欢怨非贞则，[⑯] 中和诚可经。[⑰]

【注释】

①度：越过。函谷：函谷关。旧关在今河南灵宝东北。西汉武帝时，移置今河南新安，称新关。此指新关。 ②西京：指西汉都城长安。 ③山岑：山峰。岑，一作“峰”。 ④泾渭：泾水、渭水。泾水发源于甘肃平凉，至陕西高陵入渭水。渭水发源于甘肃渭源，经陕西华阴入黄河。扬：明。浊清：旧称泾水浊，渭水清，合流时清浊分明。 ⑤帝王居：帝都，指长安。长安为西汉都城。⑥殊：超过。 ⑦员阙：即圆阙。《三辅黄图》：“建章宫周围三十里，又于宫门北造圆阙，高二十五丈，上有铜凤皇。”浮出：一作“出浮”。作“出浮”是。 ⑧承露：《三辅故事》：“建章宫承露盘，高二十丈，大十围，以铜为之。”槩：通“扢(gǔ)”，摩。泰清：指天。泰，一作“太”。 ⑨皇佐扬天惠：言曹操宣扬汉献帝的恩德。皇佐，指曹操，时任丞相。天惠：天子的恩惠。 ⑩交兵：指战争。⑪权家：兵家。兵家重权谋，故称。 ⑫全国：保全一国。这里指曹操接受杨秋投降，“复其爵位，使留抚其民人”(《三国志·魏书·武帝纪》)。令名：好名声。 ⑬“君子”二句：君子，指有德行的人。末位，意为官位低下。“德声：功德名声。这两句本《礼记·表记》：‘君子不以口誉人。’又云：‘(君子)称人之美，则爵之。’意思是君子不能轻易歌颂人，歌颂人时要与赏赐相配合。根据这一礼制，包括丁、王在内的人等，自然没有资格直接歌颂曹操的功德。”(曹道衡、俞绍初《魏晋南北朝诗选评》) ⑭丁生：指丁仪。 ⑮王子：指王粲。欢自营：喜欢经营个人家庭私事。⑯贞：正。则：原则。 ⑰中和：具有不同的丰富含义。这里指儒家中庸之道的主要内容：不偏激，能适中。经：法则。

【品评】

古直《曹子建诗笺》:“考《魏志》:建安十六年秋七月,太祖西征马超、韩遂。九月,关中平。冬十月,军自长安北征杨秋,围安定。乃知子建诗实作于此。时自长安北征则已过长安而北矣,故曰‘驱马过西京’。”

此诗开始八句,记随征途中见到的壮丽山河和城阙。其中特别用了较多笔墨赞颂西京长安的雄壮和佳丽。这种赞颂,是历史意识与社会现实的融合,蕴涵着对西汉盛世的怀念,蕴涵着对消除现实战乱、统一国家的向往。而其父曹操的这次征战,正是为了消除战乱、统一国家。所以接下去用“皇佐扬天惠”四句直接歌颂曹操这次的征战功德。此时,汉天子尚在位,而其父功德卓越。颂其父而又维护天子,可谓兼顾得体。“君子在末位”两句,直扣题目。从结构上看,这两句承上启下。父亲曹操征战、“全国”,立功立德,可惜丁仪、王粲官职低下,不能歌颂其德。接着又进一步述及他们,规劝他们。丁仪虽在朝中任职,但有怨气,王粲喜欢经营个人家庭私事。在曹植看来,心有怨气、只顾私事,都不是正当的准则,而应代之以不偏不倚、适中的准则。

三　良[①]

功名不可为,[②] 忠义我所安。[③]
秦穆先下世,[④] 三臣皆自残。[⑤]
生时等荣乐,[⑥] 既没同忧患。[⑦]

谁言捐躯易？　杀身诚独难！[8]
揽涕登君墓，[9]　临穴仰天叹。[10]
长夜何冥冥，[11]　一往不复还。
黄鸟为悲鸣，[12]　哀哉伤肺肝。

【注释】

①三良：春秋时，秦穆公死，殉葬者一百七十人（一说一百七十七人），其中包括秦大夫子车氏的三个儿子奄息、仲行和鍼虎。古人认为他们都是贤良之人，称谓“三良”。　②功名不可为：言功名不由自己，而由天和国君所赐，所以说“不可为”。　③我：指三良。安：善，喜欢，爱好。　④秦穆：秦穆公，名任好，春秋五霸之一。下世：去世。　⑤三臣：指三良。自残：自杀。指殉葬。⑥等：同，一样。　⑦没：通“殁”，死。　⑧谁言捐躯易？杀身诚独难：意为献出自己的生命，实在是一件很难的事。捐躯、杀身，均指献出生命。　⑨揽涕：擦泪。君：指秦穆公。一说，指三良。⑩穴：墓穴。　⑪长夜：形容人死永埋地下，不见天日。冥冥：昏暗。　⑫黄鸟：鸟名，即黄雀。《诗经·秦风》有《黄鸟》篇，小序曰：“《黄鸟》，哀三良也。国人刺穆公以人从死，而作是诗也。”诗每章都以“交交黄鸟”起兴。交交，鸟鸣叫的声音。

【品评】

余冠英《三曹诗选》注此诗：“建安十六年曹植从军征马超，曾到关中，这篇诗或许是过秦穆公墓吊古之作。”

诗前六句主要是对三良“忠义”的赞颂，立意较新。

后八句由前面的赞颂顿转为痛惜。在一般人看来，为“忠义”而死，是容易的，但真的要杀身赴死，诚为难事。“揽涕登君墓，临穴仰天叹”两句，具体真切，写出了三良临死时难以抑制的痛苦和悲伤。而“长夜何冥冥，一往不复还”两句，进而又慨叹三良死而永不复还。诗人写到这里，悲伤充膺，以至于直言“哀哉伤肺肝”！

曹植对三良的殉葬，一方面基于君臣之道，赞颂其“忠义”，一方面又立足于人道，痛惜其杀身，同情其死亡。这种矛盾，实际上曲折反映了古代愚忠愚义同人道的矛盾，昭示曹植重忠义而又珍惜生命的价值观。

送应氏二首（其二）

清时难屡得，① 嘉会不可常。②
天地无终极， 人命若朝霜。③
愿得展嬿婉，④ 我友之朔方。⑤
亲昵并集送，⑥ 置酒此河阳。⑦
中馈岂独薄，⑧ 宾饮不尽觞？⑨
爱至望苦深，⑩ 岂不愧中肠？⑪
山川阻且远，⑫ 别促会日长。⑬
愿为比翼鸟， 施翮起高翔。⑭

【注释】

①清时：太平之时。 ②嘉会：指美好的宴会。 ③人命：一作“人寿”。 ④展：申，表达。嬿婉：欢乐。 ⑤我友：指应玚。之：往。朔方：北方。指邺城。 ⑥亲昵：亲戚朋友。昵，近，指朋友。集送：聚会饯送。 ⑦河阳：汉县名，在黄河北岸，即今河南孟州。 ⑧中馈：酒食。馈，食物。 ⑨宾饮不尽觞：言有酒，但宾客不能尽饮。觞，酒杯。 ⑩爱至望苦深：李善注：“言恩爱至情之极，所望悲苦愈深也。”至，极。望，期望。苦，甚，太。 ⑪愧中肠：内心愧疚。 ⑫阻：一作“迥”。 ⑬别促会日长：言别离在即，再相会的日子长久。 ⑭施翮(hé)：展翅。翮，羽茎。此指代翅膀。

【品评】

此诗写在河阳饯别应玚。时间在建安十六年(211)至建安二十二年(217)之间。具体年份待考。

开始四句，慨叹人生短暂，清时、嘉会难得，隐写即将离别的悲伤。“愿得展嬿婉”以下，明写送别时的场景和复杂的情感。“亲昵并集送”二句，点出了饯别的地点，同时写明有许多亲友前来饯行，语意平和。“中馈岂独薄”四句，“义深文曲。言不能答其深望故以为愧”(方东树《昭昧詹言》卷二)。最后四句，又转写山河阻远，别易会难，希望相随，不忍离别的悲伤。

赠王粲

端坐苦愁思，① 揽衣起西游。②

树木发春华，[3] 清池激长流。[4]
中有孤鸳鸯，[5] 哀鸣求匹俦。[6]
我愿执此鸟，[7] 惜哉无轻舟！[8]
欲归忘故道，[9] 顾望但怀愁。[10]
悲风鸣我侧， 羲和逝不留。[11]
重阴润万物，[12] 何惧泽不周？[13]
谁令君多念，[14] 遂使怀百忧？[15]

【注释】

①端坐：安坐。 ②揽衣：提起衣服的下摆。西游：指游邺城的西园。 ③华：同“花”。 ④清池激长流：清澈的水池汇集着远来的流水。清池，指邺城西苑中的玄武池。激，水流因受阻而起波澜。长流，远来的流水。 ⑤孤鸳鸯：喻王粲的孤独。鸳鸯，多成对地在一起。 ⑥匹俦：指伴侣。 ⑦执：接近。 ⑧无轻舟：喻没有机会与王粲相会。 ⑨故道：来时走的道路。 ⑩顾望：回望。但：只。 ⑪羲和逝不留：言时日很快失去。羲和，神话中的日御，为太阳驾车者，这里指太阳。 ⑫重阴：雨，喻曹操。阴，密云。 ⑬泽：恩惠。周：普遍。 ⑭君：指王粲。念：思虑。⑮遂：竟。遂，一作“自”。

【品评】

此诗当作于王粲归魏之后。

此诗抒发的情思涉及曹植自己和王粲两方面。两方面相互交融，主要表现了曹植自己的“愁思”和对王粲真挚的关怀。

前十四句，着重就曹植自己方面着笔，抒发自己的“愁思”。开始两句，写自己安坐苦于愁思，为了消解愁思，于是到西园去游赏。“树木发春华”两句，写在西园看到的景物：时值春天，树木繁茂开花，清池汇集着远来的流水。如此春意盎然，开始自然能消解诗人的愁思。但由于诗人愁思深沉，无心继续观赏使人愉悦的景物，于是同园中含有孤苦意味的景物产生了共鸣，所以接下去“中有孤鸳鸯”四句，用感伤的笔调，写孤独鸳鸯哀鸣求偶，感叹自己想接近它而没有办法。这四句，用比喻写王粲的孤苦和自己无法援助。想到这里，愁思加重，想往回走，但“欲归忘故道，顾望但怀愁”，想回去，却忘记了来路，回头观望，心中只有悲愁。进而感到悲风吹鸣，时日流逝。本来是春风，但曹植却感到是“悲风”，乃心情凄凉所致也。

最后四句，全是就王粲方面着笔。主要是劝导王粲，其中有宽慰，也有善意的责备。王粲躁竞，归魏之后，对自己的官位常怀不满。曹植诗中“重阴润万物”四句，当是针对王粲的躁竞和哀怨而发，用雨润万物、恩泽普遍作比喻，宽慰王粲应当相信曹操，要耐心等待，不必多思和忧伤。四句诗比喻和直叙相结合，有理有情，表现了身为贵公子的曹植，对朋友的真挚关切。

赠丁翼[①]

嘉宾填城阙，[②] 丰膳出中厨。[③]
吾与二三子，[④] 曲宴此城隅。[⑤]

秦筝发西气，[6] 齐瑟扬东讴。[7]
肴来不虚归，[8] 觞至反无余。[9]
我岂狎异人！[10] 朋友与我俱。
大国多良材， 譬海出明珠。
君子义休偫，[11] 小人德无储。[12]
积善有余庆，[13] 荣枯立可须。[14]
滔荡固大节，[15] 世俗多所拘。[16]
君子通大道，[17] 无愿为世儒。[18]

【注释】

①丁翼：《三国志·魏书·陈思王植传》作"丁廙"，是。丁廙，字敬礼，丁仪弟。注引《文士传》："廙少有才姿，博学洽闻。初辟公府，建安中为黄门侍郎。"与曹植友善。 ②填：满。城阙：城门两面的楼。 ③中厨：宫廷内的厨房。 ④二三子：指自己的朋友。 ⑤曲宴：私宴，与正规的公宴相区别。城隅：城上的角楼。 ⑥秦筝：古代秦地（今陕西一带）的一种弦乐器。西气：一作"西音"。指秦地的乐曲。 ⑦齐瑟：指古代齐国都城临淄（今山东临淄）一带的一种弦乐器。东讴：指临淄一带的乐曲。 ⑧肴来不虚归：言菜肴全都被吃完了。不虚归，不空不归，菜肴不吃完不撤盘子。 ⑨觞至反无余：言酒全被饮尽。觞，酒器。这里代指酒。反，同"返"。 ⑩狎：亲近。异人：他人，指不是同族的人。⑪义：德。休偫（zhì）：美好完备。偫，具，完备。 ⑫德无储：缺德。储，积。 ⑬积善有余庆：《易·坤·文言》："积善之家，必有余庆；积不善之家，必有余殃。"余庆，多福。 ⑭荣枯：以草木的

荣枯比喻人的祸福、穷达。立可须:立可等待。须,等待。 ⑮滔荡固大节:言君子心胸广阔,能固守大节。滔荡,广大的样子。这里指胸怀远大的"君子"。大节,指高远宏大的志向、节操。⑯世俗:世俗之人。世,一作"时"。所拘:拘于小节。 ⑰通:通达。大道:指为国惠民的大事。 ⑱世儒:俗儒。指拘于世俗小节的士人。

【品评】

丁廙是曹植的亲密朋友,他曾劝说曹操立曹植为太子,遭致曹丕嫉恨。建安二十二年(217),曹丕被立为太子,即欲治丁廙兄丁仪之罪,丁廙亦当在治罪范围之内。曹植此时也不再受宠,常"内不自安"。而本诗所写的是私宴,且气氛欢快,当作于建安二十二年曹丕被立为太子之前。

全诗二十句,可分为前后十句两部分。前十句直叙宴会。宴会是私宴,参加者是自己的几个亲近的朋友。宴会上,演奏秦筝、齐瑟,乐曲动人。酒肴丰盛,肴尽食,酒无余。纵情任性,不拘礼法,融洽欢畅,洋溢着诗人与好友的真挚之情和豪爽之气。为诗后半部分的内容奠定了基础。后十句直扣诗题,是全诗的重点。这十句主要用议论手法,劝勉好友丁廙。先言魏国"多良材",表现了曹植对人才的重视。接着把"君子"和"小人"相互比照。强调君子应当有完美的道义和注意积德,只要多积善行最终必得多福。君子应当固守大节,通达大道,不能像小人那样,寡德少善,拘于世俗小节。

离友二首并序

乡人有夏侯威者，[①]少有成人之风。[②]余尚其为人，[③]与之昵好。[④]王师振旅，[⑤]送余于魏邦。[⑥]心有眷然，[⑦]为之陨涕。[⑧]乃作《离友》之诗。其辞曰：

其　一

王旅旋兮背故乡，[⑨]　彼君子兮笃人纲，[⑩]
滕予行兮归朔方，[⑪]　驰原隰兮寻旧疆。[⑫]
车载奔兮马繁骧，[⑬]　涉浮济兮泛轻航。[⑭]
迄魏都兮息兰房，[⑮]　展宴好兮惟乐康。[⑯]

其　二

凉风肃兮白露滋，[⑰]　木感气兮条叶辞。[⑱]
临渌水兮登重基，[⑲]　折秋华兮采灵芝。[⑳]
寻永归兮赠所思，[㉑]　感离隔兮会无期。
伊郁悒兮情不怡[㉒]。

【注释】

①夏侯威：字季权，谯（今安徽亳州）人，魏将夏侯渊之子，与

曹植同乡。 ②成人之风：成年人的风度。 ③尚：高，尊重。④昵好：亲近友善。 ⑤王师：指曹操的军队。振旅：整队回师。振，整。 ⑥魏邦：魏国。建安十八年(213)五月，汉献帝封曹操为魏公，建魏国。 ⑦眷然：留恋的样子。 ⑧陨涕：落泪。⑨王旅：王师。旋：返回。一作“游”。背故乡：指离开故乡谯。⑩彼君子：指夏侯威。笃：厚。人纲：指做人的伦理准则，此指友情。 ⑪媵(yìng)：送。朔方：北方，指邺城。邺城在谯之北，故称“朔方”。 ⑫原：平原。隰(xí)：低湿之地。寻：往。旧疆：指邺城。 ⑬车载：载，句中助词。车载，一作“载车”，又作“我车”。繁：频繁，不停止。骧：奔驰。 ⑭涉浮济兮泛轻航：乘轻舟顺着济水而行。涉，在水中行进。浮，顺流曰浮。济，济水，古水名。包括黄河南北两部分。源于今河南济源王屋山，东南注入黄河。轻航，即轻舟。 ⑮迄：至。魏都：指邺城。兰房：指宫室。兰，形容芳洁。 ⑯展宴好兮惟乐康：意为设宴款待好友很欢乐。展，展示。宴好，宴请以结好。惟，句中助词。康，安康。 ⑰肃：寒。滋：盛。 ⑱气：指寒气。条叶辞：即叶辞条。言树叶凋落。⑲渌(lù)：清澈。重基：高山。重，一作“崇”。 ⑳秋华：泛指秋天开的花，一说指菊花。华，同“花”。 ㉑寻：不久。所思：所怀念的人，指夏侯威。 ㉒伊：发语辞。郁悒(yì)：忧伤苦闷。怡：喜悦。

【品评】

这是两首赠别朋友的诗歌。序和第一首最早见于《艺文类聚》卷二一《交友》，题为《离友诗》。建安十七年(212)十月，曹操率军征孙权，曹丕、曹植兄弟从征。次年春，曹操回师北归，途径故乡谯郡。曹植在故乡与同乡少年夏侯威结为好友。四月，曹植北归邺城时，夏侯威陪送到邺城。曹植挽留他在邺城住至秋天。夏侯威到邺城和离开邺城时，曹植分别写了这两首诗并序。另外，《初学记》卷一八《离别》引曹植《离友诗》“日匿景兮天微阴，经迥路兮造北林”两句。这两句，可能是第二首的佚句，也可能是《离友诗》另外一首的佚句。

诗序简明交代了两首诗写作的缘起，同时表现了诗人对夏侯威的推崇以及两人亲密的友情，全诗的基调在序中有所体现。

第一首主要写夏侯威送诗人返回邺城的情景。开始三句写诗人随军离谯返邺，夏侯威珍重友情，陪自己一起北归。诗人在“彼君子兮笃人纲”一句中，称夏侯威为“君子”，说他笃厚重视友情。这不仅表现了诗人对夏侯威的赞许，同时也写出了夏侯威之所以陪送诗人返回邺城的原因。“驰原隰兮寻旧疆”三句，用轻松的笔调，写返回邺城途中，迅疾跨越平原湿地，车马奔驰，乘轻舟顺渡济水。长途跋涉，本来是艰苦的，但在诗人的笔下，却是那样的轻快，那样的顺畅！挚友同行，艰难也化为轻捷了，很快到达邺城。最后两句，写到了邺城，诗人尽地主之谊，盛情款待这位好友。住兰房，“展宴好”，“惟乐康”，款待中又增进了友情，彼此都在分享着友情的欢快。诗结束得干脆利落，但言有尽而意无穷。

第二首写诗人与夏侯威别离时的眷恋和悲伤。“凉风肃兮白露滋，木感气兮条叶辞”两句，景情交融，不仅写明了别离好友的时间，更重要的是心物交感，用秋天寒冷萧瑟的景物，抒发了诗人悲凉的心情。秋天的寒风、盛多的白露，很容易引发人们的悲凉心情，而树叶被风吹离枝下落，又很容易使人联想到人生的无常。诗人写萧瑟的秋天景象，如果说“凉风肃兮白露滋”一句所写的景物，因为常见于其他诗歌，比较平常的话，那么“木感气兮条叶辞”一句，则体现了诗人的独特感受和艺术创新。到了秋天，风吹树木叶落，本来是很平常的自然现象，但在诗人的心目中，树木和人一样是有感知的，能感知秋天的气候，树叶也不得不辞别枝条。“条叶辞”三字，尤其富有特点。“条叶辞”按正常的语序应是“叶辞条”，这里为了叶韵，变通为“条叶辞”。写树木叶落，常见是直叙，如“摇落”、“飘落”等，而这里却说树叶辞别枝条。这样的叙写，表现了诗人由于离别的悲伤而生发的独特感受，而不是有意求新和单纯追求藻饰所能做到的。

“临渌水兮登重基”三句，写临水登山折采礼物赠送好友。好友亲密，终要离别。只好借赠芬芳的花草来寄托自己的深情厚谊。折芳相赠常见于古代诗词。早在《九歌·山鬼》中就有“折芳馨兮遗所思”的诗句。曹植承续了以前的传统，但能结合自己所处的独特境遇，写出了独特的氛围和情谊：亲临清澈的流水，又攀登高山峻岭，折秋花，采灵芝。秋花、灵芝，本来都属芬芳高洁的花草，而这些都是诗人自己亲手折采，上面浸透着诗人的手泽和真情。这样的礼物赠予将要长期离别的好友，不仅借以寄托了诗人难以用语言抒发的深长眷恋，同时又表现了二人志趣的高洁。折芳赠送，寄托友情，虽然带来些许慰藉，但离别是实在的，而且就在眼前。想到这里，诗人的情思难以抑制，于是诗最后的“感离隔兮会无期”两句，直接抒发了别时容易“会无期”的悲伤和忧愁郁闷的心态，把全诗所表现的对好友的眷恋和悲伤推向了高峰。

这两首诗，虽然同题“离友”，但由于具体的写作时间和心态不同，所表现的内容和情思有明显区别。第一首当是刚到邺城住下以后所作，全诗用赋法，通过叙事，表现与好友在一起的喜悦。第二首当是秋天好友将要离别时所作。全诗兼用比、兴、赋，抒发将要同好友长期离别的悲伤。一喜一悲，感情不同，表达方法也有区别，但都表现了诗人对友情的珍重。

杂　诗（飞观百余尺）

飞观百余尺，① 临牖御棂轩。②
远望周千里，③ 朝夕见平原。④
烈士多悲心，⑤ 小人媮自闲。⑥
国雠亮不塞，⑦ 甘心思丧元。⑧
抚剑西南望，⑨ 思欲赴太山。⑩
弦急悲声发，⑪ 聆我慷慨言。⑫

【注释】

①飞观：指高耸的宫阙。观，宫门外的双阙。　②牖（yǒu）：窗户。御：凭，靠着。棂（líng）轩：栏杆。　③周千里：周围千里。④朝夕：短时间，很快。　⑤烈士：有志于建功立业、不怕牺牲的人。　⑥小人：指庸人。媮：同“偷”，苟且。自闲：自己甘心闲散。⑦国雠亮不塞：指魏国仇敌的侵犯没有被杜绝。雠，同“仇”。亮：诚然，实在。塞：杜绝。　⑧丧元：指牺牲。丧，失去。元，指头

颅。 ⑨抚剑：按剑。抚，一作“拊”。西南：指蜀地。 ⑩思欲赴太山：言想建立功勋。思欲，心想。思，心之所虑。太山，即泰山，又名岱宗。赴太山，意为到太山报功。一说，赴太山，指赴死。古人相信人死后魂魄归太山。细读此诗，此句前有“甘心思丧元”一句，已述及甘心牺牲之意。此句如从后一解释，则嫌重复。 ⑪弦：指琴声。 ⑫聆：听。

【品评】

《文选》选录曹植《杂诗》六首。此诗是第六首。这六首诗不是作于一时一地。本书根据各诗的内容，并参照前人的解读，分别编于前期或后期。

此诗当作于建安十九年(214)。曹植是年二十三岁。

这是一首言志诗。全诗十二句，大致可分成三小节来体会。

第一小节是开始四句。主要写诗人登高远望所见到的景观。诗人登上高高耸立的宫阙，临窗凭栏。由于站得高，自然会望得远。望见宫阙周围的千里之远和广袤无际的平原。表现了诗人视阈的开阔，胸怀的宽广。登高远望，激发了诗人的报国之志。于是接下去写了第二小节“烈士多悲心”六句。这是全诗的重心，主要抒发自己欲报效国家的壮志。“烈士多悲心”两句，把“烈士”和“小人”并列，其重点在烈士。曹植素有为国牺牲的志向，忧国忧民，而鄙视偷闲的小人。他以烈士自况，而以小人为戒。他知道国家的仇敌还在犯边。为了消灭仇敌，他甘愿抛头颅，为国捐躯。父亲曹操正在征讨吴国，而盘踞在西南地区的蜀国，应予特别重视。因此他“抚剑西南望”，一旦需要，他会勇往直前，建立功勋，到太山“报功告成”。“抚剑西南望”五字，言简意深，形象传神，写出了诗人威武豪壮的英雄气概。第三小节是最后两句。这两句用琴声急促发悲音作比喻，抒发写作此诗时激越慷慨的心态。所谓“慷慨言”指的是“烈士多悲心”等六句所言。

此诗从登高远眺开始，引发出满腔报国之志，最后又以悲声慷慨收束。全诗运用赋法，直抒胸怀，愤激、慷慨之气贯通始终，是曹植言志诗中的优秀篇章。

弃妇篇[①]

石榴植前庭， 绿叶摇缥青。[②]
丹华灼烈烈，[③] 璀采有光荣。[④]
光荣晔流离，[⑤] 可以处淑灵。[⑥]
有鸟飞来集，[⑦] 拊翼以悲鸣。[⑧]
悲鸣夫何为？ 丹华实不成。[⑨]
拊心长叹息，[⑩] 无子当归宁。[⑪]
有子月经天，[⑫] 无子若流星。
天月相终始， 流星没无精。[⑬]
栖迟失所宜，[⑭] 下与瓦石并。[⑮]
忧怀从中来，[⑯] 叹息通鸡鸣。[⑰]
反侧不能寐，[⑱] 逍遥于前庭。[⑲]
踟蹰还入房，[⑳] 肃肃帷幕声。[㉑]

褰帷更摄带，[22] 抚弦调鸣筝。[23]
慷慨有余音， 要妙悲且清。[24]
收泪长叹息， 何以负神灵？[25]
招摇待霜露，[26] 何必春夏成！
晚获为良实，[27] 愿君安且宁。[28]

【注释】

①弃妇篇：《曹集诠评》卷五编入乐府类。《玉台新咏》卷二题作《弃妇诗》。 ②缥（piǎo）：青白色。 ③丹华：红花。华，通“花”。灼烈烈：形容石榴花繁盛艳红如火。灼，火烧。烈烈，火焰炽盛的样子。 ④璀采：即璀璨，原是形容玉的光泽，这里用来形容石榴花光彩鲜明。 ⑤晔（yè）：光。流离：即琉璃，产于西域的一种宝石。这里借以形容石榴花闪光多彩。 ⑥处：一作“戏”。淑灵：神灵，即下文所说的鸟。 ⑦有：一作“翠”。翠鸟，翠雀。集：鸟止于树曰集。 ⑧拊（fǔ）翼：拍动翅膀。以：而。 ⑨丹华实不成：以红花没有结果实，喻没有生子。实，果实，喻下文的“子”。 ⑩拊心：拍打胸部。 ⑪归宁：女子出嫁后回娘家。这里指因无子被休弃，永远归住娘家。 ⑫月经天：月亮在天空运行。经，行。 ⑬没：灭。精：光明。 ⑭栖迟：游息，行止。失所宜：失去合适的地方，指离开了天。 ⑮下与瓦石并：流星落地成陨石，故曰“与瓦石并”。并，合，相同。 ⑯忧怀：忧愁。从中来：来自内心深处。 ⑰通：至。 ⑱反侧：辗转。寐：入睡。 ⑲逍遥：彷徨。 ⑳踟蹰：徘徊。 ㉑肃肃：形容风吹帷帐的声音。 ㉒褰（qiān）：揭起，撩起。摄带：系好衣带。 ㉓抚弦调鸣筝：指

弹筝。抚，抚动。调，调弄。一作“弹”。筝，一种弦乐器。 ㉔要妙：微妙。 ㉕负：背。神灵：指上文所说的鸟。 ㉖招摇：指代桂树。 ㉗良实：指桂树结的果实。 ㉘君：指丈夫。

【品评】

此诗当是曹植前期为刘勋妻王宋被弃而作。

《弃妇篇》属代言体，叙述者是弃妇。全诗用舒缓而感伤的笔调，叙述了自己被弃的哀怨。“石榴植前庭”十句，言自己容貌美好，如同繁盛鲜明的石榴花，不幸的是婚后无子。自己不言无子，而用“鸟飞来集”，悲鸣代言：“丹华实不成。”想象奇特，而又紧承开始所言的石榴、“丹华”。“拊心常叹息”两句，承上所述，言无子当被休弃。随即用两个比喻，言有子如同月亮经天、天月始终相伴；无子如同流星，光明瞬息即逝，下落成陨石，与瓦石混合。两个比喻，两相对比：一长久，一短暂；一高贵，一微贱。被弃之痛，蕴藏其中。被弃之痛，夜以继日，而夜间尤其难耐。诗人对此深有体验，因而“忧怀从中来”十句，集中写夜间，以夜继日。述心中忧伤，通夜叹息，辗转不眠，坐立不安，弹筝自慰。其中有心理活动，有无聊行动，从多方面相当细致地表现了被弃后的失意和孤苦。最后“收泪长叹息”六句，用晚获良实比喻期望有子，收束全诗。言自己不会辜负神灵，会像桂树那样，在较晚的秋冬时节结出好的果实。希望夫君安心等待，不要急于休弃自己。在被弃时，仍存希望，仍在恳求。语哀词苦，情真意切。在结构上，“招摇待霜露”三句，用桂树作比喻，与篇首用石榴“丹华”为比喻相同，结尾与开篇相比较、相照应，使全诗曲折多姿、浑然一体。

诗中虽然用深切的同情笔调,叙写了弃妇的不幸遭遇和悲伤,但全诗的基调是怨而不怒。这一基调的形成,有儒家温柔敦厚诗教的影响,也表现了对无子而应被弃的礼法的无奈。

美女篇[①]

美女妖且闲,[②] 采桑歧路间。[③]
柔条纷冉冉,[④] 落叶何翩翩!
攘袖见素手,[⑤] 皓腕约金环。[⑥]
头上金爵钗,[⑦] 腰佩翠琅玕。[⑧]
明珠交玉体,[⑨] 珊瑚间木难。[⑩]
罗衣何飘飘![⑪] 轻裾随风还。[⑫]
顾盼遗光采,[⑬] 长啸气若兰。[⑭]
行徒用息驾,[⑮] 休者以忘餐。
借问女何居?[⑯] 乃在城南端。
青楼临大路,[⑰] 高门结重关。[⑱]
容华耀朝日,[⑲] 谁不希令颜?[⑳]
媒氏何所营?[㉑] 玉帛不时安。[㉒]
佳人慕高义,[㉓] 求贤良独难。[㉔]
众人徒嗷嗷,[㉕] 安知彼所观![㉖]
盛年处房室,[㉗] 中夜起长叹。[㉘]

【注释】

①美女篇：乐府诗题，属《杂曲歌·齐瑟行》。无古辞。以首句开头二字名篇。 ②妖且闲：美丽而幽雅。闲，雅。 ③歧路：岔道。 ④纷：杂多的样子。冉冉：摇动的样子。 ⑤攘袖：挽起袖子。见：现。 ⑥皓：洁白。约：束，套着。金环：金镯子。⑦爵钗：雀形的发钗。爵，同“雀”，发钗头上作雀形。 ⑧翠：碧绿色。琅玕(láng gān)：一种似玉的美石。这里指用琅玕做的佩玉。 ⑨交：连，络。 ⑩珊瑚：虫名，其骨骼形状像树枝，多为红色，可作装饰品。间：与。一说，间杂。木难：传说是金雀鸟沫凝成的一种碧色宝珠。 ⑪罗衣：用轻薄的丝织品做的衣服。飘飘：一作“飘飖”。 ⑫裾：衣服的大襟。还(xuán)：转。 ⑬顾盼：左右环视。遗：余。 ⑭啸：吹口哨。 ⑮行徒：行路人。用：因此。息驾：停车。 ⑯何居：住在何处。 ⑰青楼：用青漆涂饰的楼。 ⑱重关：闭门的两道门闩。 ⑲容华：容颜。 ⑳希：慕。令颜：美貌。 ㉑媒氏：媒人。营：为，做事，指作媒。 ㉒玉帛：指定婚行聘用的珪璋、束帛礼物。不时：不及时。安：定，此指定婚。㉓高义：高尚的品德。 ㉔良：诚，实在。独：特别。 ㉕徒：徒然，白白地。徒，一作“何”。嗷嗷：形容众声杂乱。 ㉖观：见解，看法。一作“欢”，喜欢。 ㉗盛年：盛壮年龄。 ㉘中夜：半夜。

【品评】

此诗可能是曹植的前期之作。

全诗基调沉郁，诗人对美女既有同情，又有钦慕，主要是慨叹美女因“慕高义”而盛年未嫁，写的是一个一心追求高尚品德而不想随便为人妻妾的独特的美女形象。这是此诗的特点，也是此诗的主要价值所在。在具体叙写上，曹植也有自己的创获："柔条纷冉冉，落叶何翩翩！""罗衣何飘飘！轻裾随风还。"描写生动。用衬托手法写美女："行徒用息驾，休者以忘餐。"简约精练。写美女的容颜之美，特别写了两句："顾盼遗光彩，长啸气若兰。"这是画龙点睛之笔。环视之间，光华溢耀；撮口出声，气若兰香。笔墨不多，但生动地表现了美女超凡脱俗的神态和气质。清初叶燮《原诗·外篇下》云："植诗独《美女篇》，可谓汉魏压卷。……《美女篇》意致幽眇，含蓄隽永，音节韵度，皆有天然姿态，层层摇曳而出，使人不可仿佛端倪，固是千古绝作。后人惟杜甫《新婚别》可以伯仲，此外谁能学步？"叶燮的评价虽然过高，但他的评论有助于我们全面地体会这首诗。

浮萍篇[1]

浮萍寄清水，　随风东西流。
结发辞严亲，[2]　来为君子仇。[3]
恪勤在朝夕，[4]　无端获罪尤。[5]
在昔蒙恩惠，[6]　和乐如瑟琴。[7]
何意今摧颓，[8]　旷若商与参。[9]
茱萸自有芳，[10]　不若桂与兰。
新人虽可爱，[11]　不若故人欢。
行云有反期，[12]　君恩傥中还。[13]

慊慊仰天叹，[14] 愁心将何愬？[15]
日月不恒处，[16] 人生忽若遇。[17]
悲风来入帷，[18] 泪下如垂露。
散箧造新衣，[19] 裁缝纨与素。[20]

【注释】

①浮萍篇：乐府诗题。一作《蒲生行》，又作《蒲生行·浮萍篇》。属《相和歌·清调曲》。浮萍，浮生在水面上的一种草本植物。 ②结发：指成年人。古代男年二十、女年十五为成年人。严亲：指父母。 ③君子：是妻子对丈夫的称谓。仇：配偶。④恪：恭敬，谨慎。 ⑤无端：无缘无故。尤：过失。此句一作“中年获愆尤”。 ⑥蒙：受。 ⑦和乐如瑟琴：比喻夫妻情投意合，如瑟、琴两种乐器奏出来的和谐乐曲。 ⑧摧颓：失意，指不合丈夫的心意。一说，衰败。指年老色衰。 ⑨旷：远。商、参(shēn)：均星宿名。商星在东方，参星在西方，二星此出彼没，不能相见。 ⑩茱萸：植物名，一种乔木，果实红色，有香味。⑪新人虽可爱：一作“佳人虽成列”。 ⑫反：同“返”。 ⑬傥(tǎng)：同“倘”，或许。 ⑭慊(qiàn)慊：怨恨的样子。 ⑮愬：诉。 ⑯日月不恒处：言时光在流逝。日月，时光。不恒处，不常住。处，居，在。 ⑰遇：一作“寓”。作“寓”字是。寓，寄。⑱帷：帷帐。一作“怀”。 ⑲散箧(qiè)：打开箱子。 ⑳纨：很细的丝织品。素：白色生绢。

【品评】

此诗属于代言体,用弃妇自叙方式,写其无辜被弃的不幸遭遇和复杂的心态。

开始两句,直接用比喻,写弃妇感伤自己如同寄托在清水上的浮萍,随风流动,不能自主。接着直叙婚后始受恩惠而终被休弃的悲伤。婚后早晚恭敬勤劳蒙受恩惠,与丈夫相处和乐。可后来自己虽无罪过却被休弃。为何?从“茱萸自有芳”四句来看,是由于丈夫喜新厌旧。自己虽被休弃,但还是希望丈夫能够回心转意。可这只是自己的奢望,于是仰天长叹、孤苦自伤。乐府古辞《古艳歌》云:“衣不如新,人不如故。”此诗最后两句当取此意,用开箱做新衣的行动,承上“行云有反期,君恩傥中还”两句,表明同丈夫和好如初的愿望。

此诗写弃妇无辜被弃,有怨伤、有留恋、有希望,但无一字以示怒、以示恨。这反映了封建礼教对妇女的毒害,也表现了儒家温柔敦厚诗教对曹植的影响。

同以前的弃妇诗相比,这首诗在写作上有一个特点,就是多用比喻。全诗二十四句,有十四句涉及了比喻。这些比喻,不论是取自自然景物,还是取自经典,都贴切自然。使全诗形象联翩,多生情态。

七　哀[1]

明月照高楼，　流光正徘徊。[2]

上有愁思妇，　悲叹有余哀。③
借问叹者谁？　言是宕子妻。④
君行逾十年，⑤　孤妾常独栖。
君若清路尘，　妾若浊水泥。
浮沉各异势，⑥　会合何时谐？⑦
愿为西南风，　长逝入君怀。⑧
君怀良不开，⑨　贱妾当何依？

【注释】

①七哀：《文选》选录此诗，题为《七哀》，列入“哀伤”类。《乐府诗集·相和歌·楚调曲》作《怨诗行》，录两首：一首为“晋乐所奏”，较《文选》所载多十四句，分七解。一首为本辞，即此诗，同《文选》。《宋书·乐志》载“晋乐所奏”，题作《明月》。是此诗当属乐府诗。另外，此诗还有一些佚句。“七哀”当起源于建安时期。关于“七哀”，有多种解释，其中有两种可资参考：一、表示哀之多，“七”并非定数。二、晋乐用此篇为歌辞，分为七解，疑与音乐有关。　②流光：月光。　③余哀：不尽的哀伤。　④宕（dàng）子：一作“客子”。指久留他乡不归的丈夫。宕，同“荡”，流荡。⑤君：妻子对丈夫的称谓。逾：超过。　⑥浮：指“清路尘”。沉：指“浊水泥”。势：地势。　⑦谐：和。　⑧逝：往。　⑨良：一作“常”，又作“时”。良，实在。

【品评】

这首诗写一位女子思念丈夫时的孤苦和忧伤。

前八句由写景叙及人事。写在月光照射的高楼上,有一位女子因丈夫长期在外不归而生发的孤苦。“明月照高楼”两句写景有静有动,由静而动。月光本来是静的,而这里却写它流动,写它“正徘徊”。而且明月还寓有人的团圆之意。开头两句,自然的布景,不只写出了夜间的寂静,而且自然地引出了高楼中的“思妇”。高楼中的“思妇”,在寂静的夜间特别感到孤苦,尤其容易触发对丈夫深切的思念。夫妻之间,即使短暂的离别,也会思念,而如今丈夫离家在外已经超过了十年,其孤苦之情可想而知。

后八句,写法有明显变化,由前半部分的写景叙事,变为心理描写。心理描写起伏跌宕,步步深入。“君若清路尘”四句,用“清路尘”、“浊水泥”一浮一沉作比喻,写思妇知道,夫妻一上一下、各在一方难以谐和。至此语意可断,可断而又续,又写了“愿为西南风”两句。这两句想象贴切,感情由前面的悲伤转为情不自禁的希望,自己想化为西南风,长驱吹入丈夫的怀抱。至此,此诗又可结束,但接下来又写了最后两句:“君怀良不开,贱妾当何依?”这两句语意顿转,表现了思妇猜度希望不能实现的忧伤,同时在结构上,“贱妾当何依”与开头的“流光正徘徊”,景情前后呼应,使全诗浑然一体。清人方东树结合此诗最后的收束两句说:“古人收句往往另换意、换势、换笔,或兜转,或放开,多留弦外之音,不尽之意。”(《昭昧詹言》卷二)

种葛篇[1]

种葛南山下,　葛藟自成阴。[2]

与君初婚时，　结发恩意深。[3]
欢爱在枕席，　宿昔同衣衾。[4]
窃慕《棠棣》篇，好乐如瑟琴。[5]
行年将晚暮，[6] 佳人怀异心。[7]
恩纪旷不接，[8] 我情遂抑沉。[9]
出门当何顾？[10] 徘徊步北林。[11]
下有交颈兽，[12] 仰见双栖禽。
攀枝长叹息，　泪下沾罗衿。[13]
良马知我悲，[14] 延颈对我吟。[15]
昔为同池鱼，　今为商与参。[16]
往古皆欢遇，[17] 我独困于今。
弃置委天命，[18] 悠悠安可任！[19]

【注释】

①种葛篇：乐府诗题，《乐府诗集》入《杂曲歌辞》。无古辞，用首句前二字名篇，当是曹植首创。葛，豆科植物，一种多年生的蔓草。　②葛藟（lěi）：葛藤。阴：同“荫”。　③结发：指成年时期。古代男二十岁、女十五岁为成人。恩意：恩爱情意。意，一作“义”。　④宿昔：同“夙昔”，早晚。衾：被子。　⑤窃慕《棠棣》篇，好乐如瑟琴：窃，私下。《棠棣》，又名《常棣》、《唐棣》，《诗经·小雅》篇名。如，一作“和”。《棠棣》中有“妻子好合，如鼓瑟琴”两句。这里借以表现夫妻感情如弹奏瑟琴一样和谐。　⑥行年将晚暮：言自己年纪将老。　⑦佳人：指丈夫。异心：指另有欢爱。

⑧恩纪旷不接：言夫妻之间的欢爱之事长久断绝。恩纪，指夫妻间的欢爱。恩，恩爱。纪，相会。旷，久。不接，不连。 ⑨抑沉：抑郁低沉。 ⑩顾：思念。 ⑪步：行走。北林：当泛指北面的树林，同首句的"南山"相对。或引自《诗经·秦风·晨风》，借以表达忧伤之情。 ⑫交颈：两颈相交，表示亲密欢爱。 ⑬罗：指绮罗衣衫。衿：同"襟"，衣襟。 ⑭马：一作"鸟"。 ⑮延颈：伸长脖子。对：一作"代"。 ⑯商、参（shēn）：二星宿名，商星在东方，参星在西方，彼此出没不相见。 ⑰往古：过去。 ⑱弃置：抛弃。委：随顺。 ⑲悠悠：形容忧伤情思不绝。任：承受。

【品评】

此诗写弃妇。也有不少学者猜测是借弃妇寄托曹丕对曹植的遗弃。

全诗大致可以分成三节来体会。

第一节是前八句，主要写初婚时的恩义和欢爱。《诗经·唐风·葛生》写丈夫从军未还，妻子在家思念不已。又《诗经·王风》有一篇《葛藟》，首章曰："绵绵葛藟，在河之浒。"曹植此诗开始两句用"种葛"和"葛藟自成阴"作比兴，当与受《诗经》的沾溉有关。直叙欢爱之后，又恰切地拈来《诗经》中的《棠棣》篇，说"好乐如瑟琴"，收到了言简意丰的艺术效果。

第二节是中间十二句。这一节，情思顿转。诗人使用了直叙、写景和拟人等艺术手法，从多角度写弃妇被遗弃的悲伤。"行年将晚暮，佳人怀异心"，点明了被休弃的原因。

第三节是最后六句。这一节，紧承上一节，主要用对比和慨叹，进一步抒发被遗弃的忧伤。收束的两句，深曲婉转。弃妇在极度悲伤时，想用顺随天命来宽慰自己，但未能奏效，结果是忧伤不绝，难以承受。

闺　情[①]

搅衣出中闺，[②] 逍遥步两楹。[③]
闲房何寂寞，[④] 绿草被阶庭。[⑤]
空穴自生风，[⑥] 百鸟翔南征。
春思安可忘？[⑦] 忧戚与君并。[⑧]
佳人在远道，[⑨] 妾身单且茕。[⑩]
欢会难再逢，[⑪] 芝兰不重荣。[⑫]
人皆弃旧爱，　君岂若平生？[⑬]
寄松为女萝，[⑭] 依水如浮萍。
赍身奉衿带，[⑮] 朝夕不堕倾。[⑯]
傥终顾盼恩，[⑰] 永副我中情。[⑱]

【注释】

①此诗最早见于《玉台新咏》卷二，列为“杂诗”之一。《艺文类聚》卷三二《人部·闺情类》著录此诗，无题名。宋人编《曹植集》题为《闺情》。　②搅：持。中闺：闺中。闺，女子居室。　③逍遥：慢步行走的样子。两楹：两楹之间，指厅堂。楹，柱子。　④闲：空

宽。 ⑤被：遍布。阶庭：即庭阶。阶，台阶。 ⑥穴：指门户的孔洞。穴，一作“室”。 ⑦春思：指男女的爱恋情思。 ⑧戚：悲伤。君：指丈夫。君，一作“我”。并：相从。 ⑨佳人：良人，指丈夫。 ⑩单且茕（qióng）：孤独。茕，孤单。 ⑪逢：一作“遇”。 ⑫芝兰：两种香草名。荣：花。这里作动词用，意为开花。 ⑬平生：平时。指以前恩爱之时。 ⑭为：如。女萝：即松萝，常缠附在松树上生长。 ⑮赍（jī）身：托身。赍，一作“束”。奉：行，引申有系、结的意思。衿带：衣带。 ⑯堕：脱落。倾：偏斜。 ⑰傥：同“倘”，这里表示希望的意思。终：始终。顾盼：关怀，眷恋。盼，一作“眄”。 ⑱副：符合。中情：内心深处的情感。

【品评】

此诗把叙事、写景、心理描写和比喻等艺术手法融合在一起，写一位女子对丈夫的思念。面对春来草绿，触景生情。她独守空房，忧伤痛苦，怀念远方的丈夫，感到很难再同丈夫相会，而自己的容颜易衰，担心丈夫厌旧喜新，抛弃自己。表示自己始终托命于丈夫，希望丈夫能始终关爱自己，不辜负自己的一片忠爱之心。全诗围绕着对丈夫的思念这一主旨，曲折深入，情真意切。从一方面表现了曹植对当时妇女痛苦生活的同情。

此诗写景，由情及景，情寓于景。特别是“绿草被阶庭。空穴自生风”两句，自然、典型。清人陈祚明云：“‘空室自生风’，佳句，超脱。”（《采菽堂古诗选》卷六）

白马篇[1]

白马饰金羁，[2] 连翩西北驰。[3]
借问谁家子？ 幽并游侠儿。[4]
少小去乡邑，[5] 扬声沙漠垂。[6]
宿昔秉良弓，[7] 楛矢何参差！[8]
控弦破左的，[9] 右发摧月支。[10]
仰手接飞猱，[11] 俯身散马蹄。[12]
狡捷过猴猿，[13] 勇剽若豹螭。[14]
边城多警急， 虏骑数迁移。[15]
羽檄从北来，[16] 厉马登高堤。[17]
长驱蹈匈奴，[18] 左顾陵鲜卑。[19]
弃身锋刃端，[20] 性命安可怀？[21]
父母且不顾， 何言子与妻？
名在壮士籍，[22] 不得中顾私。[23]
捐躯赴国难，[24] 视死忽如归。[25]

【注释】

①《白马篇》，一名《游侠篇》，乐府歌辞，属《杂曲歌·齐瑟行》，用篇首二字名篇。无古辞。此篇是今存《白马篇》中最早的一篇。 ②金羁：金黄色的马笼头。 ③连翩：飞翔不停的样子。

此形容纵马疾驰。 ④幽并：古代两个州名。幽州，今河北东北部和辽宁的西南部。并州，今山西中北部和河北、陕西的部分地区。 ⑤去乡邑：离开家乡。 ⑥扬声：一作“扬名”。垂：同“陲”，边疆。 ⑦宿昔：经常。秉：持。 ⑧楛(hù)矢：用楛木茎作杆的箭。楛，荆一类植物，茎可制箭杆。参差：长短不齐的样子。这里含有“多”的意思。 ⑨控弦：拉弓。的：箭靶子。⑩右发摧月支：意思是向右发射，射穿了右边的靶子。摧，射穿。月支，又名素支，一种箭靶子。 ⑪接：迎射。飞猱(náo)：猱，猿猴类动物，善攀树木，动作轻捷如飞，故称“飞猱”。一说，飞猱，是一种箭靶子。 ⑫散马蹄：射散奔驰的马蹄。马蹄，一说，是一种箭靶子。 ⑬狡捷：灵活敏捷。过：超过。 ⑭剽(piāo)：勇猛。螭(chī)：传说中的一种似龙的猛兽。 ⑮虏骑(jì)：一作“胡虏”。虏骑，古代对北方少数民族军队的轻蔑称呼。此指鲜卑、匈奴的骑兵。数(shuò)：屡次。迁移：指入侵。 ⑯羽檄(xí)：紧急征召的文书。檄，征召的文书，写在一尺二寸长的木简上，情况紧急时上插羽毛。 ⑰厉马：策马。堤：堤防。 ⑱蹈：践踏，击溃。匈奴：古代北方的少数民族之一。 ⑲左顾：向左方观看。意思是向东进攻。陵：压倒。鲜卑：古代北方的少数民族之一。 ⑳弃身：舍身。弃，一作“寄”。 ㉑怀：顾惜。 ㉒名在壮士籍：一作“高名在壮籍”。在，一作“编”。籍，簿籍，指登记将士的名册。㉓中顾私：心中考虑私事。中，同“衷”，心里。 ㉔捐躯：献身。㉕忽：轻视。如：一作“若”。

【品评】

此诗当作于曹植前期。

清人方东树认为："此篇奇警。"(《昭昧詹言》卷二)开始的"白马饰金羁，连翩西北驰"两句，就具有"奇警"的特点。此诗本是写游侠，但一开始没有写游侠，而是写白马饰有金羁向西北奔驰，形象非常鲜明。不直写游侠，而游侠蕴含其中。同时，骑者是谁？为何向西北奔驰？又为下文作了伏笔。接下去"借问谁家子"四句，用乐府诗常用的问答形式，交代了骑者乃是"幽并游侠儿"，并写了他的重要经历。幽、并二州，自古以来就是多出豪侠之士的地方。所以诗人特别标出了幽、并二州。从下文的"名在壮士籍"一句来看，诗中所写的游侠，并不是一般的游侠。"少小去乡邑，扬声沙漠垂"两句十个字，概括写出了他不同寻常的经历和扬名边陲的业绩。如此的业绩，并非偶然。这与他高超的射技和勇武的品格紧密相连。于是，下面八句，通过具体写他高超的射技，表现他的快捷和勇猛。曹植是一位才气外露的诗人。他写诗常常逞才使气。这八句多用夸饰、铺陈、对偶的句式，而"破"、"摧"、"接"、"散"等动词的选用，准确生动。表明曹植的作品，在语言上确有藻饰的特点。上面八句写的内容，不仅使我们知道游侠之所以扬声边陲的原由，同时也为下文写游侠的英雄行为作了铺垫。下面"边城多警急"六句，呼应开始的"连翩西北驰"一句，点明向西北奔驰是因为北方匈奴、鲜卑的骑兵多次侵犯边地。战事紧急，游侠策马迎战，一往无前，左冲右击，很快战胜了来犯之敌。游侠征战取胜，照一般的写法，应当用较多的笔墨，但这里只写了"长驱蹈匈奴，左顾陵鲜卑"两句，概括精练，铿锵有力，既交代了出战即胜的结果，又突出了游侠所向披靡、战无不胜的勇猛气概。如果说诗的上述部分，侧重于写游侠非凡的经历和英雄行为的话，那么诗的最后部分，即“弃身锋刃端”八句，则用直接的抒情言理，转入集中展现游侠的精神品格。其精神品格的核心是祖国至上。为了祖国，不顾私情，不惜生命，视死如归。这一部分，升华了上述的内容，深刻揭示了游侠高尚的内心世界。最后的“捐躯赴国难，视死忽如归”两句，戛然收束全诗，把全诗抒发的爱国激情推向了高潮。

《白马篇》是曹植诗歌的名篇。朱乾《乐府正义》说：《白马篇》“寓意于幽并游侠，实自况也。篇中所云‘捐躯赴国难，视死忽如归’，亦子建素志，非凡述也”。

名都篇[①]

名都多妖女，[②] 京洛出少年。[③]
宝剑直千金，[④] 被服丽且鲜。[⑤]
斗鸡东郊道， 走马长楸间。[⑥]
驰骋未能半， 双兔过我前。
揽弓捷鸣镝，[⑦] 长驱上南山。
左挽因右发，[⑧] 一纵两禽连。[⑨]
余巧未及展，[⑩] 仰手接飞鸢。[⑪]
观者咸称善， 众工归我妍。[⑫]
我归宴平乐，[⑬] 美酒斗十千。[⑭]

脍鲤臇胎鰕，[15] 炮鳖炙熊蹯。[16]
鸣俦啸匹侣， 列坐竟长筵。[17]
连翩击鞠壤，[18] 巧捷惟万端。[19]
白日西南驰， 光景不可攀。[20]
云散还城邑，[21] 清晨复来还。[22]

【注释】

①名都篇：曹植新创乐府诗，取篇首二字为题，属《杂曲歌·齐瑟行》。 ②名都：指洛阳一类的著名城市。妖女：美女。妖，一作“丽”。 ③京洛：京城洛阳。少年：指贵族纨绔子弟。④直：值。 ⑤被服：服装。丽：一作“光”。鲜：明亮。 ⑥走马：指赛马。走，跑。长楸：夹道种植楸树，接连延长，故称长楸。楸，一种高直的乔木。 ⑦揽：持。捷：取。捷，一作“挟”。鸣镝（dí）：响箭。 ⑧因：于是，就。 ⑨纵：射出。两禽：指双兔。古代禽，兼指禽、兽。 ⑩余：剩下的，引申为“其他的”。 ⑪接：迎射。鸢（yuān）：鹰。 ⑫众工：众射手。归我妍：言称许我射技好。 ⑬我归：一作“归来”。平乐：观名，汉明帝时所建，在洛阳西门外。 ⑭斗十千：一斗酒价十千钱，形容酒高贵。斗，盛酒的容器。 ⑮脍（kuài）：肉切细。臇（juǎn）：做成汁少的羹。胎鰕：有子的鲋鱼。鲋鱼，又名斑鱼。一说，有子的虾。 ⑯炮：一作“寒”。炮、炙：烧烤。熊蹯（fán）：熊掌。 ⑰鸣俦啸匹侣，列坐竟长筵：言呼唤伙伴入座，坐满了宽长的筵席。鸣、啸，呼叫。俦、匹侣，都指伙伴。俦，类。竟，尽，满。筵，竹席。 ⑱连翩：不停地飞跑。击鞠壤：击鞠、击壤，都是古代的游戏。击鞠，踢或击囊中

塞毛的皮球。击壤，壤，用两块木板做成，前宽，后尖，长一尺四寸，宽三寸。游戏时，一块木板侧插地里，人在三四十步之外，用另一块木板击打，中者为胜。 ⑲巧捷：灵巧敏捷。万端：形容方法、花样很多。 ⑳光景：指时间。攀：挽留。 ㉑云散还城邑：如云散一样离开，回到洛阳城。 ㉒复来还：言再来东郊、南山、平乐观等地游乐。

【品评】

此诗作于曹植前期。

曹植前期的生活有自励自强、想报效国家的一面，也有“任性而行，不自雕励，饮酒不节”(《三国志·魏书·陈思王植传》)，追求享乐、生活奢华的一面。如果说《白马篇》从一个侧面主要表现了前者的话，那么此篇则从另一个侧面表现了后者。

此篇虽题曰“名都”，但内容完全着眼于自我，用第一人称，写自己与伙伴斗鸡、赛马、射击、宴乐、击鞠壤，形象、生动地反映了他追求享乐的奢华生活。曹植的奢华生活，除了含有一般富贵子弟纵欲、及时行乐的一面之外，还带有明显的侠士成分。诗中用了较多的笔墨，津津乐道、铺陈刻画自己身佩千金宝剑，高超劲健巧妙的跑马、射击技艺，这些都是一般富贵子弟很少感兴趣和具备的。

此诗共二十八句，主要写一整天的斗鸡、跑马、射击、宴乐生活，从内容和结构上看，写完“云散还城邑”后，完全可以停笔收束。但曹植并没有这样，而是继续挥笔，又写了“清晨复来还”一句。这一结句，虽陡然另起，但自然顺进，富于概括，由一日概多日。表明诗中所写的奢华生活，并不是偶尔的，而是常有的。这就用简括的诗句，自然地扩展了此诗的内涵。

妾薄命二首[1]

其　一

携玉手喜同车，[2]　比上云阁飞除。[3]
钓台蹇产清虚，[4]　池塘观沼可娱。[5]
仰泛龙舟绿波，[6]　俯擢神草枝柯。[7]
想彼宓妃洛河，[8]　退咏汉女湘娥。[9]

【注释】

①妾薄命：《乐府诗集》入《杂曲歌辞》。此诗是今存最早以此题名篇的诗歌。关于此诗的分合，著录的各书不同。今从《乐府诗集》作二首。　②玉手：指女子之手。　③比上：并上。比，一作“北”。云阁：高耸入云的楼阁。除：楼阁的台阶。　④蹇（jiǎn）产：高的样子。清虚：清静。　⑤观：一作“灵”，当作灵。沼：水池。　⑥泛：浮。绿：一作“渌”，水清。　⑦擢（zhuó）：折取。神草：疑指灵芝。一说指荷花。枝柯：枝茎。　⑧宓（fú）妃：洛河女神。传说为伏羲氏之妃（一说为伏羲氏之女），死后成洛河之神。宓，通“伏”。洛河：也称洛川，洛水，源出陕西洛南，流经河南洛阳，至今河南巩义入黄河。　⑨汉女：汉水女神，也称江妃。湘娥：湘水女神。传说尧的二女娥皇、女英为舜妃，舜南巡而死，二

妃投入湘江，化为女神。

其　二

日月既逝西藏，[①] 更会兰室洞房。[②]
华灯步障舒光，[③] 皎若日出扶桑，[④]
促樽合座行觞。[⑤]
主人起舞娑盘，[⑥] 能者穴触别端。[⑦]
腾觚飞爵阑干，[⑧] 同量等色齐颜。[⑨]
任意交属所欢，[⑩] 朱颜发外形兰。[⑪]
袖随礼容极情，[⑫] 妙舞仙仙体轻。[⑬]
裳解履遗绝缨，[⑭] 俯仰笑喧无呈。[⑮]
览持佳人玉颜，[⑯] 齐举金爵翠盘。[⑰]
手形罗袖良难，[⑱] 腕弱不胜珠环，[⑲]
坐者叹息舒颜。[⑳]
御巾裛粉君傍，[㉑] 中有霍纳都梁，[㉒]
鸡舌五味杂香。[㉓]
进者何人齐姜，[㉔] 恩重爱深难忘。
召延亲好宴私，[㉕] 但歌杯来何迟。
客赋既醉言归，　主人称露未晞。[㉖]

【注释】

①日月既逝：一作“日既逝矣”。　②更会：复会。指白天的欢会延续至夜晚。兰室洞房：芳香、深邃的内室。兰，兰花，花幽

香。这里用来指代芳香。洞，深。　③华灯：华美之灯。步障：一作“先置”。置，放置。舒光：放射光辉。舒光，一作“辉煌”。④扶桑：神木名。传说太阳从扶桑升起。　⑤促：近。合座：近坐在一起。合，同。行觞：传杯饮酒。　⑥娑（suō）盘：即“婆娑”，形容舞姿回旋轻捷。　⑦能者：指客人中的能舞者。穴触别端：黄节《曹子建诗注》：“言侧则相触，正则相分，盖舞态。犹傅毅《舞赋》所谓‘若竦若倾，飞散合并’也。”穴，侧。一作“冗”。别，分解。端，直，正。　⑧觚（gū）、爵：均酒器名。容量一升的曰爵，二升的曰觚。阑干：横斜的样子。形容互相举杯劝酒。　⑨量：指酒量。色、颜：指喝酒后的容色。　⑩任意交属所欢：随意交接所喜欢的舞女。　⑪朱颜发：言美人酒后面容红润。外形兰：即外兰形，为叶韵而倒文，指美女体态如兰花。　⑫礼容：礼节姿容。极情：尽情。　⑬妙：一作“屡”。仙仙：形容舞姿轻盈。　⑭裳解：衣裳解开了。履遗：鞋子掉了。　⑮俯仰：指身体时俯时仰。无呈：没有规矩。呈，通“程”，法度。　⑯览：通“揽”，持。玉颜：容颜如玉。⑰翠盘：用翠玉制作的盘子。　⑱手形罗袖良难：因衣袖长，手露出来很难。形，现。良难，甚难。　⑲腕弱不胜珠环：手腕嫩弱似乎佩戴不了珠环。　⑳叹息：赞叹。舒颜：舒展容颜，指露出笑容。　㉑御：戴。裛（yì）粉：用香粉熏衣。　㉒霍纳：藿香。都梁：香料名，形如藿香。　㉓鸡舌：丁香。五味：香料名。　㉔进者：靠近者，指上文所写的女子。齐姜：指美女。　㉕召延：延请。亲好：亲人好友。宴私：指私人宴会，与公宴相对。　㉖客赋既醉言归，主人称露未晞：当本自张衡《南都赋》：“客赋醉言归，主称露未晞。”露未晞，意思是还没有到早晨日出时。日出露晞。晞，干。

【品评】

两首诗，都是六言。从内容上看，也有联系。第一首写白天与美女一起登临高阁钓台，泛舟行乐。第二首写长夜纵情饮宴歌舞。从结构上看，第二首开始“日月既逝西藏，更会兰室洞房”两句，似有承上启下的作用。两首诗可以合在一起来讨论。

结合曹植的经历和此诗的内容，诗当作于曹植的前期。此诗用欣赏的态度，从一个侧面叙写了贵公子奢华放纵的生活。第一首写携美女上高阁钓台，下泛舟戏水，有写实，有幻想，写的比较平和。第二首写通宵酒宴歌舞，铺陈淋漓，极情尽致。叙写的重点在饮酒、妙舞、美人的艳丽和芳香的衣饰。“任意交属所欢”，“裳解履遗绝缨，俯仰笑喧无呈。览持佳人玉颜”几句，极写其放纵无度。

清人陈祚明评第二首说：“六言易得矫劲，难为曼声。此体于曼声中，又有促节。太柔则不古，太刚则不秀。侔色揣声，极难合度。独此辞风情流丽，百咏不厌。”（《采菽堂古诗选》卷六）

箜篌引[①]

置酒高殿上，　亲友从我游。[②]
中厨办丰膳，[③]　烹羊宰肥牛。
秦筝何慷慨，[④]　齐瑟和且柔。[⑤]
阳阿奏奇舞，[⑥]　京洛出名讴。[⑦]
乐饮过三爵，[⑧]　缓带倾庶羞。[⑨]

主称千金寿，　宾奉万年酬。[10]
久要不可忘，[11]　薄终义所尤。[12]
谦谦君子德，[13]　磬折何所求？[14]
惊风飘白日，　光景驰西流。[15]
盛时不再来，[16]　百年忽我遒。[17]
生存华屋处，　零落归山丘。[18]
先民谁不死？[19]　知命复何忧！[20]

【注释】

①箜篌(kōng hóu)引，《乐府诗集》入《相和歌·瑟调曲》。此诗有三个不同的题目。王僧虔《技录》称此诗为《门有车马客行》。《乐府诗集》卷三九题作《野田黄雀行》。《文选》卷二七、《艺文类聚》卷四二题作《箜篌引》。箜篌，一种乐器名，外形曲而长，有二十三弦。　②亲友：亲朋好友。友，一作“交”。游：指宴会游乐。③中厨：内厨。丰膳：丰盛的饭菜。　④秦筝：秦地的筝。相传古筝五弦，秦人蒙恬改为十二弦，故称“秦筝”。　⑤齐瑟：齐地的瑟。相传齐都临淄之民无不鼓瑟，故以称瑟之佳者。　⑥阳阿：地名，在今山西晋城一带。汉成帝皇后赵飞燕舞姿超伦，入宫前曾在阳阿公主家学歌舞，故以借指培养优秀舞女之地。奏：进献。奇：一作“妙”。　⑦京洛：京城洛阳。名讴：名曲。　⑧三爵：三杯。古礼，君子饮酒，三杯后即可退席，以免失礼。过三爵，谓饮酒超过了三杯。爵，一种酒杯。　⑨缓带：松腰带。倾：尽。庶羞：各种美味。羞，通“馐”，美味。　⑩主称千金寿，宾奉万年酬：写主人与宾客互相祝福。千金寿，《战国策·赵策》载：鲁仲连为

赵退秦兵,“平原君乃置酒,酒酣,起前,以千金为鲁连寿”。后因以为祝贺之词。奉,献。万年酬,以祝长寿万年答谢。 ⑪久要:旧的结交。要,结。 ⑫薄终义所尤:言始厚而终薄为道义所责难。薄,轻视。尤,指责。 ⑬谦谦君子德:化用《周易·谦》“谦谦君子,卑以自牧”两句。谦谦,很谦虚的样子。 ⑭磬(qìng)折:屈身如磬以示恭敬。磬,古代悬于架上的打击乐器,形如曲尺。何所:一作“欲何”。 ⑮光景:日光。景,同“影”。驰西流:很快地向西流走。 ⑯盛时:盛年,指青壮之年。不再来:一作“不可再”。 ⑰百年:指死亡。遒:迫近。 ⑱“生存”二句:生时住华屋,死后葬丘山。华屋,华美之屋。零落,草木凋落,喻死亡。山丘,荒山野丘。 ⑲先民:古人。 ⑳知命复何忧:化用《周易·系辞上》“乐天知命,故不忧”。复,一作“亦”。

【品评】

此诗写宴享亲友之乐及引发的对生命的感慨。

全诗可分成三层来体会。从开始到“磬折何所求”的十六句,是第一层,铺陈宴享之乐。其中前十二句,写置酒宴请亲友之盛:烹宰膳羞,声乐歌舞,互相献酬。而“久要不可忘”四句,又用议论的写法,说亲友之义,应始终不变,不必过于谦卑,若有所求。这四句是劝亲友应当无拘无束、开怀尽欢。诗写到这里,本可结束。但“乐极哀情来”,于是,接下去诗情转折,又写了“惊风飘白日”六句,这是第二层。感叹时光易逝,岁不我与,生虽富贵,终归一死,忧伤填膺。有了忧伤,需要排解,因而又换意换笔,写了最后两句,这是第三层。由忧伤转作宽解语:人生谁不死;既知命定,何忧之有？用乐天知命来宽慰亲友，也来宽慰自己。最后两句，表面看来，有些无可奈何，有些消极，实际上是一种明智。诗人用人无长生的客观事实和对知命的信赖，化解了死亡的忧伤，达到了心理的平衡。

野田黄雀行[1]（高树多悲风）

高树多悲风， 海水扬其波。[2]
利剑不在掌， 结友何须多？[3]
不见篱间雀， 见鹞自投罗？[4]
罗家得雀喜，[5] 少年见雀悲。
拔剑捎罗网，[6] 黄雀得飞飞。
飞飞摩苍天，[7] 来下谢少年。

【注释】

①《野田黄雀行》:《乐府诗集》收入《相和歌·瑟调曲》。用首句名题，是曹植自创的新题。 ②扬：掀起。 ③友：一作“交”。 ④鹞（yào）：鹰类。似鹰而小，性凶猛。罗：网。 ⑤罗家：设置罗网者。 ⑥捎：斩除。 ⑦摩：接近。

【品评】

《三国志·魏书·陈思王植传》载：建安二十五年（220），“文帝即王位，诛丁仪、丁廙并其男口”。注引《魏略》：“及太子立，欲治仪罪，转仪为右刺奸掾，欲仪自裁而仪不能。乃对中领军夏侯尚叩头求哀。尚为涕泣而不能救。后遂因职事收付狱，杀之。”丁仪兄弟是曹植的朋友。此诗当是曹植得知自己的朋友被收押入狱后，想解救而又无能为力，十分焦急，满腔悲愤，难以抑止，不吐不快，但又不能直接倾吐，于是机智地采用了寓言的形式予以抒发。诗中用高树招风、海水扬波象征自己地位特殊但境遇险恶，用利剑比喻权力，用罗网和设罗网者比喻曹丕及其官吏，用黄雀喻指丁仪兄弟，还幻想出现了一位具有侠义豪气的少年最终解救了朋友，朋友对少年表示感谢。通篇在鲜活、奇妙的形象中，蕴涵着诗人的无奈、悲愤和幻想。

曹植是一位情感浓烈的诗人，友情在他的情感中占有重要的地位。他喜欢多交朋友。但在这首诗中，他却反问自己：“利剑不在掌，结友何需多？”语意中含有懊悔和自责。这是面对朋友被害的无奈，同时诗人也体悟到权力与结交朋友的密切关系。这里，曹植触及了一个重要问题，在极权制的封建社会里，一个没有权力的人，很难保护自己的朋友。保护，往往是在幻想之中。

责躬有表[①]

臣植言：臣自抱衅归藩，[②]刻肌刻骨，追思罪戾，[③]昼分而食，[④]夜分而寝。诚以天网不可重罹，[⑤]圣恩难可再恃。[⑥]窃感《相鼠》之篇，无礼遄死之义。[7]形影相吊，[8]五情愧赧。[9]以罪弃生，则违古贤夕改之劝；[10]忍垢苟全，则犯诗人胡颜之讥。[11]伏惟陛下德象天地，[12]恩隆父母，施畅春风，泽如时雨。是以不别荆棘者，[13]庆云之惠也；[14]七子均养者，《鸤鸠》之仁也。[15]舍罪责功者，[16]明君之举也；矜愚爱能者，[17]慈父之恩也，是以愚臣徘徊于恩泽而不敢自弃者也。前奉诏书，臣等绝朝，[18]心离志绝，[19]自分黄耇永无执圭之望。[20]不图圣诏，[21]猥垂齿召。[22]至止之日，[23]驰心辇毂，[24]僻处西馆，[25]未奉阙庭。[26]踊跃之怀，[27]瞻望反侧，[28]不胜犬马恋主之情，谨拜表，并献诗二首。[29]词旨浅末，[30]不足省览，贵露下情，冒颜以闻。[31]臣植诚惶诚恐，顿首顿首，死罪死罪。

【注释】

①《责躬》（还有本书未选的《应诏》）及表，最早见于《三国志·魏书·陈思王植传》，无题。《文选》卷二十选录，分别题为《上责躬应诏诗表》、《责躬诗》、《应诏诗》，文字略有不同。责躬，责备自己。　②衅（xìn）：罪。归藩：回到自己的封国。　③戾（lì）：罪过。　④昼分：日中。分，中，半。　⑤天网：王朝法令。重罹（lí）：重犯。罹，遭，触犯。　⑥恃：依赖。　⑦窃感《相鼠》之篇，无礼遄（chuán）死之义：窃，私。《相鼠》，《诗经·鄘风》篇名。其中有“人而无礼，胡不遄死”两句。遄，速。　⑧吊：忧伤。

⑨五情：指喜、怒、哀、乐、怨。愧赧(nǎn)：因惭愧而脸红。 ⑩古贤：指曾子。李善注引曾子说："君子朝有过，夕改则与之。夕有过，朝改则与之。" ⑪忍垢苟全，则犯诗人胡颜之讥：垢，耻辱。苟全，苟全生命。胡颜，何颜，有何脸面。 ⑫惟：想。 ⑬不别荆棘：不区分荆和棘。意思是同样看待。 ⑭庆云：瑞云。⑮七子均养者，《鸤鸠》之仁也：《诗经·曹风·鸤鸠》："鸤鸠在桑，其七子兮。淑人君子，其仪一兮。"李善注引毛苌曰："鸤鸠之养其子，旦从上下，暮从下上，其均平如一。"鸤鸠，布谷鸟。 ⑯舍罪责功：不问罪过，只要求立功。 ⑰矜：怜悯。 ⑱臣等：指曹植及任城王曹彰、吴王曹彪。绝朝：禁止朝会。 ⑲心离志绝：心意志向破灭。 ⑳自分(fèn)：自己料想。黄耇(gǒu)：老人。执圭：指朝见。古代诸侯朝见天子必执圭版。圭，上圆下方的玉版。㉑不图：没想到。 ㉒猥(wěi)：辱，承。谦辞。垂：下达。敬辞。齿召：召见。齿，录。 ㉓至止之日：指诏书到达之日。 ㉔辇毂(gǔ)：天子乘坐的车子，此指代曹丕。 ㉕僻：幽。 ㉖阙庭：指皇宫。 ㉗踊跃：形容心情急切。 ㉘反侧：不安的样子。㉙献诗二首：指本篇和《应诏》诗。 ㉚浅末：浅薄。 ㉛冒颜：冒犯尊者。

於穆显考，[①] 时惟武皇。[②]
受命于天， 宁济四方。[③]
朱旗所拂，[④] 九土披攘。[⑤]
玄化滂流，[⑥] 荒服来王。[⑦]
超商越周， 与唐比踪。[⑧]

笃生我皇，[9] 亦世载聪。[10]
武则肃烈，[11] 文则时雍。[12]
受禅于汉， 君临万邦。[13]
万邦既化，[14] 率由旧则。[15]
广命懿亲，[16] 以藩王国。[17]

【注释】

①於（wū）：叹词。穆：美好。显考：指亡父。 ②时：是。惟：语助词。武皇：指曹操。 ③宁济：安定救助。 ④朱旗：汉旗。汉以火为德，尚赤色。曹操为汉臣，故云。这里代指曹操的军队。拂：过，至。 ⑤九土：九州。披攘（rǎng）：披靡，溃败。攘，排除。⑥玄化：道德之化。玄，道。滂流：广布各地。 ⑦荒服来王：边远之地的首领都来归附。王，归往。 ⑧唐：唐尧。比踪：并驾齐驱。 ⑨笃生：谓生而得天独厚。笃，厚。我皇：指曹丕。 ⑩亦世：一作“奕世”，累世。载聪：谓曹操、曹丕都很明智。载，又。⑪武：武事。肃烈：严厉威武。 ⑫时雍：正确，和善。时，是。雍，和。 ⑬君临：以人君身份统治。 ⑭化：归化。 ⑮率由旧则：遵循旧的法则办事。率，遵循。旧则，旧的法则。这里主要指分封制。 ⑯懿亲：至亲，此指兄弟。 ⑰藩：捍卫。

帝曰尔侯，[1] 君兹青土。[2]
奄有海滨，[3] 方周于鲁。[4]
车服有辉， 旗章有叙。[5]
济济俊乂，[6] 我弼我辅。[7]

伊尔小子，[8] 恃宠骄盈。[9]
举挂时网，[10] 动乱国经。
作藩作屏，[11] 先轨是隳。[12]
傲我皇使，[13] 犯我朝仪。
国有典刑，[14] 我削我黜。[15]
将置于理，[16] 元凶是率。[17]

【注释】

①帝：指魏文帝。尔侯：指临淄侯曹植。 ②君：临。兹：此。青土：指临淄。临淄在旧青州境内。 ③奄：覆盖，包括。 ④方周于鲁：如诸侯国鲁之于周那样。方，比方。 ⑤章：帜。叙：等次。 ⑥济济：形容人才众多。俊乂（yì）：德才过人者。 ⑦我弼：纠正我的过失。弼，纠正。辅：辅佐。 ⑧伊：发语词。尔小子：曹植自指。尔，一作“予”，又作“余”。 ⑨恃宠骄盈：依靠皇帝的恩宠而骄傲自满。盈，满。 ⑩举挂：行为触犯。时网：与下一句中的“国经”意同，均指当朝法规。 ⑪作藩作屏：意为诸侯国是皇室的藩篱屏障。 ⑫先轨是隳（huī）：毁废了先帝定下的规矩。轨，法规。隳，毁废。 ⑬傲我皇使：《三国志·魏书·陈思王植传》：“植与诸侯并就国。黄初二年，监国谒者灌均希指，奏：‘植醉酒悖慢，劫胁使者。’有司请治罪，帝以太后故，贬爵安乡侯。其年改封鄄城侯。” ⑭典刑：常刑。 ⑮我削我黜：指曹植由临淄侯被贬为安乡侯。削，谓削爵土。黜，贬降。 ⑯置：致，送往。理：治狱之官。 ⑰元凶是率：按首恶处置。元凶，首恶。率，行。古代元凶应处以死刑。

明明天子，　时惟笃类。[1]
不忍我刑，　暴之朝肆。[2]
违彼执宪，[3]　哀予小子。[4]
改封兖邑，[5]　于河之滨。[6]
股肱弗置，[7]　有君无臣。
荒淫之阙，[8]　谁弼余身？
茕茕仆夫，[9]　于彼冀方。[10]
嗟予小子，　乃罹斯殃。[11]

【注释】

①笃类：厚爱兄弟。类，同类。类，一作“同”。　②暴之朝肆：陈其尸于朝市。暴，暴露。古代大夫以上的有罪被杀陈尸于朝，士以下的陈尸于市。肆，市集。　③执宪：执法官。　④小子：一作“小臣”。　⑤改封兖邑：指改封鄄城侯。鄄城古属兖州。⑥于河之滨：鄄城在黄河南岸，故云。　⑦股肱：大腿、胳膊，喻指辅佐之臣。　⑧阙：过失。　⑨茕（qióng）茕：孤独的样子。仆夫：曹植自称。　⑩于：往。冀方：指邺城。邺城旧属冀州。⑪罹：遭遇。斯殃：此祸。

赫赫天子，[1]　恩不遗物。[2]
冠我玄冕，　要我朱绂。[3]
光光天使，　我荣我华。[4]
剖符授玉，　王爵是加。[5]

仰齿金玺，[6] 俯执圣策。[7]
皇恩过隆，[8] 祗承怵惕。[9]
咨我小子，[10] 顽凶是婴。[11]
逝惭陵墓，[12] 存愧阙庭。[13]
匪敢傲德，实恩是恃。[14]
威灵改加，[15] 足以没齿。[16]

【注释】

①赫赫：显赫高大的样子。 ②不遗物：不遗弃一物。喻指不遗弃自己。 ③冠我玄冕，要我朱绂（fú）：意为仍旧封曹植为侯。玄冕，古代礼冠。要，结，系。朱绂，官印的红丝带。 ④光光天使，我荣我华：一作“朱绂光大，使我荣华”。 ⑤剖符授玉，王爵是加：指封诸侯，加王爵。剖符，符是帝王授予诸侯的信符，用竹和金属制成，剖分为二，帝王、诸侯各执其一。授玉，即授圭。圭，一种玉制礼器。这里指帝王封诸侯的凭证。授玉，一作“授土”。 ⑥齿：当，承受。金玺：诸侯王印玺。 ⑦圣策：指皇帝分封诸侯王的策书。 ⑧隆：重。 ⑨祗：敬。怵（chù）惕：惊惧。⑩咨：发语词。 ⑪顽凶：愚妄不守法。婴：缠绕。 ⑫逝惭陵墓：意为死后愧对曹操。陵墓，指代曹操。 ⑬阙庭：指代曹丕。⑭匪敢傲德，实恩是恃：不敢再依仗皇帝的恩惠，傲慢他人了。匪，通“非”。傲德，傲慢。 ⑮威灵：威严的神灵。指魏文帝。改：改变。加：指增加爵位。 ⑯足以没齿：言终身报答不尽。没齿，终身。

昊天罔极，[①] 生命不图。[②]
常惧颠沛，[③] 抱罪黄垆。[④]
愿蒙矢石， 建旗东岳。[⑤]
庶立毫厘，[⑥] 微功自赎。[⑦]
危躯授命，[⑧] 知足免戾。[⑨]
甘赴江湘，[⑩] 奋戈吴越。[⑪]
天启其衷，[⑫] 得会京畿。[⑬]
迟奉圣颜，[⑭] 如渴如饥。
心之云慕，[⑮] 怆矣其悲！[⑯]
天高听卑， 皇肯照微！[⑰]

【注释】

①昊(hào)天罔极：意思是难以报答曹丕对自己的恩德。昊天，天。 ②生命不图：李善注："言生命之寿夭，不可预谋也。"不图，不能预料。 ③颠沛：僵仆，指死亡。 ④黄垆：坟墓。 ⑤愿蒙矢石，建旗东岳：言自己愿意冒战争危险，抱誓死之决心。蒙，冒。矢石，古代作战，用射箭、投石攻击敌人。东岳，泰山，古人认为人死后魂魄归泰山。 ⑥庶立毫厘：希望立微小之功。毫厘，形容微小。 ⑦自赎：赎自己之罪。 ⑧危躯：不惜身体。危，毁。授命：献出生命。 ⑨免戾：免罪。 ⑩江湘：湘，一作"湖"。江湖，泛指，与下句的"吴越"均指代吴国。 ⑪奋：挥动。 ⑫启：开。衷：心。 ⑬会：朝会。京畿：京都，指洛阳。 ⑭迟(zhì)奉圣颜：等待接受皇帝的召见。迟，等待。圣颜，皇帝的容颜。 ⑮云：语助词。 ⑯怆：悲伤。 ⑰皇肯照微：谓皇帝可以

明白我的诚意。肯,可。照,明。微,贱。

【品评】

此诗及表作于黄初四年(223)。

《责躬》不是一般的应制诗,而是曹植在傲慢皇使、屡遭贬削、深受迫害之后,多年郁积的悔过、感戴、理想等复杂思想感情的吐露。

他悔过自责:“伊尔小子,恃宠骄盈。举挂时网,动乱国经。作藩作屏,先轨是隳。傲我皇使,犯我朝仪。”他的悔过自责是认真的,没有怨天尤人。他感谢曹丕。为了感恩,他在表和诗中,多次用了大量篇幅,颂扬曹丕:“伏惟陛下德象天地,恩隆父母,施畅春风,泽如时雨”,“明明天子,时惟笃类”,“赫赫天子,恩不遗物”。当然,诗中个别地方,如“股肱弗置,有君无臣。荒淫之阙,谁弼余身?”也流露出对曹丕的不满情绪,但这种不满,在诗中显得十分微弱。

曹植在表和诗中的悔过,“上纲”过高,有些过头,而对曹丕的感恩,多浮词虚饰,不太诚挚。这些现象的出现,一是源自曹植当时所处的险恶境遇。二是,曹植仍怀有理想。为了实现自己的理想,他不得不委曲求全,说一些不切实际的话。

曹植的理想,主要体现在诗最后部分:“昊天罔极,生命不图。常惧颠沛,抱罪黄垆。愿蒙矢石,建旗东岳。庶立毫厘,微功自赎。危躯授命,知足免戾。甘赴江湘,奋戈吴越。”从这些诗句,可以看出,曹植珍重生命,希望曹丕能倾听他的心声,不计自己以前的罪过,给自己以捐躯赴敌、为国立功的机会。语言恳切,真情流溢，慷慨悲壮。

七步诗

煮豆然豆萁，[①] 漉豉以为汁。[②]
萁在釜下然，[③] 豆在釜中泣。
本是同根生，[④] 相煎何太急！

【注释】

①然豆萁：一作“持作羹”。然，通“燃”。萁，豆茎。 ②漉(lù)：过滤。豉(chǐ)：豆豉，用豆制成的食品。此指煮熟的豆子。③釜：古代的炊具，如同现在的锅。 ④是：一作“自”。

【品评】

此诗最早见于南朝宋刘义庆编纂的《世说新语·文学第四》：

> 文帝尝令东阿王七步中作诗，不成者行大法。应声便为诗曰：“煮豆持作羹，漉菽以为汁。萁在釜下燃，豆在釜中泣。本是同根生，相煎何太急！”帝深有惭色。

《世说新语》载录的是六句，后来《初学记》卷十著录为四句：“煮豆燃豆萁，豆在釜中泣。本是同根生，相煎何太急！”于是此诗有六句和四句两种存传。

此诗自《世说新语》著录以后，相信者有之；认为是小说家编造的，怀疑者有之。应当说，小说家编造的可能性较大。不过，我们在没有确凿证据能证明是后人编造的之前，应取两说并存的做法。

这首诗鲜明形象地表现了曹植的智慧和深情。曹植在面临被杀的十分危急、窘迫的情势下，心态从容，取喻浅显，形象生动，自然流出，顺口吟成了这首“奇工”之诗，以致使曹丕不得不“深有惭色”。单就七步成诗这一点来说，读者怎能不被曹植的智慧所叹服！就诗歌的内容来说，全诗六句，前四句取喻叙事，是铺垫，而“主意只在末二唤醒，警切”（张玉谷《古诗赏析》卷九）。最后两句，诗人对自己处在骨肉相残的弱者地位，不仅不示弱，不委曲求全，而且抒愤慨，表责难。就这一点来说，也很容易使读者为之击节叹赏。

杂　诗①（南国有佳人）

南国有佳人，②　容华若桃李。③
朝游北海岸，④　夕宿潇湘沚。⑤
时俗薄朱颜，⑥　谁为发皓齿？⑦
俯仰岁将暮，⑧　荣耀难久恃。⑨

【注释】

①此诗为《文选》所收《杂诗》六首的第四首。　②南国：指江南。　③容华若桃李：容华，容貌。若桃李，像桃花、李花一样美丽。　④北海：一作“江北”。　⑤夕宿潇湘沚（zhǐ）：一作“日夕宿

湘沚”。潇，水深清。一说指潇水，在今湖南。湘，湘江，在今湖南。沚，水中小洲。 ⑥时俗：世俗之人。薄：轻视。朱颜：红颜，指佳人。 ⑦谁为：为谁。发皓齿：开口启齿，指歌唱或言笑。皓，白。 ⑧俯仰：俯仰之间，指瞬间。岁将暮：指年岁将老。暮，晚。 ⑨荣耀：指女子美丽的容貌。恃：依赖。

【品评】

关于此诗的主旨，当是自伤之词。元刘履云：此诗是“借佳人为喻以自伤也”(《选诗补注》卷二)。清代张玉谷说：“此首伤己之徒抱奇才，仆仆移藩，无人调护君侧，而年将老矣。”(《古诗赏析》卷九)

此诗通篇以佳人自比。开始用佳人艳如桃李之花的容貌，比喻自己的“奇才”。“朝游北海岸”两句，写佳人朝游暮宿异地，比喻自己多次移藩不定。“时俗薄朱颜”两句，说佳人的美貌、歌唱或言笑，不但没有得到时人的赏识，反而受到了他们的轻视，比喻自己怀才不遇。“俯仰岁将暮”两句，说时光易逝，佳人的美貌难以长久，寄寓自己盛年空逝、不能实现自己抱负的忧伤。

在写作上，这首诗始终着笔于佳人，不枝蔓。写佳人，有容颜、行动的描绘，有复杂心理的叙写。所有这些，与曹植的才华、遭遇和内心世界，相当吻合。此诗形象鲜明，蕴涵丰富，意境深邃，耐人体味。

从构思、用语和意象等方面来看，此诗明显地受到了以屈原作品为代表的《楚辞》的浸润。

鞞舞歌[1]有序

汉灵帝西园鼓吹有李坚者,[2]能鞞舞,[3]遭乱播迁,[4]西随段颎。[5]先帝闻其旧有技,[6]召之。坚既中废,[7]兼古曲多谬误,[8]异代之文未必相袭,[9]故依前曲改作新歌五篇。不敢充之黄门,[10]近以成下国之陋乐焉。[11]

【注释】

①鞞(pí)舞歌:乐府旧题,属《舞曲歌·杂舞》。鞞,一作"鼙",军中用的小鼓。鞞舞,古代的一种舞蹈。表演时,手执鞞鼓歌舞。汉代有《鞞舞》歌辞五篇。曹植依据汉曲新作歌辞五篇:《圣皇篇》、《灵芝篇》、《大魏篇》、《精微篇》、《孟冬篇》。本书选了《圣皇篇》和《孟冬篇》两篇。 ②汉灵帝:刘宏,东汉后期皇帝。西园:东汉皇家园林,在洛阳。灵帝中平五年(188)八月,初置西园八校尉。鼓吹:本是古代军乐,后也用于朝廷宴乐。李坚:生平事迹不详。 ③能:一作"善"。 ④遭乱:指遭董卓之乱。播迁:流离迁徙。 ⑤段颎(jiǒng):一作"段煨"。武威人,曾任安南将军,建安七年(202)征为大鸿胪,病卒。 ⑥先帝:指魏武帝曹操。旧有技:言以前能鞞舞。技,技艺。 ⑦中废:半途而废。 ⑧古曲:指汉曲《鞞舞歌》。古,一作"故"。 ⑨文:指歌辞。袭:照样作。 ⑩黄门:指黄门署,管理音乐的机关。 ⑪近:大概。下

国：与天子为上国相对，指诸侯国。

圣皇篇

圣皇应历数，[1] 正康帝道休。[2]
九州咸宾服，[3] 威德洞八幽。[4]
三公奏诸公，[5] 不得久淹留。[6]
藩位任至重， 旧章咸率由。[7]
侍臣有文奏，[8] 陛下体仁慈。[9]
沉吟有爱恋，[10] 不忍听可之。[11]
迫有官典宪，[12] 不得顾恩私。[13]
诸王当就国， 玺绶何累缞！[14]
便时舍外殿，[15] 宫省寂无人。[16]
主上增顾念，[17] 皇母怀苦辛。[18]
何以为赠赐？ 倾府竭宝珍。[19]
文钱百亿万，[20] 采帛若烟云。
乘舆服御物，[21] 锦罗与金银。[22]
龙旗垂九旒，[23] 羽盖参班轮。[24]
诸王自计念，[25] 无功荷厚德。[26]
思一效筋力， 糜躯以报国。[27]
鸿胪拥节卫，[28] 副使随经营。[29]
贵戚并出送， 夹道交辎軿。[30]
车服齐整设，[31] 韡晔耀天精。[32]
武骑卫前后， 鼓吹箫笳声。

祖道魏东门，[33] 泪下沾冠缨。
扳盖因内顾，[34] 俛仰慕同生。[35]
行行日将暮， 何时还阙庭？[36]
车轮为徘徊， 四马踌躇鸣。[37]
路人尚酸鼻，[38] 何况骨肉情！

【注释】

①圣皇：指魏文帝曹丕。应历数：谓顺应天道建魏代汉。历数，天历运转之数，即天道。 ②正康：即政康。正，通“政”。帝道：皇帝治国的法则。休：美。 ③宾服：臣服。 ④洞：达。八幽：边远荒寂之地。 ⑤三公：指当时的司徒华歆、司空王朗、太尉贾诩。诸公：指曹彰、曹植、曹彪等。 ⑥淹留：停留。 ⑦旧章：旧的法规。率由：遵循。 ⑧有：一作“省”。省文奏：阅读奏书。 ⑨陛下：指魏文帝曹丕。体：性。 ⑩沉吟：迟疑不决的样子。 ⑪听可：听从，许可。 ⑫官典宪：国家法则。 ⑬恩私：私情。 ⑭玺绶：印玺上系的彩色带子。累缞（cuī）：意同“葳蕤”，繁盛的样子。 ⑮便时：方便之时。舍外殿：言搬离皇宫，住在外殿。 ⑯宫省：皇宫。 ⑰主上：指魏文帝曹丕。 ⑱皇母：指曹植的母亲卞太后。苦辛：悲伤。 ⑲倾：竭尽。府：库府。⑳文钱：钱上有文字，故称。 ㉑乘舆：乘坐皇帝所乘之车。服御物：用皇帝所用之物。 ㉒锦罗与金银：言车幔用锦缎制作，用金银做车饰。 ㉓龙旗垂九旒（liú）：指旗上画龙，下垂九旒。魏时朝廷规定：皇帝旗九旒，公旗八旒，侯旗七旒。这里用九旒赐诸王，表示曹丕对曹植等兄弟的特别恩遇。旒，旗上的飘带。 ㉔羽盖：用

鸟羽制作的车盖。参：与。班轮：用朱漆绘画图案的车轮。班，通“斑”。 ㉕计念：考虑。 ㉖荷：受。 ㉗糜躯：意为粉身碎骨。糜，碎烂。 ㉘鸿胪：执掌诸侯封拜、朝贡行礼等职的官员。拥节：持节。节，奉天子之命执行任务的标志。卫：卫护。 ㉙副使：鸿胪的属官。经营：照料。 ㉚辎軿（zī píng）：古代有屏蔽的两种车。这里指后宫女子所乘之车。 ㉛车服：车马服饰。设：排列。 ㉜韡晔（wěi yè）：鲜明的样子。天精：指日光。 ㉝祖道：行前祭祀路神。魏东门：指洛阳东门。 ㉞扳（bān）盖：拉住车子。内顾：后顾。 ㉟俛仰：同“俯仰”。形容身体前俯后仰。慕：爱慕留恋。同生：指同母所生兄弟。 ㊱阙庭：也作“阙廷”，朝廷，此指京城。 ㊲四马：魏制规定，诸侯王车驾四马。踌躇：即踟蹰，迟疑不前。 ㊳酸鼻：悲伤欲流泪，鼻子发酸。

【品评】

此诗当写于黄初四年（223）由京都洛阳返归藩国时。从诗中“行行日将暮”一句看，可能写于离开京都的当天。全诗用深婉的笔调，抒发了诗人被迫离京归藩时的悲痛情怀。

“圣皇应历数”四句，直扣题目，颂扬皇帝曹丕的政绩和威德。表明曹植对曹丕的拥戴和忠心。“三公奏诸公”十二句，写离京归藩是基于法规。其中特别写明执法在“三公”、“侍臣”，而曹丕“仁慈”，爱恋兄弟。曹植作为臣下，作为胞弟，对国君的忠诚，对兄长的亲情，全都寓于理解和体谅之中。“便时舍外殿”四句，写将要离京时自己的孤寂和骨肉离别的痛苦。“便时舍外殿”云云，语意委曲。“主上增顾念”云云，转写曹丕和母亲对自己的深情。“主上增顾念”两句，在结构上具有承上启下的作用。同时又特别点出母亲，蕴涵深婉。“何以为赠赐”八句，铺陈赠赐。特别、越规的赠赐，并没有给曹植带来快慰，相反却引发了他的悲伤。这就是接下去“诸王自计念”四句所抒发的受恩思报之情。曹植所受之恩，是亲人之恩和国家之恩的结合，更重要的是国家之恩。因此，他唱出了“思一效筋力，糜躯以报国”这样慷慨激昂的诗句。但是，曹丕不可能给曹植以报国的机会。这只能增加曹植的悲伤。“鸿胪拥节卫”十句，续写送行时事。这十句，极力铺叙护送时的盛况，与前面叙写的超常的赠赐相匹配。“祖道”及其顿然泪下的叙写，自然过渡到最后的收束八句。这八句，兼用直叙、拟人和衬托等手法，写出了上路后难以割舍的母子、兄弟之间的生离之情。把全诗抒发的悲痛情怀推向了高潮。

孟冬篇

孟冬十月，① 阴气厉清。②
武官诫田，③ 讲旅统兵。④
元龟袭吉，⑤ 元光著明。⑥
蚩尤跸路，⑦ 风弭雨停。⑧
乘舆启行， 鸾鸣幽轧。⑨
虎贲采骑，⑩ 飞象珥鹖。⑪
钟鼓铿锵， 箫管嘈喝。⑫
万骑齐镳，⑬ 千乘等盖。⑭
夷山填谷，⑮ 平林涤薮。⑯
张罗万里，⑰ 尽其飞走。⑱

趯趯狡兔，[19] 扬白跳翰。[20]
猎以青骹，[21] 掩以修竿。[22]
韩卢宋鹊，[23] 呈才骋足。[24]
噬不尽绁，[25] 牵麋掎鹿。[26]
魏氏发机，[27] 养基抚弦。[28]
都卢寻高，[29] 搜索猴猿。
庆忌孟贲，[30] 蹈谷超峦。
张目决眦，[31] 发怒穿冠。
顿熊扼虎，[32] 蹴豹抟貙。[33]
气有余势， 负象而趋。[34]
获车既盈， 日侧乐终。[35]
罢役解徒，[36] 大飨离宫。[37]
乱曰：[38]
圣皇临飞轩，[39] 论功校猎徒。[40]
死禽积如京，[41] 流血成沟渠。
明诏大劳赐，[42] 大官供有无。[43]
走马行酒醴， 驱车布肉鱼。[44]
鸣鼓举觞爵，[45] 击钟釂无余。[46]
绝网纵麟麑，[47] 弛罩出凤雏。[48]
收功在羽校，[49] 威灵振鬼区。[50]
陛下长欢乐， 永世合天符。[51]

【注释】

①孟冬：初冬。 ②阴气：寒气。厉：猛烈。 ③诫：同“戒”，令。田：畋猎，打猎。 ④讲旅统兵：讲武治兵。 ⑤元龟袭吉：用大龟壳卜得吉兆。元，大。袭，合。 ⑥元光：古星名，又名长星，似彗星。著明：显明。 ⑦蚩尤：传说中的上古九黎族首领，为人勇猛。这里指代勇士。跸(bì)路：清道。 ⑧风弭雨停：意为道路安静通达。弭，停止。 ⑨鸾：指车铃。幽轧：象声词，车声。 ⑩虎贲(bēn)：勇士。采骑：身穿彩衣骑着马。 ⑪飞象：奔驰如飞的大象。珥(ěr)：戴，插。鹖(hé)：鸟名，一种猛禽。此指鹖鸟之毛。 ⑫嘈喝：嘈杂。 ⑬齐镳(biāo)：指行动整齐。镳，马嚼子。 ⑭盖：车盖。 ⑮夷：平。填：塞满。 ⑯涤：涤荡，清除。薮(sǒu)：沼泽。 ⑰罗：罗网。 ⑱飞走：飞鸟走兽。⑲趯(yuè)趯：跳跃的样子。趯，同“跃”。 ⑳扬白跳翰：兔子在被追捕时，纵跳奔跑。扬，扬起。白，指白毛。翰，通“榦”，榦为“干”的异体字。干，躯体。 ㉑青骹(qiāo)：一种青色的猎鹰。㉒掩：套取。修竿：长竿。这里指打猎用的毕。毕是一种长柄网，在长竿的顶端装有网圈。 ㉓韩卢：古代韩国所产的黑色猎犬。宋鹊：宋国产的猎犬。 ㉔呈才：表现能力。骋足：飞奔追逐。㉕噬不尽绁(xiè)：绳子未放尽就咬到了猎物。噬，咬。绁，系犬的绳子。 ㉖麋：麋鹿。比一般的鹿大。掎(jǐ)：从后面抓住。㉗魏氏：古代的善射者。机：弩牙，是一种用机械发箭的装置。㉘养基：即养由基，春秋时楚国著名的射手。 ㉙都卢：古国名，在南海一带。国人善攀援。寻：攀，爬。这里指善于爬高的勇士。㉚庆忌：人名，春秋时吴国的勇士。孟贲：人名，春秋时卫国的勇

士。这里用庆忌和孟贲，指代善于追捕猛兽的勇士。 ㉛决眦(zì)：眼眶裂开。 ㉜顿：意思是抓住头向地猛击。扼：掐住，握住。 ㉝蹴(cù)：踢倒。抟(tuán)：捉。一作“搏”，击。貙(chū)：虎类猛兽，似狸而大。 ㉞负象而趋：用大象来追逐。负，恃，依靠。趋，追逐。 ㉟日侧：日斜，傍晚。乐：指畋猎之乐。 ㊱罢役：停止打猎。解徒：使士卒休息。 ㊲飨：宴请。离宫：皇帝外出临时居住的宫室。 ㊳乱：乐曲或诗、赋的结尾部分称乱。㊴圣皇临飞轩：皇帝驾临殿轩。飞轩，很高的殿轩。轩，栏杆。㊵论功校猎徒：计算士卒猎物的多少，论功赏赐。校，计算。㊶禽：飞禽走兽的总称。积如京：堆积如山。京，山丘。 ㊷劳：犒劳。 ㊸大官：大官令，掌管皇帝饮食宴享之官。 ㊹走马行酒醴，驱车布肉鱼：意谓在广野上遍宴从猎者。行，赐予。醴，甜酒。布，布施。 ㊺爵：古代盛酒的一种礼器。 ㊻釂(jiào)：喝完杯中酒。 ㊼绝网：断绝罗网。网，一作“纲”。纵麟麑(ní)：意思是放走雌兽和幼兽。麟，大牝鹿。麑，幼鹿。 ㊽弛罩：解网。罩，掩网。出凤雏：放走幼禽。凤雏，幼凤。凤，传说中的一种神鸟。 ㊾收功在羽校：谓狩猎之功在于检阅士卒。羽校，背负弓箭的士卒。 ㊿威灵：显赫的声威。鬼区：远方。 (51)永世：永远。合天符：符合上天的符命。

【品评】

此诗写田猎。清人朱绪曾认为，当与《圣皇篇》作于同时(《曹集考异》卷六)。

古代帝王开展、参与田猎，有游乐的成分，但主要是为了习武练兵，检阅军队。汉代文学写田猎，多见于大赋。曹植此篇改用乐府诗，当是为了入乐歌唱。

受题材和汉大赋的影响，此诗着重于事实的叙写。全诗以时间为序，开始简叙准备田猎，中间从多方面铺陈、夸饰田猎的威武，气势的雄伟，士卒的勇猛，场面的宏大，收获的丰盈，最后写论功劳赐，宴飨广野。全诗有始有终，相当完整地描述了一次大规模的田猎。

此诗受到了汉大赋的影响，但在取材、结构和语言等方面，有创新，有自己的特点。“趯趯狡兔，扬白跳翰。猎以青骹，掩以修竿。韩卢宋鹊，呈才骋足。噬不尽绁，牵麋掎鹿”之类的叙写，选取典型，具体生动。诗最后用“乱”的形式，延伸了田猎的内容，特别写了“绝网纵麟麑，弛罩出凤雏”两句，表现了田猎时爱雌怜幼的仁慈。

赠白马王彪[1]并序

黄初四年五月，白马王、任城王与余俱朝京师，[2]会节气。[3]到洛阳，任城王薨。[4]至七月，与白马王还国。[5]后有司以二王归藩，[6]道路宜异宿止。[7]意毒恨之。[8]盖以大别在数日，[9]是用自剖，[10]与王辞焉，[11]愤而成篇。

谒帝承明庐，[12] 逝将归旧疆。[13]

清晨发皇邑，[14] 日夕过首阳。[15]
伊洛广且深，[16] 欲济川无梁。[17]
泛舟越洪涛，[18] 怨彼东路长。[19]
顾瞻恋城阙，[20] 引领情内伤。[21]

【注释】

①此诗最早见于《三国志·魏书·陈思王植传》注引《魏氏春秋》，无题，无序。《文选》卷二四选录此诗，题为《赠白马王彪》。白马王彪，即曹彪，字朱虎，曹植异母弟，封白马王。白马，地名，在今河南滑县东。 ②任城王：即曹彰，字子文，曹植同母兄，封任城王。任城，地名，在今山东济宁。京师：京城洛阳。 ③会节气：参加迎节气的典礼。魏制：每年立春、立夏、立秋和立冬四节气前十八天，诸王到京城朝会，举行迎节气之礼。 ④薨：诸侯及有爵位之臣死亡称薨。 ⑤国：指各自的封地白马和鄄城。鄄城，今属山东。 ⑥有司：官吏。此指魏文帝派往各诸侯封地监督诸侯的监国使者。藩：封地。 ⑦道路宜异宿止：二王在路上不得同行同宿。宜，应当。异，分开。白马和鄄城同属兖州东郡，曹彪和曹植本可以同路东归。 ⑧毒恨：痛恨。 ⑨盖：语首助词。大别：永别。时魏已规定藩国之间不得互相往来。曹植知道此别之后，难以再见，故说“大别”。 ⑩自剖：自己表露心意。⑪辞：告别。 ⑫谒帝承明庐：言进见皇帝，住在承明庐。承明庐，当是朝臣临时住宿的屋舍。 ⑬逝：发语词。旧疆：指曹植此时的封地鄄城。 ⑭发：出发。皇邑：指京都洛阳。 ⑮日夕：傍晚。首阳：山名，在洛阳东北二十里。 ⑯伊洛：二水名。伊水源

出河南熊耳山，至今偃师入洛水。洛水，也称洛河、洛川，源出陕西洛南，流经洛阳，至今河南巩义入黄河。 ⑰济：渡。梁：桥梁。⑱泛舟：乘船。 ⑲东路：指从洛阳返回鄄城之路。鄄城在洛阳东，故称。 ⑳顾瞻：回头观望。城阙：指都城洛阳。 ㉑引领：伸长脖子，形容远望。

太谷何寥廓，① 山树郁苍苍。②
霖雨泥我途，③ 流潦浩纵横。④
中逵绝无轨，⑤ 改辙登高冈。⑥
修坂造云日，⑦ 我马玄以黄。⑧

【注释】

①太谷：山谷名，又称“通谷”，在洛阳东南五十里。寥廓：空旷辽远的样子。 ②郁：茂盛。苍苍：深青色。 ③霖雨：久雨。接连下雨三日以上称霖。泥：这里作动词用，使道路泥泞。④潦（lǎo）：积水。纵横：形容水大乱流。横，从押韵看，应读为guāng。 ⑤中逵（kuí）绝无轨：道路为水所淹，不能行车。中逵，中途。逵，道路。轨，车道。 ⑥改辙：改道。 ⑦修坂（bǎn）：长山坡。疑指黄坂，在今河南荥阳境内。造云日：形容山坡高达云日。造，至。 ⑧玄以黄：指马因累而病。

玄黄犹能进， 我思郁以纡。①
郁纡将难进，② 亲爱在离居。③
本图相与偕，④ 中更不克俱。⑤

鸱枭鸣衡轭，[6] 豺狼当路衢。[7]
苍蝇间白黑，[8] 谗巧令亲疏。[9]
欲还绝无蹊，[10] 揽辔止踟蹰。[11]

【注释】

①郁：忧郁。纡：屈曲难以消解。 ②难进：一作“何念”。③亲爱：指兄弟白马王曹彪。在：当，将要。离居：离别而居。④图：打算。偕：一起。 ⑤中更：中途改变。不克：不能。俱：一起。 ⑥鸱枭（chī xiāo）鸣衡轭（yuè）：喻奸邪小人在皇帝面前拨弄是非。鸱枭，猫头鹰。古人认为它是恶鸟。衡轭，代指皇帝车驾。衡，古代车辕上的横木。轭，车辕与横木相连接的关键。用于大车的称輗，用于小车的称轭。轭，一作“轭”，套在马颈上的曲木。 ⑦豺狼：喻险恶小人。当：阻挡。衢（qú）：通达四方的路。⑧苍蝇间白黑：《诗经·小雅》有《青蝇》一篇，以苍蝇为比喻，讽刺周幽王听信谗言。苍蝇，能“污白使黑，污黑使白”，喻小人变乱是非。间（jiàn），乱。 ⑨谗巧：谗言巧语。令亲疏：使亲人疏远。⑩蹊（xī）：一作“径”。蹊、径，道路。 ⑪揽辔（pèi）：握着马缰绳。止：语中助词。踟蹰：徘徊不前。

踟蹰亦何留？ 相思无终极！
秋风发微凉， 寒蝉鸣我侧。[1]
原野何萧条， 白日忽西匿。[2]
归鸟赴乔林，[3] 翩翩厉羽翼。[4]
孤兽走索群，[5] 衔草不遑食。[6]

感物伤我怀，　抚心长太息。[7]

【注释】

①寒蝉：蝉的一种，又名寒蜩（tiáo），较小。　②白日忽西匿：谓太阳很快地西下。匿，隐藏。　③乔林：高大的树林。　④翩翩：上下飞动的样子。厉：用力振动。　⑤走：跑。索：寻找。⑥不遑：没时间。　⑦抚心：扪心，抚摩胸口。长太息：长声叹息。

太息将何为？　天命与我违！[1]
奈何念同生，　一往形不归。[2]
孤魂翔故域，[3]　灵柩寄京师。[4]
存者忽复过，　亡殁身自衰。[5]
人生处一世，　去若朝露晞。[6]
年在桑榆间，　景响不能追。[7]
自顾非金石，[8]　咄唶令心悲。[9]

【注释】

①天命：指上天的旨意。违：背离。　②奈何念同生，一往形不归：悲叹任城王曹彰突然死去。同生，谓同母兄弟。曹彰和曹植都是卞氏所生。往，指死亡。形不归，身体消失，不再归来。③故域：指曹彰生前的封地任城。一说指河南的中牟。　④灵柩（jiù）：放有尸体的棺材。　⑤存者忽复过，亡殁（mò）身自衰：活着的人很快就要死亡，死者的形体自将衰朽。存者，指自己和白马王曹彪。忽，一作“匆”，匆匆。亡殁，指死去的任城王曹彰。

⑥去若朝露晞(xī):用早晨的露水易干,比喻人生短暂。晞,干。⑦年在桑榆间,景响不能追:言人至晚年,时光迅逝,快如光、声,无法追及。桑、榆,二星名。每当傍晚时太阳就会运行到桑、榆间。又,《太平御览》卷三引《淮南子》:"日西垂景在树端,谓之桑榆。"二说均喻人至晚年。景响,光影、声音。此以影、响易逝难追比喻晚年岁月。景,同"影"。 ⑧顾:念。非金石:不能像金石那样坚固长久。 ⑨咄唶(duō jiè):形容时间短暂。

心悲动我神, 弃置莫复陈。①
丈夫志四海, 万里犹比邻。②
恩爱苟不亏,③ 在远分日亲。④
何必同衾帱, 然后展殷勤。⑤
忧思成疾疢,⑥ 无乃儿女仁。⑦
仓猝骨肉情,⑧ 能不怀苦辛?⑨

【注释】

①陈:陈述。 ②比邻:近邻。 ③苟:倘使。亏:缺,减少。④分:情分。日亲:日益亲密。 ⑤何必同衾帱(qīn chóu),然后展殷勤:言何必生活在一起,才能深表情意。衾,被子。帱,床帐。殷勤,亲切的情意。 ⑥疾疢(chèn):疾病。疢,一作"疚"。⑦无乃:岂非。儿女仁:指儿女之间的亲情。仁,相亲相爱。⑧仓猝:匆促。指与白马王即将分别。 ⑨苦辛:痛苦。

苦辛何虑思, 天命信可疑。①

虚无求列仙，[2] 松子久吾欺。[3]
变故在斯须，[4] 百年谁能持？[5]
离别永无会， 执手将何时？[6]
王其爱玉体， 俱享黄发期。[7]
收泪即长路，[8] 援笔从此辞。[9]

【注释】

①信：诚，的确。 ②虚无：空虚无凭。列仙：诸仙。 ③松子：赤松子，传说中的神仙名。吾欺：欺骗我。 ④变故：发生灾祸。斯须：转瞬之间。 ⑤百年：指长寿。持：保持。 ⑥执手：握手。指别后再相见。 ⑦黄发：人老后头发变黄。此谓高寿。⑧即：就，走上。长路：漫长的归途。 ⑨援笔：指拿笔写作赠诗。辞：辞别。

【品评】

这首诗写作的缘起，诗人在《序》中作了交代。又《三国志·魏书·陈思王植传》注引《魏氏春秋》："是时待遇诸国法峻。任城王暴薨，诸王既怀友于之痛。植及白马王彪还国，欲同路东归，以叙隔阔之思，而监国使者不听。植发愤告离而作诗曰……"《序》和《魏氏春秋》的相关记载，很重要，不仅能帮助我们了解此诗的写作背景，同时从"愤而成篇"和"发愤告离而作诗"的叙述中，可以体会到诗人写作此诗时难以抑制的愤怨心态。

此诗可分为七章来体会：

一、写初离都城，由晨及夕，越山渡水，但仍瞻恋都城，心怀悲伤。"伊洛广且深，欲济川无梁。泛舟越洪涛"三句，既是写实，又兼具比兴之义。"顾瞻恋城阙，引领情内伤"二句，蕴涵深沉。清晨离开洛阳，傍晚行至首阳山，离洛阳已经很远了，但仍回头遥望、留恋洛阳。这是因为洛阳是都城，母亲和许多亲人在那里，任城王的灵柩在那里……他多么希望留在那里，但现在被迫要回到遥远的封地鄄城，心里怎么能不悲伤？

二、写舍舟乘车路行，雨潦泥途，行进艰难。以上两章均用直叙写法。本来顾恋都城，现在又路途艰难。不言悲伤，悲伤蕴于其中。

三、"玄黄犹能进，我思郁以纡"，语意转折，又增加了路上的悲伤。悲伤是由于要同白马王诀别。兄弟亲爱，本想同行，但因有司谗言，中途变更，只能无奈地悲伤徘徊。"鸱枭鸣衡轭"四句，可能是写实，霖雨中在山上行走，有时会遇到鸱枭、豺狼之类的禽兽。更重要的是这四句具有比兴的意义，喻有司进谗，离间兄弟。把有司视为鸱枭、豺狼和苍蝇，直接表现了曹植的愤慨之情。曹植知道，离间本来出自曹丕旨意，但这里却归咎于有司，乃曲笔也。此时曹植虽多悲伤愤慨，但因自身难保，再加上曹丕是兄长，是皇帝，对皇帝不能直接指责，所以只能用曲笔。

四、写路途所见之景。身之所感，耳之所闻，目之所见，无不萧条凄凉，增添悲伤。"秋风发微凉"四句，写秋景的凄凉和萧条，是实景。"物色之动，心亦摇焉"（《文心雕龙·明诗》），凄凉萧条的景物加深了内心的凄苦。"归鸟赴乔林"四句，写景兼有比兴之义。用知归之鸟和孤兽索群，反喻自己不能与兄弟同归相处。这一章，多用对偶句式。三、四两句相对，五、六两句相对，七、八两句与九、十两句相对。连用这么多的对句，而且对得那么自然，景情递进，语气贯通，表明曹植在语言上确有功力。

五、此章是全诗的中心。“太息将何为？天命与我违！”语意转折，悲伤更加深重。曹植在一些诗文中，常用“天命”来自我宽慰，这里却慨叹“天命与我违”。这与下文所说的“天命信可疑”近似，表现了他在十分悲伤时对天命的怀疑。本来古人在悲伤难以抑制的时候，往往借天命来解脱，可是现在却说“天命与我违”，表明他完全陷入了悲伤的深渊而不能自拔。下面由极度的悲伤，又想到了死者。“奈何念同生”四句，痛悼兄长任城王的暴死。同胞兄长，一往不归，孤魂飞到任城。悲伤而又无可奈何。死者已矣！“存者”呢？“人生处一世，去若朝露晞”，人生短暂，又非金石的坚固长久，自己和白马王很快就要死去。悼念死者，联想存者将不久于人世，结果只能是“令心悲”。清人沈德潜说：“此章乃一篇正义，置在‘孤兽索群’下，章法绝佳。”(《古诗源》卷五)

六、写心悲动神，勉强做宽解之语。“丈夫志四海”六句，说相亲在内心，而不必在意万里相隔，也不必考虑形迹不离。这是从正面来宽解。“忧思成疾”二句，说我们是志在四海的丈夫，若因忧思而患疾病，那是儿女之情。这是从反面来宽解。上述这些，是宽解白马王，也是宽解自己。宽解是出自理性，但理性有时难以控制感情。想到曹彰已经暴死，眼下与白马王即将分离，这些都是在仓猝之间。宽解自然难以持续。所以最后“仓猝骨肉情，能不怀辛苦”两句，又由宽解转入了悲苦之情。

七、“天命信可疑”三句，言天命确实可疑，神仙虚无欺人。诗人在精神上没有任何寄托了。有的是面对的“变故”。“变故在斯须”一句，并非泛指。当时像曹植和白马王这样的藩王，处境艰险，有司常加迫害，时有难测之祸。因此接下去写道：“百年谁能持！”“离别永无会，执手将何时？”人生本来是别时容易会见难，而这里特别说“离别永无会”，看来曹植对自己和白马王未来的命运是有预感的。果然，曹植和白马王这次离别以后，他们再也没有见过面。“王其爱玉体”二句，虽是劝勉，但正见长寿难保。“收泪即长路”二句，用语平和，但蕴涵着生人死别的无奈和悲伤。清人陈祚明说：“末章如赋中之乱，极写淋漓，几于生人作别矣。至性缠绵，绝无组饰，而曲折动宕。”（《采菽堂古诗选》卷六）

这首诗，用沉重舒缓的如泣如诉的笔调，随情适意地运用叙事、议论、写景、比兴等多种写法，“愤而成篇”，抒发了曹植因受曹丕迫害而生发的难以直言的愤慨和悲伤，也表现了曹植对曹彰和曹彪兄弟难以割舍的手足之情。愤、怨、悲、爱，相互融合，真切感人。同时，诗中还由个人的不幸遭遇，引发出天命可疑、神仙欺人、生命短暂这样具有普遍意义的人生问题，这就进一步增加了这首诗的内涵。

此诗在写作上，除了上述特点之外，在章法上有一个突出的表现，就是使用蝉联。蝉联源于《诗经·大雅》中的《文王》和《大明》。不过在《文王》和《大明》中，并非章章蝉联，蝉联的格式不一。而曹植此诗，从第二章开始，章章蝉联，蝉联的格式都是使用每章最后的二字，规范齐一而又自然顺畅。蝉联章法的使用，使全诗各章之间的意绪和气韵更加连贯。

杂　诗(高台多悲风)

高台多悲风，　朝日照北林。①
之子在万里，②　江湖迥且深。③
方舟安可极？④　离思故难任。⑤
孤雁飞南游，　过庭长哀吟。
翘思慕远人，⑥　愿欲托遗音。⑦
形景忽不见，⑧　翩翩伤我心。⑨

【注释】

①北林：泛指北面的树林。一说，借用《诗经》中的“北林”。《诗经·秦风·晨风》：“鴥彼晨风，郁彼北林。未见君子，忧心钦钦。”　②之子：那个人。在万里：形容相隔遥远。　③江湖：泛指水。迥(jiǒng)：远。　④方舟：两船相并。极：到达。　⑤离思：离别的情思。任：承受。　⑥翘思：抬头远望而思。远人：当指曹彪。　⑦遗(wèi)音：送音信。遗，送交。　⑧形景：指孤雁的形影。景，同“影”。　⑨翩翩：鸟飞的样子。

【品评】

黄初三年(222)，曹彪封弋阳王，四年(223)徙封吴王，都广陵(今江苏淮阴)。这年，曹植与曹彪等一起朝会京师，曹植回鄄城后，又徙封雍丘王。鄄城离广陵遥远，中间多江湖，此诗当作于徙封雍丘王之前。当时曹彪仍在广陵。曹植与曹彪相距遥远，因怀念曹彪而作此诗。

诗开始“高台多悲风”两句，就所见景物写起，投情入景，为全诗奠定了悲伤基调。“之子在万里”四句，写曹彪在遥远的南方，且江湖水深，难以前去，离别之思无法承受。“江湖迥且深”一句，寓意深厚。其中有对曹彪经受艰难远至广陵的同情，有因“小人”受曹丕的指使，阻隔曹植、曹彪，使他们想见而不得见的感慨。在写法上，以上六句主要是用直叙方法。而下面“孤雁飞南游”六句，则改用比兴方法，主要借写孤雁南飞而逝，抒发自己对曹彪怀念深切但无法传达，郁结在心，更加悲伤。全诗语言浅明，写法前后变化，蕴涵深曲，耐人体味。

失　题①

双鹤俱遨游，② 相失东海傍。③
雄飞窜北朔，④ 雌惊赴南湘。⑤
弃我交颈欢，⑥ 离别各异方。⑦
不惜万里道，⑧ 但恐天网张。⑨

【注释】

①此诗最早见于《艺文类聚》卷九〇“玄鹄”类，共八句。《初学记》卷一八“离别第十七”著录前六句。文字有所不同。均无题

目。 ②鹤：一作“鹄”，天鹅。 ③相失：彼此失散，分离。相失，一作“相候”。 ④窜：奔往。北朔：指北方。朔，一作“翔”。⑤惊：惊飞。惊，一作“逝”。南湘：指南方。湘，湘江，发源于广西，流入湖南。 ⑥交颈：两颈相交，表示亲昵。 ⑦异方：不同的地方。异，一作“一”。 ⑧惜：痛惜。 ⑨天网：天设的罗网。喻王法。

【品评】

此诗借写双鹤以喻人事。所喻人事，很难作出确切的解读。结合曹植和曹彪的经历，当是曹植写同曹彪离别时的感伤和担心再受迫害的心态。黄初四年(223)曹植和曹彪朝京都返回藩国，本想同路而归，但监国使者不准，被迫分离。曹植为此深感痛心。此诗的前六句写双鹤彼此分散，一北一南，各在异方，比喻曹植与曹彪被迫分离。诗最后两句，写双鹤一别万里不必痛惜，只是惧怕天上设置的罗网。这里的罗网，比喻曹丕想借违犯法规来迫害曹植兄弟。曹植在《野田黄雀行》中特别写到罗网，在《责躬有表》中又说：“诚以天网不可重罹。”此诗最后，又特别写到天网，这说明曹植对曹丕设置天网有深切的认识。同时也蕴涵着忧惧、警觉等复杂的思想感情。全诗通篇用比，形象单纯，蕴藉深曲，经得起吟咏咀嚼。

磐石篇①

磐石山巅石，② 飘飘涧底蓬。③

我本泰山人，[4]　何为客淮东？[5]
蒹葭弥斥土，[6]　林木无芬重。[7]
岸岩若崩缺，　湖水何汹汹。[8]
蚌蛤被滨涯，[9]　光彩如锦虹。[10]
高波凌云霄，　浮气象螭龙。[11]
鲸脊若丘陵，　须若山上松。
呼吸吞船榍，[12]　澎濞戏中鸿。[13]
方舟寻高价，[14]　珍宝丽以通。[15]
一举必千里，　乘飔举帆幢。[16]
经危履险阻，　未知命所钟。[17]
常恐沉黄垆，[18]　下与鼋鳖同。
南极苍梧野，[19]　游盼穷九江。[20]
中夜指参辰，　欲师当定从。[21]
仰天长太息，　思想怀故邦。[22]
乘桴何所志？　吁嗟我孔公。[23]

【注释】

①磐石篇：《乐府诗集》入《杂曲歌辞》。今存乐府诗中，以《磐石篇》名题者，只有此篇。此诗是曹植自创新题乐府诗，用篇首二字名题。又，李善注《文选》卷一二木玄虚《海赋》，引曹植“蚌蛤被滨涯，光彩如锦虹”二句，题作《齐瑟行》。疑此诗题名有二。②磐石：一作“磐磐”，巨大的样子。　③飘飘：一作“飘飖”。④我本泰山人：言自己不是一般的人。泰山，五岳之首。　⑤淮

东：指雍丘。黄初四年(223)，曹植徙封雍丘。淮，一作“海”。⑥蒹葭(jiā)：芦苇。弥：满。斥土：盐碱地。 ⑦芬重：茂盛的样子。芬，一作“分”。 ⑧湖：一作“河”。汹汹：形容波涛的声音。⑨被滨涯：覆盖岸边。 ⑩光彩如锦虹：言蚌蛤贝壳的光彩在日光映照下如锦绣，如彩虹。 ⑪螭(chī)：传说中无角的龙。⑫櫪(lì)：小船。 ⑬澎濞戏中鸿：意为鲸鱼掀起的巨大波涛能戏击在海上飞翔的大雁。澎濞，澎湃。中，击。 ⑭方舟：两船相并。高价：指珍奇之宝。 ⑮珍宝丽以通：言珍宝靠着方舟的搜求而得到流通。丽，附着。通，流通。 ⑯乘飔(sī)举帆幢：言乘疾风挂起了船帆。飔，疾风。幢，当作“橦”，桅杆。 ⑰钟：聚。这里指遭遇。 ⑱黄垆：黄土，黄泉之下，喻死亡。 ⑲极：至。苍梧野：苍梧一带。其地在今湖南零陵境内。传说虞舜南巡死于“苍梧之野”。 ⑳游盼：犹流盼，四处眺望。穷：穷尽。九江：泛指流入洞庭湖的众多河流。 ㉑中夜指参(shēn)辰，欲师当定从：意为夜间指看着参、商二星，靠它们把握方向。中夜，夜间。参、辰，即参星和商星。商星在东方，参星在西方，出没各不相见。师，航行以参、商二星为师。师，一说当作“归”。 ㉒故邦：故国。㉓乘桴(fú)何所志？吁嗟我孔公：《论语·公冶长》：“子曰：道不行，乘桴浮于海。”桴，小的竹、木筏子。吁嗟，叹词。孔公，孔子。

【品评】

黄初四年(223)秋，曹植徙封雍丘，太和元年(227)六月前后徙封浚仪。此诗当作于黄初四年秋到雍丘至太和元年徙封浚仪之前。

此诗有写实，有想象，抒发诗人不愿局促于藩地而怀想故邦的愤慨和忧伤。开始四句，以磐石喻自己过去贵重的身份和地位，以飘蓬喻自己现今不断被迁徙、客居在藩地的遭遇。陈祚明云："起四句，一篇之意已出，后乃极力写之。"(《采菽堂古诗选》卷六)"蒹葭弥斥土"八句，写雍丘景物，写实中带有夸饰：盐碱地上满是芦苇之类，林木十分稀少；湖岸险崩，湖水汹涌；蚌蛤遍布湖边，贝壳映射光彩；波浪滔天，浮气奇特。这八句所写，有荒野险恶之景，也有美丽奇特之景，说明曹植在悲伤中，有时也能关注和欣赏自然中美丽的景物。曹植怀才自负，拘于眼前所处的荒野险奇的景物，联想昔为磐石，今为飘蓬，欲"戮力上国，流惠下民"而不可，愤慨、忧伤郁结于胸，为了消解胸中的愤慨和忧伤，于是生发了游沧海和苍梧等地的遐想。"鲸脊若丘陵"十二句，笔锋顿转，写神游沧海所见所感：鲸鱼身体庞大，气势恢弘；方舟寻求珍宝，一举千里，乘风扬帆。"经危履险阻"四句，语意双关，写驾方舟者，也是写自己。"常恐沉黄垆，下与鼋鳖同"两句，与诗人《责躬》诗中所写的"常恐颠沛，抱罪黄垆"两句相近，暗示诗人面前环境的险恶和对自己生命的忧虑。"南极苍梧野"以下，笔锋再次顿转，由写游沧海转而写游苍梧等遥远之地。曹植在《求自试表》中曾说自己"昔从先武皇帝南极赤岸，东临沧海"。此诗写游沧海和苍梧等地，虽属想象，但由于诗人有生活体验，所以并不离奇。如前所述，诗人托言远游无所不至，本想消解自己的愤慨和忧伤，但由于故国之情怀，早已扎根于内心深处，难以忘怀，于是诗的最后，笔锋又转，写了"仰天长太息"四句。前两句直抒不忘故国，后两句借孔子想乘筏出海而未出，进一步表达了对故国的怀念。诗最后所说的“故邦”是同此诗前面所说藩地“淮东”相对的，指的当是邺城或洛阳。诗人在那里，有美好的生活，抱有立功报国的志向。现在身居藩地，时不我予，多么向往再到故邦，为国家效命！从结构上看，结尾表现的对故邦的怀想，同开始表现的对徙封藩地的愤慨和忧伤，前后两相照应，使全诗浑然一体。

当墙欲高行①

龙欲升天须浮云，人之仕进待中人。②
众口可以铄金。③谗言三至，慈母不亲。④
愦愦俗间，⑤不辨伪真。
愿欲披心自说陈，⑥君门以九重，⑦道远河无津。⑧

【注释】

①当墙欲高行：乐府诗题，属《杂曲歌辞》。当，如，引申有模拟的意思。从诗题用“当”字看，应有古辞。古辞已佚。 ②中人：指有权势的朝臣。 ③众口可以铄(shuò)金：意思是众人一辞能够销熔坚固的金属。铄，销。 ④谗言三至，慈母不亲：《战国策·秦策二》：“昔者，曾子处费。费人有与曾子同名族者而杀人。人告曾子母曰：‘曾参杀人。’曾子之母曰：‘吾子不杀人。’织自若。有顷焉，人又曰：‘曾参杀人。’其母尚织自若也。顷之，一人又告之曰：‘曾参杀人。’其母惧，投杼逾墙而走。” ⑤愦(kuì)愦：昏乱愚昧。一作“愦愦”。俗间：世间。 ⑥披心：坦露真心。

⑦君门以九重：言君王居处，门扃重重。　⑧津：渡口。

【品评】

此诗当是曹植后期所作，具体时间难以考定。

全诗抒发了曹植因遭谗诬不被任用而又无法向上述说的悲伤。开始两句，先比后赋，写被任用需要依靠朝中重臣。曹植与身为君王的曹丕父子本为骨肉之亲，但想被任用，还须依靠朝中重臣，表现了曹丕父子对曹植的猜忌，也写出了曹植的愤懑。不过，曹植是一个忠君者，他没有或不想把自己不被任用的原因归于君王，而认为是奸邪小人的谗诬造成的。因此，接下去五句，用众口铄金的谚语，用曾母听谗言投杼逾墙的典故和直叙，痛斥众谗惑听，混淆真伪。由于曹植终生都想建功立业，所以他没有止于愤懑，他多么希望能向君王诉说自己的一片忠心！于是此诗又写了最后三句。再用比喻，感伤自己愿诉衷情而君门重重，无人引荐。全诗依次用七言—六言—四言—七言—五言，句式或长或短，错落变通，与诗中抒发的深曲情感十分谐和。

鰕䱇篇[①]

鰕䱇游潢潦，[②]　不知江海流。
燕雀戏藩柴，　安识鸿鹄游？[③]
世士诚明性，[④]　大德固无俦。[⑤]
驾言登五岳，[⑥]　然后小陵丘。

俯观上路人,[7] 势利惟是谋。[8]
雠高念皇家,[9] 远怀柔九州。[10]
抚剑而雷音,[11] 猛气纵横浮。
泛泊徒嗷嗷,[12] 谁知壮士忧!

【注释】

①鰕䱇(shàn)篇:属《相和歌·平调曲》。是曹植自创新题乐府。鰕,同"虾"。一说,大鲵,一种小鱼。䱇:即"鳝",黄鳝一类。②潢潦(huáng lǎo):雨水积的水池。潢,积水池。潦,雨水。③燕雀戏藩柴,安识鸿鹄游:藩柴,篱笆。鸿鹄,天鹅。 ④世士诚明性:一作"世士此诚明",又作"世士比诚明"。世士,志士。诚明性,真正知道上面所喻之理。 ⑤大德:大功德。固:必定。固,一作"故"。无俦:无比。 ⑥驾:驾车。言:语助词。五岳:东岳泰山,西岳华山,南岳衡山,北岳恒山,中岳嵩山。 ⑦上路人:指在仕途上奔走营私的小人。 ⑧势利惟是谋:只图谋势利。惟是谋,一作"是谋雠"。 ⑨雠高念皇家:一作"高念翼皇家"。与下一句"远怀柔九州"相对,当作"高念翼皇家"。高念,最高的信念。翼,辅佐。皇家,指魏国。 ⑩远怀:远大的抱负。柔:安定。九州:古代九州名为冀、兖、青、徐、扬、荆、豫、梁、雍。此指全国。⑪抚剑:持剑。而:如。雷音:雷霆之声,形容剑鸣声大,威力震人。 ⑫泛泊:漂荡,指混日子的人。徒:只是。嗷嗷:呼叫声。

【品评】

本篇是言志诗,抒发诗人忠心辅佐魏国、统一全国的远大志向。曹植前期的言志诗，慷慨昂扬，后期的则愤慨忧伤。本篇的基调，虽然“猛气纵横”，但蕴涵着忧伤，当是后期的作品。具体写作时间，难以确定。

开始四句，用鰕、䱇只知在小水池中游乐，不知有江河大海，燕雀只知在篱笆间戏玩，不知天鹅在高空中壮游，比喻世俗之人不知壮士之志。接着“世士诚明性”十二句写有志之士鄙视鰕、䱇和燕雀，具有鸿鹄之志和大德，能够登高远望，胸怀博大，也看到了许多仕途小人，只是在图谋个人私利。又写有志之士把辅佐魏国、统一全国作为自己远大的抱负，怀有勇猛纵横之气。诗人的报国之志，在这里得到了淋漓的表现。不过，对于那些虚度时日的人来说，根本不可能理解有志之士的报国之志。这使诗人非常悲伤，因此最后一句，诗人以“壮士”自指，抒发了自己不被理解的忧愤。

矫　志[①]

芳树虽香，[②] 难以饵鱼；[③]
尸位素餐，[④] 难以成名。[⑤]
磁石引铁，　于金不连；[⑥]
大朝举士，　愚不闻焉。[⑦]
抱璧途乞，[⑧] 无为贵宝；[⑨]
履仁遘祸，[⑩] 无为贵道。
鹓雏远害，[⑪] 不羞卑栖；[⑫]

灵虬避难，[13] 不耻污泥。
都蔗虽甘， 杖之必折；
巧言虽美， 用之必灭。[14]
□□□□， □□□□；
济济唐朝， 万邦作孚。[15]
逢蒙虽巧，[16] 必得良弓；[17]
圣主虽知，[18] 必得英雄。[19]
螳螂见叹， 齐士轻战；[20]
越王轼蛙， 国以死献。[21]
道远知骥，[22] 世伪知贤；[23]
□□□□， □□□□。
覆之焘之，[24] 顺天之矩；[25]
泽如凯风，[26] 惠如时雨。[27]
口为禁门， 舌为发机；
门机之闿， 楛矢不追。[28]

【注释】

①矫：正。志：情志。此诗有缺漏，也有佚文。 ②芳树虽香：一作“桂树虽芳”。芳树，一作“芝桂”。芝桂，芝草和桂树，都是芳香植物。 ③饵鱼：钓鱼。饵，引鱼上钩的食物。 ④尸位素餐：居官位，白白地享受俸禄。 ⑤成名：一作“成居”，成事。⑥金：指铜。 ⑦愚不闻焉：不用那些愚蠢者。闻，通“问”。⑧璧：古代的一种玉器，扁平，圆形，中心有孔。乞：乞讨。 ⑨无

为：不能成为。 ⑩履仁：履行仁德。遘：遭遇。一作“遭”。⑪鹓（yuān）雏：传说中与鸾凤同类的鸟。远害：避害。 ⑫不羞卑栖：不因栖息在低处而感到羞耻。 ⑬灵虬：神龙。虬，没有角的龙。 ⑭“都蔗虽甘”四句：都蔗，甘蔗。杖之，用它做手杖。巧言，欺诈之言。 ⑮“济济”二句：济济，众盛的样子。唐朝，指帝尧时。万邦作孚，谓在各国建立信誉。孚，信。 ⑯逢蒙：古代善射者。传说曾学射于羿。 ⑰必得良弓：得，一作“待”。 ⑱圣：一作“贤”。知：通“智”。一作“智”。 ⑲必得：一作“亦待”。⑳“螳螂”二句：见叹，受到赞叹。轻战，轻看作战，不怕死。《韩诗外传》卷八第三十三章：“齐庄公出猎，有螳螂举足将搏其轮。问其御曰：‘此何虫也？’御曰：‘此是螳螂也。其为虫，知进而不知退，不量力而轻就敌。’庄公曰：‘此为人必为天下勇士矣。’于是回车避之，而勇士归之。” ㉑“越王”二句：《韩非子》卷九《内储说上》载，越王勾践乘车外出，见到一只怒蛙，凭轼表示尊敬。随从问他为何敬重一只蛙？越王回答说，因为它气盛。“士人闻之曰：‘蛙有气，王犹为式（轼），况士人之有勇者乎！’是岁，人有自刭死，以其头献者。”一说，“明年自请以头献王者，岁十余人。”轼，本是车前横木，这里的意思是扶轼致敬。 ㉒骥：千里马。 ㉓世伪：世道欺诈。 ㉔焘（dào）：覆盖。 ㉕矩：法则。 ㉖泽：恩惠。凯风：南风。 ㉗时雨：及时雨。 ㉘“口为禁门”四句：为，如。门，一作“闼”。发机，弩上发射的机关。闿（kāi），开。楛（hù）矢，用楛木茎作秆的箭。楛，荆一类植物，茎可制箭秆。

【品评】

这首诗每四句一节，每节前两句取事象或物象作比喻，后两句承借前两句明意说理。全诗“大类铭箴”（胡应麟《诗薮·内篇》卷一），理性的成分占的比重很大。各节相对独立，内容并不连贯，涉及的内容较多，可能与缺漏和串讹有关。综合而言，有自喻，也有泛论。自喻者，如：“芳树虽香”一节，言居高职位者，应当有所作为；“鹓雏远害”一节言为了避害，应当甘心处于低下地位；“口为禁门”一节，言说话应当特别谨慎。这些都表现了曹植有志不得伸展的苦闷和忧谗畏讥的危难处境。泛论者，主要围绕朝廷用人问题。如：“磁石引铁”一节和“逢蒙虽巧”一节，指出国君应当任用贤能之士和“英雄”；“螳螂见叹”一节，借用史实，说明国家应当尊重勇士和有气节者；“都蔗虽甘”一节，指出如果信用那些花言巧语的奸邪小人，国家必遭灭亡。

薤露行①

天地无穷极，② 阴阳转相因。③
人居一世间， 忽若风吹尘。
愿得展功勤，④ 输力于明君。⑤
怀此王佐才，⑥ 慷慨独不群。⑦
鳞介尊神龙，⑧ 走兽宗麒麟。⑨
虫兽犹知德，⑩ 何况于士人？
孔氏删《诗》《书》，⑪ 王业粲已分。⑫

骋我径寸翰，[13] 流藻垂华芬。[14]

【注释】

①薤露行：乐府旧题，《乐府诗集》入《相和歌·相和曲》，原是送葬时唱的挽歌。 ②无穷极：没有终止。 ③阴阳：指日月。日为阳，月为阴。转相因：交相更替，永不停止。相因，相依。④展功勤：效劳。展，施展。功勤，勤劳。 ⑤输力：效力。⑥王佐才：辅佐帝王之才。 ⑦独不群：独立，与众不同。 ⑧鳞介：鱼鳖等水族的总称。神龙：《说文》："龙，鳞虫之长。" ⑨宗：尊重。麒麟：何法盛《征祥记》："麒麟者，毛虫之长。" ⑩犹：一作"岂"。 ⑪孔氏删《诗》《书》：相传孔子曾删订《诗经》和《尚书》。⑫王业：帝王的业绩。粲：明。已：以，而。分：明。 ⑬骋我径寸翰：谓纵笔疾书。骋，挥动。翰，笔。 ⑭流：传。藻：文采。垂：流布。华芬：指华美的文章。

【品评】

从这首诗的内容和格调来看，当是曹植后期的作品。具体写作时间，难以考知。

诗一开始就把天地日月的无穷和人生的短暂加以对比，慨叹人的一生"忽若风吹尘"。面对人命短暂这样一个真实而又现实的重要问题，尽管有时也有及时行乐的想法和行动，但曹植坚守的主要是儒学之士的生存理念，把建功立业作为自己的生存基石，始终想在有限的生命中，创造业绩，以求不朽。如果这一志向难以实现，他就致力于立言。他的立言，主要不是写作诗文，而是搜集保存文化典籍，推行仁义，“成一家之言”。

在曹植的诗作中，有不少篇章写到了立功立言的理想，但各有不同。这首诗就具有自己的特点。从内容上看，抒发立功的理想，尤其突出了忠于君王这一情思，诗中“输力于明君。怀此王佐才”的直述，“鳞介尊神龙，走兽宗麒麟”的比喻，都着眼于忠君。即使在抒发立言之志时，也特别强调立言是为了使帝王的业绩粲然分明。曹植之所以这样写，固然与传统的得君行道的思想密不可分，同时也当是针对当时君王对他的猜忌而发。用心良苦！从格调上看，这首诗同前期类似的诗篇也有所不同。曹植写这首诗时，经受了许多磨难和变故，年龄也已由青年进入中年。虽然他的追求没有改变，但前期表现的那种昂扬奋发的风貌淡化了。这首诗给人的主要感受是慷慨而沉郁。

豫章行二首[①]

其　一

穷达难豫图，[②] 祸福信亦然。[③]
虞舜不逢尧， 耕耘处中田。[④]
太公不遭文， 渔钓终渭川。[⑤]
不见鲁孔丘， 穷困陈蔡间。[⑥]
周公下白屋，[⑦] 天下称其贤。

【注释】

①豫章行：乐府旧题，《乐府诗集》入《相和歌·清调曲》。②穷达：困厄和显达。豫图：预料。　③信：确实。然：这样，即“难豫图”。　④虞舜不逢尧，耕耘处中田：虞舜曾在历山耕田，在雷泽打鱼，在河边制作陶器，尧发现了他，便让他执掌天子之事。中田，田中。　⑤太公不遭文，渔钓终渭川：太公(姜子牙)年老穷困，在渭水边钓鱼，周文王外出打猎遇到他，交谈投机，请他归周，立他为师。　⑥不见鲁孔丘，穷困陈蔡间：陈，春秋国名，在今河南、安徽相接地区。蔡，春秋国名，在今河南上蔡、汝南一带。孔子为了实现自己的政治主张，周游列国，到了陈、蔡之间，楚国派人来聘请。陈、蔡两国的大夫怕孔子到楚国后对自己不利，便发兵把孔子围困在田野中。孔子绝粮，随从的弟子饿得站不起来。⑦周公：姓姬名旦，周文王之子，武王之弟，成王之叔。曾辅佐年幼的成王，平治天下。下白屋：谓谦恭地接见贫贱之士。下，俯身。白屋，贫贱者居住的用茅草盖顶的屋子。

【品评】

从表面看，这是一首咏史诗，借写历史上虞舜遇唐尧、太公遇文王、孔子穷困陈蔡和周公礼贤下士之事，表明人生的穷达祸福难以预料，是偶然的，只能随其命运。不过，曹植写作此诗，尽管开始两句，说人生的穷达祸福难以预见，但通读全诗，不难发现，此诗并不是从一般的意义上泛论人生的穷达祸福，而是含有深层的情思。诗中选择叙写的史实，浸透着感情，无不与治国用人有关。曹植一生，自认富有才华，一直怀有报国之志。这种志向在他生活的后期，有增无减，但是作为国君的曹丕和曹叡，对曹植不仅不赏识，反而不断地施加迫害。这使曹植愤慨充膺，但又往往不便直言，于是借写历史上相关的典型事实来披露。诗中一方面借通常的穷达祸福难以预料来宽慰自己；另一方面，又希望国君能像唐尧、文王和周公那样对待自己，给自己以报效国家的机会。

其　二

鸳鸯自朋亲，① 不若比翼连。②
他人虽同盟，③ 骨肉天性然。④
周公穆康叔， 管蔡则流言。⑤
子臧让千乘， 季札慕其贤。⑥

【注释】

①鸳鸯：此处比喻朋友。朋亲：相亲。 ②比翼：传说中的比翼鸟。此处比喻兄弟。 ③同盟：为共同的利益而结盟。 ④骨肉：指有血缘关系的亲属。天性：天生的本性。然：使这样。⑤周公穆康叔，管蔡则流言：穆，同“睦”，和睦相亲。康叔，名封，周武王、周公旦同母之幼弟。初封于康，故称康叔。管蔡，武王之弟叔鲜（封于管）和叔度（封于蔡）。周武王死后，成王年幼继位，周公摄政。管、蔡散布流言说，周公将不利于成王。 ⑥子臧让千乘，季札慕其贤：子臧，春秋时曹国公子。千乘，指君位。曹宣公死后，子臧之兄曹成公杀太子以自立，诸侯和曹人反对成公，将立子臧。子臧为成全成公，逃奔宋国。季札，春秋时吴王寿梦的小儿子。寿梦死后，长子诸樊要把君位让给弟弟季札，季札拒绝，

说:“札虽不才,愿附于子臧,以无失节。”

【品评】

“鸳鸯自朋亲”四句,用对比的方法,鲜明地叙写和强调了骨肉亲情。曹植是一位感情浓烈的诗人,他特别重视骨肉亲情。曹植身为曹魏政权的上层人物,又有辅佐朝政的志向,他对骨肉亲情的重视,不止基于血缘关系,而是与曹魏的政事联系在一起。他重视骨肉亲情,有希望国君不遗其亲的用意,但更重要的是为了维护曹魏政权,统一天下。在曹植的心目中,只有国君“先亲后疏”,侯王才能“藩屏王室”,曹魏政权才能巩固,才能统一天下(《求通亲亲表》)。正是基于这样的体认,他才会有“鸳鸯自朋亲,不若比翼连。他人虽同盟,骨肉天性然”这样的肺腑之言。在这里,还要注意体味的是“他人虽同盟”一句。“同盟,如曹丕与司马懿、陈群、吴质、朱铄为四友,此四人助丕继承王位者。”(赵幼文《曹植集校注》)而在上述的所谓“同盟”者当中,曹丕父子特别倚重的是司马氏。曹植在这里特别写及“同盟”之事,当有喻示曹丕父子的意思。

“周公穆康叔,管蔡则流言”两句,主要着眼于写骨肉亲情。这两句写到的周公、康叔、管叔、蔡叔,都是有血缘关系的亲兄弟。他们虽然都是骨肉兄弟,但彼此的关系,却有天壤之别。康叔相信周公,同周公亲睦,而管叔、蔡叔却中伤周公。曹植之所以选取上述的视角,其含义当是深曲的。康叔对周公的亲睦,不正是曹植对曹丕亲睦的表露吗?而管叔、蔡叔对周公的伤害,不正是对曹丕父子对曹植伤害的影射吗?

子臧和季札是曹植崇敬的历史人物。此诗曹植把季札和子臧联系在一起，当是借嘉许和彰显他们执意辞让君位的高迈情怀和贤德，来抒发自己难以直接抒发的愤懑和痛苦。由于曹植曾经受曹操赏识，几乎被立为太子，曹植一生又把辅佐朝政作为自己的使命，因此曹丕父子对曹植不仅一直心怀猜忌，而且还不断地迫害他。他委屈，他痛苦，于是借写子臧和季札来表露自己没有争夺权位之意，有的是亲睦骨肉的忠心，希望曹丕父子消释对自己的猜忌，进而给他以报效国家的机会。

当欲游南山行①

东海广且深，　由卑下百川。②
五岳虽高大，③　不逆垢与尘。④
良木不十围，⑤　洪条无所因。⑥
长者能博爱，⑦　天下寄其身。⑧
大匠无弃材，⑨　船车用不均。⑩
锥刀各异能，⑪　何所独却前！⑫
嘉善而矜愚，⑬　大圣亦同然。⑭
仁者各寿考，　四座咸万年！⑮

【注释】

①当欲游南山行：《乐府诗集》入《杂曲歌辞》。有古辞，失传。

②由：因为。卑：低下。下：收容。　③五岳：指东岳泰山，西岳华山，南岳衡山，北岳恒山，中岳嵩山。　④逆：拒绝。垢：污垢。⑤围：约略计量周长的单位，旧说长短不一，多指两手和两臂间合拱的长度。这里用“十围”形容良木的粗大。　⑥洪条：巨大的枝条。因：依凭。　⑦长者：指有高位和大权者。　⑧寄：托。⑨大匠：指技术高超的工匠。无弃材：没有废弃的材料。　⑩船车用不均：意思是有的用来造船，有的用来做车，用处不同。不均，不同。　⑪异能：不同的功能。　⑫却：退，不用。前：进，使用。　⑬嘉善而矜愚：嘉善，鼓励好人。矜，怜悯。　⑭大圣：指孔子。　⑮“仁者”二句：是乐府诗常用的颂祷语。各，一作“必”。寿考，长寿。考，老。四座，指参加宴会的宾客。

【品评】

此诗的主旨，是就人才这一重要问题，抒发自己的情思。全诗用东海能容纳百川、五岳不拒垢尘、洪枝依凭大树、大匠不弃各种材料、船车用途不同、锥刀各有功能六个通俗贴切的比喻，结合议论和叙事，希望国君胸怀博大，能够广揽人才，人尽其用。值得注意的是，此诗在叙写希望国君广泛延揽人才时，还特别写有“长者能博爱”和“嘉善而矜愚”这样的诗句。这当与曹植后期所处的逆境有关。曹植同曹丕父子骨肉相连，但一直被猜忌，加上曾傲皇使、犯朝仪，屡遭迫害。曹植是多么希望曹丕父子能“博爱”，能“嘉善而矜愚”，任用自己，给自己以施展才能的机会。

当事君行[1]

人生有所贵尚，[2] 出门各异情。[3]
朱紫更相夺色，[4] 雅郑异音声。[5]
好恶随所爱憎， 追举逐声名。[6]
百心可事一君？[7] 巧诈宁拙诚。[8]

【注释】

①当事君行：《乐府诗集》入《杂曲歌辞》。有古辞，已佚。②贵尚：崇尚。 ③出门：指离家步入社会。异情：不同情况。④朱紫更相夺色：比喻善美与丑恶相争。朱，大红色，为正色，喻善美；紫，为间色，喻丑恶。更，交替。 ⑤雅：雅乐，正声。郑：郑声，淫声。 ⑥追：驱除，退。举：举用。声名：名声。声，一作“虚”。 ⑦百心可事一君：此句用反诘句式，意思是百心不可事一君。百心，心地不纯正。指不忠。 ⑧巧诈宁拙诚：意谓与其巧诈，宁愿拙诚。

【品评】

善美与丑恶相夺，雅音同郑声混淆，好恶随意，追逐虚名，巧诈忠诚并存，这是人类进入文明社会和曹植所处时代存在的普遍现象。曹植此诗概括地揭示了上述现象，同时遵奉古代长期积淀的美德，褒扬善美雅音，反对随意爱憎，厌恶追求虚名，特别标示一心事君，拙诚不欺。这是曹植发自内心的夫子自道，也可能含有讽喻当时国君的用意。

此诗八句，每两句，前一句是六言，后一句是五言。六言与五言相间，有变化而又整齐。

门有万里客①

门有万里客，　问君何乡人？②
褰裳起从之，③　果得心所亲。④
挽衣对我泣，⑤　太息前自陈：⑥
“本是朔方士，⑦今为吴越民。⑧
行行将复行，⑨　去去适西秦。”⑩

【注释】

①门有万里客：曹植自创乐府诗题，用首句名题，《乐府诗集》入《相和歌·瑟调曲》。万里客，远方的来客。　②君：指万里客。　③褰（qiān）裳：提起下衣。从：接近。之：指万里客。　④亲：指亲近的人。　⑤挽：拉。衣：一作“裳”。　⑥太息：叹息。陈：诉说。　⑦朔方：泛指北方。士：人。　⑧吴越：均古国名，在今江浙一带。这里代指南方。　⑨行行将复行：言不停地走。　⑩去去：远去。适：往，到。西秦：指古代的秦国，今陕西、甘肃的部分地区，在中国的西部，故称西秦。

【品评】

曹魏统治的北方，人们或因战争、或为生计所迫等原因，常常离乡流荡，奔走远方。曹植生活的后期，屡遭迁徙，如同转蓬，其遭遇与“游客子”有些相近。因此，他一旦与“游客子”相遇，自然会相互感召，悲情投合，感伤不已，形诸于笔墨。全诗开门见山，用质朴的语言，白描的写法，直叙事实，记述问答，特别记述了“游客子”叙说自己遭遇的四句话，真切地表现了“游客子”身不由己、远离家乡、时南时西、飘荡不定的生活和痛苦。同时对游客子的遭遇寄予了深挚的同情。

怨歌行①

为君既不易，　为臣良独难。②
忠信事不显，③乃有见疑患。④
周公佐成王，　金縢功不刊。⑤
推心辅王室，　二叔反流言。⑥
待罪居东国，⑦泣涕常流连。⑧
皇灵大动变，　震雷风且寒。
拔树偃秋稼，　天威不可干。⑨
素服开金縢，⑩感悟求其端。⑪
公旦事既显，　成王乃哀叹。
吾欲竟此曲，　此曲悲且长。

今日乐相乐，别后莫相忘。⑫

【注释】

①怨歌行：乐府旧题，属《相和歌·楚调曲》。 ②为君既不易，为臣良独难：大意本《论语·子路》，孔子曰："人之言曰：'为君难，为臣不易。'"良，确实。 ③显：显明。 ④见疑：被疑。⑤"周公"二句：周公，即周公旦。成王，一作"文武"。金縢，用金属封存藏有书契的柜子。《尚书·金縢》载："武王有疾，周公作《金縢》。"孔颖达疏："武王有疾，周公作策书告神，请代武王死。事毕，纳书于金縢之匮。"刊，磨灭。 ⑥"推心"二句：推心，诚心。二叔，指周公之兄管叔和弟弟蔡叔。流言，散布谣言。 ⑦待罪居东国：指周公因周成王听信谗言，借东征徐戎避祸，留在那里没有归来。一说，因成王听信谣言，杀害了周公的一些部下，周公便避居东都洛阳。待罪，等候处罚。 ⑧泣涕：流泪。泣，一作"泫"，流的样子。流连：同"流涟"，连续不断。 ⑨"皇灵大动变"四句：皇灵，天帝。大动变，指天降大灾难。偃，倒伏。干，触犯。⑩素服开金縢：谓成王穿着素服打开金縢。素服，居丧或遭遇凶事穿的白色衣服。 ⑪求其端：寻求"皇灵大动变"的原因。端，原委。 ⑫"吾欲竟此曲"四句：乐府歌辞中常用的套语。竟，终。悲且长，悲伤而难以完全抒发。

【品评】

这首诗当写于魏明帝太和年间。

此诗借古抒怀，抒发诗人被猜忌的愤慨，希望明帝能明忠信，给自己辅佐王室的机会。全诗可分成三节来体会：

一是开始四句，写为臣常遭猜疑。本写“为臣”，开始却从“为君”着笔，用心良苦。身为忠臣，本不想显现忠心，但却遭到猜疑。初抒愤慨之情，同时为下一节写周公作了铺垫。

二是中间“周公佐成王”十四句，完全着笔于周公。写周公辅佐成王，忠而被谤。最后成王释疑，为之哀伤。诗人自己的遭遇，不便明示，借叙写周公来表现。这一节，继续抒发了诗人的愤慨，同时在愤慨中又带有希望。

三是最后四句。这四句袭用成语，确切适当。延伸了诗中抒发的感情，悲中含乐，意味深长。

朔风

仰彼朔风，① 用怀魏都。②
愿骋代马，③ 倏忽北徂。④
凯风永至，⑤ 思彼蛮方。⑥
愿随越鸟，⑦ 翻飞南翔。

四气代谢，⑧ 悬景运周。⑨
别如俯仰，⑩ 脱若三秋。⑪
昔我初迁，⑫ 朱华未希。⑬
今我旋止，⑭ 素雪云飞。⑮

俯降千仞，[16] 仰登天阻。[17]
风飘蓬飞， 载离寒暑。[18]
千仞易陟，[19] 天阻可越。
昔我同袍，[20] 今永乖别。[21]

子好芳草， 岂忘尔贻？[22]
繁华将茂， 秋霜悴之。[23]
君不垂眷，[24] 岂云其诚？
秋兰可喻， 桂树冬荣。[25]

弦歌荡思，[26] 谁与销忧？
临川慕思，[27] 何为泛舟？[28]
岂无和乐？[29] 游非我邻。[30]
谁忘泛舟？ 愧无榜人。[31]

【注释】

①仰：向。 ②用：因。怀：思念。魏都：指邺城。 ③骋：驰。代：代郡，今河北一带，产良马。 ④倏（shū）忽：急速。徂：往。 ⑤凯风：南风。 ⑥蛮方：南方。 ⑦越：今江浙一带。⑧四气：四季之气，意即四时。代谢：更替。 ⑨悬景运周：意为日月运行周而复始。悬景，指日、月。景，同“影”。 ⑩俯仰：俯仰之间，形容时间很短。 ⑪脱：离。三秋：形容时间很长。一说，指秋季三个月。 ⑫迁：去。 ⑬朱华：指荷花。未希：未稀

少，还没有败落。希，通“稀”。 ⑭旋止：归来。止，语助词。⑮云：语助词。云，一作“雲”。 ⑯俯降千仞：向下入深谷。仞，古代以七尺或八尺为一仞。 ⑰天阻：天险，指险峻的高山。⑱风飘蓬飞，载离寒暑：意为自己如同风飘蓬草，流离不定，历经寒暑不同季节。载，语助词。离，同“罹”，遭到。 ⑲千仞易陟：入深谷容易登上来。陟，登。 ⑳同袍：指胞兄曹彰。袍，长衣。㉑今永乖别：曹彰于黄初四年(223)死于都城，故云“今永乖别”。乖，离。 ㉒贻：赠。 ㉓悴：伤。 ㉔眷：顾念。 ㉕荣：茂盛。㉖弦歌：奏乐歌唱。荡思：荡涤悲思，即销忧。 ㉗慕：一作“暮”。㉘何：何人。 ㉙和乐：指弦歌。 ㉚游非我邻：意为同游者不是我想亲近的人。邻，指志同道合者。邻，一作“怜”。 ㉛愧：遗憾。榜人：划船者。喻亲近者。

【品评】

此诗作于太和二年(228)。写冬寒时节，复还藩邑雍丘时的复杂情思。

首章起得突兀，化用《古诗十九首》中的“越鸟巢南枝，胡马依北风”两句，写怀念邺城，思赴吴国。邺城曾是魏国的都城，曹植在那里有美好的生活，有报国为民的理想，父亲曹操的陵墓也在那里。怀念这些，多么希望驰骏马返回那里！而南方呢，吴国未灭，于心未安，自己希望随越鸟赴“蛮方”，为国效命立功。

第二章直叙时运更替，别离易久，离雍丘而再返时的情景。“昔我初迁”四句，化用《诗经·小雅·采薇》中的“昔我往矣，杨柳依依；今我来思，雨雪霏霏”四句，感时伤逝，写出了时序迅疾地交替，也蕴涵着自己不甘心闲居雍丘而想报国立功的急切和焦灼。

第三章主要用比兴，慨叹自己的处境和思念去世的胞兄。"俯降千仞，仰登天阻"，喻自己上下进退两难。"风飘蓬飞，载离寒暑"，喻自己不能自主，迁移不定。上下进退两难和迁移不定的处境尚能忍受，而最使诗人悲伤的是自己胞兄曹彰的死亡。于是接下去写了"千仞易陟"四句，进一步抒发了悲伤的情思。

第四章托喻花草嘉木，写明帝爱用贤臣，自己终当尽忠报效。"子好芳草，岂忘尔贻"，以芳草为喻，写明帝重视招揽贤才，自己渴望能被任用。"繁华将茂，秋霜悴之"，喻自己虽然有才能和报效之志，但遭遇谗言，难以实现，点出了自己所处的险恶境遇。"君不垂眷"四句，又退而设想：即使得不到君王的顾念，自己的忠诚也会如同秋兰之香入秋更烈、桂树之花入冬开放一样，不畏霜雪，始终不渝。

第五章，主要写自己的忧伤和孤苦。此章两句一问，连用四个反问句，以"我邻"、"榜人"喻自己的知己亲人，层层递进，抒发了自己的忧伤和孤苦。

此诗赋、比、兴交替使用，自铸词句与化用前人诗文中的用语、意象相结合，抒发了诗人身处藩地复杂的情思，其中有怀念、忧伤、孤独和无奈，有焦灼的期盼，有忠贞的吐露。抒情舒缓纡曲，真切而凝重。

喜　雨

天覆何弥广！[①]　苞育此群生。[②]

弃之必憔悴,[3] 惠之则滋荣。[4]
庆云从北来,[5] 郁述西南征。[6]
时雨终夜降,[7] 长雷周我庭。[8]
嘉种盈膏壤,[9] 登秋必有成。[10]

【注释】

①覆:覆盖。弥广:远大宽广。弥,远。 ②苞育:包孕养育。苞,通“包”。群生:指各种生物。 ③之:与下一句的“之”,均指上一句中的“群生”。 ④惠:爱。滋荣:生长繁茂。 ⑤庆云:即景云,也称卿云,五色云。古人认为庆云是吉祥的云气。这里指下雨之云。 ⑥郁述:云气浮动的样子。 ⑦时雨:及时雨。终夜:一作“中夜”,半夜。 ⑧长雷:长时间打雷。周:环绕。⑨嘉种:嘉禾,指各种庄稼。盈:满。膏壤:肥沃的土地。 ⑩登秋:到秋天。

【品评】

诗当作于太和二年(228)夏天,写大旱逢雨时的喜悦。

开始四句,写天无不覆盖,能主宰各种生物,或使它们枯萎,或使它们繁茂。写出了天的博大,也写出了对天的敬畏。中间四句,写云来雨降,紧扣诗题“喜雨”。先写庆云北来,向西南飞动;再写半夜降雨,雷鸣周庭。诗人注意观察,依次叙写,真切生动。特别点出“时雨”,表现了诗人“大旱”逢雨时的欣喜。诗人关注大旱,诗人喜雨,是基于关切农事,所以结句,由“时雨”联想秋天一定会有好收成。这就进一步深化了喜雨的感情。

杂　诗（仆夫早严驾）

仆夫早严驾，[1]　吾行将远游。[2]
远游欲何之？[3]　吴国为我仇。[4]
将骋万里途，　东路安足由？[5]
江介多悲风，[6]　淮泗驰急流。[7]
愿欲一轻济，[8]　惜哉无方舟！[9]
闲居非吾志，　甘心赴国忧。

【注释】

①仆夫：指驾车者。严驾：整治车驾。　②此句一作“吾将远行游”。　③之：往。　④吴国：指孙权建立的吴国。　⑤由：行，经过。　⑥江介：江界，江边。　⑦淮泗：淮河和泗水。淮河发源于河南桐柏山，经今安徽、江苏入长江。泗水发源于今山东泗水，流入淮河。二水接近当时魏国和吴国的边界。　⑧一轻济：意为很快地飞渡江河。一，表示动作短暂。　⑨方舟：两船相并。

【品评】

此诗当作于太和二年（228）。

这首诗“赋而兼比”，抒发诗人的忧国报国之志。全诗愤切慷慨，波澜起伏，高峰在终端。开始两句，直赋早已整驾待发，即将远游。这两句引而不发，语意较为平缓。接着转换句式，自问自答，点明远游是为了征伐仇敌吴国。仇敌当前，义愤填膺，情感激烈。接下去四句，前两句用反问句式，后两句兼有比意，写为了征伐仇敌吴国，自己不怕驰骋万里，不畏环境险恶。意气昂扬，神情坚毅。“愿欲一轻济”两句，就字句而言，是顺承“江介多悲风”两句，实际上也是比喻。痛惜自己想一往直前去征伐吴国，但是自己没有凭借，没有军权。“惜哉”两字，直抒情怀，其中有悲伤，有愤慨，也有不满。但作者没有沉溺于叹息、忧伤和愤慨之中，而一直怀有强烈的为国自效、建功立业的情怀。因此这首诗最后唱出了“闲居非吾志，甘心赴国忧”这样慷慨激昂的诗句，把全诗抒发的忧国报国之志推向了高峰。

仙人篇[①]

仙人揽六著，[②] 对博太山隅。[③]
湘娥拊琴瑟，[④] 秦女吹笙竽。[⑤]
玉樽盈桂酒，[⑥] 河伯献神鱼。[⑦]
四海一何局！[⑧] 九州安所如？[⑨]
韩终与王乔，[⑩] 要我于天衢。[⑪]
万里不足步，[⑫] 轻举陵太虚。[⑬]
飞腾逾景云，[⑭] 高风吹我躯。
回驾观紫微，[⑮] 与帝合灵符。[⑯]
阊阖正嵯峨，[⑰] 双阙万丈余。[⑱]

玉树扶道生，[19] 白虎夹门枢。[20]
驱风游四海， 东过王母庐。[21]
俯观五岳间，[22] 人生如寄居。
潜光养羽翼，[23] 进趋且徐徐。[24]
不见轩辕氏，[25] 乘龙出鼎湖！[26]
徘徊九天上，[27] 与尔长相须。[28]

【注释】

①仙人篇：乐府诗题，《乐府诗集》入《杂曲歌辞》。今存乐府诗中，以《仙人篇》为题者，只有曹植此篇。题目当是曹植以篇首二字自拟。 ②揽：持。六著：也作“六箸”，古代骰子一类的博戏用具。 ③对博：相对着游戏。隅：边角之地。 ④湘娥：湘江女神。相传尧之二女娥皇、女英为舜妃。舜南巡而死，二妃也投湘江而死，化为水神，称湘夫人。拊：抚摩轻击，指演奏。 ⑤秦女：指仙女弄玉。秦穆公的女儿弄玉嫁给了善吹箫的萧史。萧史教她吹箫，作凤鸣。后来二人乘凤凰飞升成仙。 ⑥玉樽：玉杯，形容酒器名贵。桂酒：切桂置酒中。 ⑦河伯献神鱼：河伯，传说中的河神。 ⑧四海：和下一句中的“九州”，均泛指天下。局：局促。 ⑨安所如：何所往。如，往。 ⑩韩终：又称韩众。战国时齐人，服药成仙。王乔：王子乔，古代传说中的仙人。 ⑪要：通“邀”，邀请。天衢：天路。 ⑫不足步：不足一步。 ⑬陵：升。太虚：天空。 ⑭逾：越过。景云：即庆云。这里指彩云。 ⑮紫微：星宿名。此指天帝居所。 ⑯合：核对。灵符：神符。指天帝的符命。符，古代用作凭信之物。 ⑰阊阖（chāng hé）：天门。

嵯(cuó)峨:高耸的样子。 ⑱双阙:宫门两旁的望楼。 ⑲玉树:神树。扶:夹。 ⑳白虎:传说中的神兽。枢:门上的转轴。㉑王母:西王母,传说中的女神。 ㉒五岳间:指人间。 ㉓潜光:收敛光芒,指隐居。养羽翼:修炼自己,使身体长出羽翼,以备升天成仙。 ㉔进趋:即进取。趋,一作"趣"。徐徐:慢慢。 ㉕轩辕氏:即黄帝。 ㉖鼎湖:黄帝升天处。相传黄帝采首山铜,铸鼎于荆山下。鼎成,乘龙上天。后人因称其地为鼎湖。 ㉗九天:天空最高处。 ㉘尔:你。指曹植自己。长相须:长期相处。须,依靠。

【品评】

这是一首游仙诗。当作于后期。

全诗除写仙人的生活和诗人想象游仙所见的景观之外,有两点特别值得体味:

一是表达自己对拘于藩邑的愤慨。这在"四海一何局,九州安所如"、"万里不足步"几句诗里有比较明显的表现。本来人生活在"四海"、"九州"的广阔天地里,有时会感到局促,而自己目前呢,拘于狭小的藩邑,而且还有种种限制,如朝廷规定不能与诸侯王随便往来,游猎不得过三十里等。诗人面对这样如同囚禁的境遇,多么向往应仙人的邀请,轻举登天,能在广阔无际的天空驰骋。

二是在痛苦中有期待。这主要蕴涵在诗最后"潜光养羽翼"六句中。这一点,清人朱乾有所揭示:"托意仙人,志在养晦待时,意必有圣人如轩辕者,然后出而应之。所谓'达可行于天下而后行之者'也。"(《乐府正义》卷一二)

游　仙[1]

人生不满百，　岁岁少欢娱。[2]
意欲奋六翮，[3] 排雾陵紫虚。[4]
蝉蜕同松乔，[5] 翻迹登鼎湖。[6]
翱翔九天上，[7] 骋辔远行游。[8]
东观扶桑曜，[9] 西临弱水流。[10]
北极玄天渚，[11] 南翔陟丹丘。[12]

【注释】

①此诗《乐府诗集》未载。《艺文类聚》卷七八著录此诗，题为《游仙诗》。黄节《曹子建诗注》列为乐府诗。　②岁岁：一作"戚戚"，愁苦的样子。　③奋：用力张开。六翮（hé）：指翅膀。翮，羽茎。　④紫虚：天空。　⑤蝉蜕：蝉蜕皮而出，喻人脱离尘世而成仙。蜕，蜕皮。松乔：指传说中的赤松子和王子乔两位仙人。⑥翻迹：飞行。登：升。鼎湖：黄帝升天处。相传黄帝采首山铜，铸鼎于荆山下。鼎成，乘龙上天。后人因称其地为鼎湖。　⑦翱翔：回旋飞翔。　⑧骋辔：纵马驰骋。骋，纵。辔，马缰绳。　⑨扶桑：又名扶木、榑木。古代传说中的神木，是日所出处。曜：照。⑩弱水：古水名。古代称弱水的河流很多。这里当指神话传说中西方的弱水。　⑪北极玄天渚：此句一作"北极登玄渚"，可从。极，穷尽。玄渚，即玄洲，神话传说中的地名。　⑫陟：登。丹丘：

传说中的地名。

【品评】

此诗开头化用《古诗十九首》中的“人生不满百，常怀千载忧”两句，慨叹自己生命有限，多忧伤而少欢娱。于是想借游仙来排解，幻想自己振翅高飞，排雾升天，脱离污浊，和仙人赤松子、王子乔在一起，也像黄帝一样离开人世。幻想升天之后，翱翔九天，驰骋远游，东西南北，周天四方，无所不至。诗最后四句，运用辞赋铺陈的写作手法，写毫无顾忌飞游在广袤无际的高空，表现了诗人对“人生不满百，岁岁少欢娱”的超越和对自由生活的向往。

升天行[①]（其二）

扶桑之所出，[②] 乃在朝阳溪。[③]
中心陵苍昊，[④] 布叶盖天涯。
日出登东干， 既夕没西枝。[⑤]
愿得纡阳辔，[⑥] 回日使东驰。[⑦]

【注释】

①升天行：《乐府诗集》入《杂曲歌辞》。今存乐府诗中，最早用《升天行》为题者是曹植。曹植《升天行》有两首，这里选的是第二首。 ②扶桑：古代传说中的神木，是日所出处。 ③朝阳溪：疑即“汤谷”，古代传说是太阳升起的地方。 ④中心：指树干。

陵：升。苍昊：苍天。 ⑤既夕：傍晚。没：落。 ⑥纡：回。阳辔：指日车。辔，缰绳。神话传说太阳是装在车上，由羲和驾着六条龙拉车行驶。 ⑦回日使东驰：使太阳回头向东行走。驰，走。

【品评】

此诗前六句写神树扶桑的高大，后两句写希望落日东回。曹植此诗参照了以前有关扶桑的描绘，又有进一步的夸张：树干高入苍天，枝叶覆盖到天边。太阳从东面的树枝上升起，傍晚从西面的树枝上落下。通过幻想，描绘了扶桑上至高天、下盖大地的高大、壮观。

在古代，人们很早就把太阳和时间连在一起，由于传说扶桑是太阳升起之地，所以此诗又引出了最后两句，希望驾日车的羲和能将日车回转向东行走。这样，不仅能避免时间的流逝，而且还会找回流逝的岁月。日出日落，时间流逝，是自然现象，但曹植却想让时间倒流，不仅幻想奇特，同时也表现了他时光易逝、逝不再来的强烈生命意识。

桂之树行[①]

桂之树，桂之树，桂生一何丽佳！
扬朱华而翠叶，[②]流芳布天涯。[③]
上有栖鸾，[④]下有蟠螭。[⑤]
桂之树，得道之真人，[⑥]咸来会讲仙。

教尔服食日精，[7]要道甚省不烦，[8]淡泊无为自然。
乘跻万里之外，[9]去留随意所欲存。[10]
高高上际于众外，[11]下下乃穷极地天。[12]

【注释】

①桂之树行：用篇首三字名题。《乐府诗集》入《杂曲歌辞》。今存此题之作，仅有本篇。 ②扬：举，披。一作“杨”，古“扬”、“杨”通用。 ③布：散布。 ④栖鸾：栖息的鸾鸟。鸾，传说中凤凰一类的鸟。 ⑤蟠：盘曲。一作“盘”。螭（chī）：古代传说中没有角的龙。 ⑥真人：仙人。 ⑦日精：朝霞。 ⑧要道：重要的道理、方法，指成仙之术。甚省不烦：非常简明不烦琐。 ⑨乘跻（qiāo）：传说仙人可以举足高飞、周游天下的一种法术。 ⑩随意所欲存：随心所欲。存，想念。 ⑪际：至，到。众外：众物之外，指天。 ⑫穷极：穷尽。地天：指天地之间，即人间。

【品评】

本诗是一首游仙诗，诗中的桂树，已经仙化了，是仙境中的桂树。它红花翠叶、香飘天涯。诗中几乎用了一半篇幅来描绘桂树，表现了诗人对以桂树为标志的仙境的赞美和向往。接着写仙人聚会讲说，教你服食朝霞以长生，教你“淡泊无为自然”，最后乘跻远游，随心所欲，周游上天和人间。

和曹植的其他游仙诗比较，本篇有一个明显特点，就是把神仙的生活和道家的人生哲学结合在一起，而且把道家的人生哲学作为“不烦”的“要道”。

曹植赋选

洛神赋并序[1]

黄初三年，余朝京师，[2]还济洛川。[3]古人有言，斯水之神，[4]名曰宓妃。感宋玉对楚王说神女之事，[5]遂作斯赋。其词曰：

余从京域，[6]言归东藩，[7]背伊阙，[8]越轘辕，[9]经通谷，[10]陵景山。[11]日既西倾，车殆马烦。[12]尔乃税驾乎蘅皋，[13]秣驷乎芝田，[14]容与乎阳林，[15]流盼乎洛川。[16]于是精移神骇，[17]忽焉思散。俯则未察，[18]仰以殊观。[19]睹一丽人，于岩之畔。乃援御者而告之曰：[20]"尔有觌于彼者乎？[21]彼何人斯，[22]若此之艳也！"御者对曰："臣闻河洛之神，名曰宓妃。然则君王之所见也，无乃是乎？[23]其状若何？[24]臣愿闻之。"

【注释】

①洛神：洛水女神，传为宓（fú）羲氏之女（一说宓羲氏之妃）淹死洛水后化为洛水之神。　②黄初三年，余朝京师：朝京师，到京城洛阳朝见魏文帝。赋当作于黄初三年（222）返回鄄城经洛水时。　③济：渡。洛川：洛水，也称洛河。源出陕西，经洛阳，入黄河。　④斯：这。　⑤感宋玉对楚王说神女之事：宋玉，战国后期

的辞赋家。神女之事，指宋玉《高唐赋》、《神女赋》中所写楚庄王与神女相遇之事。“楚王”下，一无“说”字。 ⑥京域：京城地区。指洛阳。 ⑦言：发语词。东藩：指在洛阳东北的曹植封地鄄城。藩，诸侯为王室屏藩，故称藩国。 ⑧背：背离。伊阙：山名，又名龙门山、阙塞山。在今洛阳龙门。 ⑨轘辕（huán yuán）：山名，在今河南偃师东南。 ⑩通谷：谷名，又称大谷。在今洛阳东南五十里。 ⑪陵：登。景山：山名，在今河南偃师南。 ⑫殆：通“怠”，困顿。此指车行缓慢。烦：疲乏。 ⑬尔乃：于是。税（tuō）驾：解马停车休息。税，通“脱”，解。蘅皋（gāo）：生长杜蘅香草的河岸。皋，水边的高地。 ⑭秣驷（mò sì）：喂马。秣，喂。驷，拉同一车的四匹马，此指马。芝田：种芝草的田野。 ⑮容与：徜徉，优游。阳林：地名，未详。阳，一作“杨”。 ⑯流盼：转动目光观看。盼，一作“眄”。 ⑰移：变动。骇：惊动。 ⑱察：看清。 ⑲以：而。殊观：谓看到特殊景象。 ⑳援：拉着。御者：驾马车的仆人。 ㉑觌（dí）：见。 ㉒斯：语尾助词。 ㉓无乃：只怕。 ㉔状：形状，长相。

余告之曰：其形也，翩若惊鸿，婉若游龙，[1] 荣曜秋菊，华茂春松。[2] 仿佛兮若轻云之蔽月，[3] 飘飖兮若流风之回雪。[4] 远而望之，皎若太阳升朝霞；[5] 迫而察之，[6] 灼若芙蓉出绿波。[7] 秾纤得中，[8] 修短合度。[9] 肩若削成，腰如约素。[10] 延颈秀项，[11] 皓质呈露。[12] 芳泽无加，[13] 铅华弗御。[14] 云髻峨峨，[15] 修眉连娟。[16] 丹唇外朗，[17] 皓齿内鲜。明眸善睐，[18] 辅靥承权。[19] 瑰姿艳逸，[20] 仪静体闲。[21] 柔情绰态，[22] 媚于语言。[23]

奇服旷世,[24]骨像应图。[25]披罗衣之璀粲兮,[26]珥瑶碧之华琚。[27]戴金翠之首饰,[28]缀明珠以耀躯。[29]践远游之文履,[30]曳雾绡之轻裾。[31]微幽兰之芳蔼兮,[32]步踟蹰于山隅。[33]于是忽焉纵体,[34]以遨以嬉。[35]左倚采旄,[36]右荫桂旗。[37]攘皓腕于神浒兮,[38]采湍濑之玄芝。[39]

【注释】

①翩若惊鸿,婉若游龙:翩,鸟飞的样子。鸿,天鹅。婉,曲折。 ②荣曜秋菊,华茂春松:言洛神容光焕发艳丽,如秋菊、春松。荣曜,繁荣鲜艳。华茂,华美茂盛。 ③仿佛:忽隐忽显的样子。 ④飘飖:飘动摇曳的样子。回:旋转。 ⑤皎:明亮,洁白。⑥迫:靠近。 ⑦灼:鲜明。芙蓉:荷花。渌(lù)波:清波。⑧秾(nóng):肥。纤:细瘦。得中:适中。中,一作“衷”,义同。⑨修短:指身材的高矮。修,长。合度:适宜。 ⑩约素:卷束的白绢。形容腰肢圆细。约,束在一起。 ⑪延:长。颈、项:脖颈。前叫颈,后叫项。 ⑫皓质:洁白的肤质。呈:显现。 ⑬芳泽:化妆用的膏脂。 ⑭铅华:化妆用的粉。弗御:不用。 ⑮云髻:云状的发髻。峨峨:高耸的样子。 ⑯修:长。连娟:弯曲的样子。 ⑰丹:红色。朗:鲜明。 ⑱眸:瞳子。睐(lài):向旁边看。⑲辅靥(yè)承权:面颊上有美丽的酒窝。辅靥,一作“靥辅”。辅,面颊。靥,酒窝。承权,谓酒窝在颧骨之下。承,上接。权,颧骨。⑳瑰(guī):美丽。 ㉑仪:仪态。静:文静。体:体态。闲:娴雅。㉒绰态:从容的姿态。 ㉓媚:美好。 ㉔旷世:空前。 ㉕骨像:即骨相。应图:与相书中骨相好的图像相合。 ㉖璀(cuǐ)

粲：鲜明亮丽。 ㉗珥(ěr)：插。瑶碧：美玉。华琚(jū)：有花纹的玉佩，这里用来形容瑶碧的华丽。 ㉘翠：翡翠，绿色硬玉。㉙缀：点缀。 ㉚践：穿着。远游：鞋名。文履：绣有图纹的鞋。㉛曳(yè)：拖着。雾绡(xiāo)：像雾一样轻薄的帛。裾(jū)：衣襟。此指衣裙。 ㉜微：指香气微通。幽兰：兰花。芳蔼：芳香浓郁。㉝踟蹰：徘徊。隅：角落。 ㉞纵体：轻举身体。 ㉟以遨以嬉：遨游嬉戏。 ㊱采旄(máo)：彩旗。旄，旄牛尾。此指旗杆上的装饰品。 ㊲桂旗：用桂枝做旗杆的旗帜。 ㊳攘：挽起衣袖。浒：水边。 ㊴湍濑(tuān lài)：急流。玄芝：黑色的灵芝。

余情悦其淑美兮，[1] 心振荡而不怡。[2] 无良媒以接欢兮，[3] 托微波而通辞。[4] 愿诚素之先达兮，[5] 解玉佩以要之。[6] 嗟佳人之信修兮，[7] 羌习礼而明诗。[8] 抗琼珶以和予兮，[9] 指潜渊而为期。[10] 执眷眷之款实兮，[11] 惧斯灵之我欺。[12] 感交甫之弃言兮，[13] 怅犹豫而狐疑。[14] 收和颜而静志兮，[15] 申礼防以自持。[16]

【注释】

①淑：善。 ②不怡：不乐。 ③接欢：接通欢爱之情。④微波：水波。一说指目光。 ⑤诚素：真诚的心意。素，通“愫”，真情。 ⑥要(yāo)：约，结。之：指洛神。 ⑦嗟：叹美之词。佳人：指洛神。信：的确。修：善，美好。 ⑧羌：发语词。习礼：知礼法。 ⑨抗：举。琼珶(dì)：美玉，指佩玉。和(hè)：应答。 ⑩潜渊：深渊，指洛神的居处。期：约会。 ⑪执：持。眷

眷：怀恋的样子。款实：诚恳的心意。 ⑫斯灵：此灵，指洛神。⑬感交甫之弃言兮：交甫，郑交甫。郑交甫在汉水旁台下，遇见两个女子，请要女子的玉佩，得之，把它放在怀中，但走了十步，却不见玉佩，回望二女，也不见了。弃言，指二女背弃诺言。 ⑭狐疑：疑惑不决。 ⑮收和颜：收敛和颜悦色。静志：使振荡的心情安定下来。 ⑯申：重，再。礼防：指用礼法约束。防，通“坊”。自持：自守。

于是洛灵感焉，徙倚彷徨。[1]神光离合，[2]乍阴乍阳。[3]竦轻躯以鹤立，[4]若将飞而未翔。践椒涂之郁烈，[5]步蘅薄而流芳。[6]超长吟以永慕兮，[7]声哀厉而弥长。[8]尔乃众灵杂遝，[9]命俦啸侣。[10]或戏清流，或翔神渚。[11]或采明珠，或拾翠羽。[12]从南湘之二妃，[13]携汉滨之游女。[14]叹匏瓜之无匹兮，[15]咏牵牛之独处。[16]扬轻袿之猗靡兮，[17]翳修袖以延伫。[18]体迅飞凫，[19]飘忽若神。[20]陵波微步，[21]罗袜生尘。[22]动无常则，[23]若危若安。进止难期，[24]若往若还。转盼流精，[25]光润玉颜。[26]含辞未吐，[27]气若幽兰。[28]华容婀娜，[29]令我忘餐。

【注释】

①徙倚：徘徊。 ②神光离合：言洛神的灵光时散时聚。③乍阴乍阳：时暗时明。 ④竦（sǒng）：同“耸”，挺直。 ⑤椒涂：用椒泥铺成的道路。椒，花椒。涂：途，路。郁烈：指香气浓烈。 ⑥蘅薄：杜蘅丛生之处。薄，草丛生。 ⑦超：怅惘。永慕：长久地爱慕。 ⑧弥长：久长。 ⑨杂遝（tà）：众多的样子。

⑩命俦啸侣：呼朋唤友。俦，匹，侣。 ⑪渚（zhǔ）：水中的小块陆地。 ⑫翠羽：翠鸟的羽毛。 ⑬南湘之二妃：湘水女神。传说尧之二女娥皇、女英为舜妃，舜南巡死亡，二妃投入湘江，化作女神。 ⑭汉滨之游女：指汉水之女神。 ⑮匏（páo）瓜：星名，不与他星相接。 ⑯牵牛：星名，传说与织女星为夫妇，隔天河相对而处，每年只有七月七日才能相会。 ⑰扬：掀起。袿（guī）：女子的上衣。猗（yī）靡：轻柔飘忽的样子。 ⑱翳（yì）：遮蔽。修：长。延伫：久立远望。 ⑲迅：迅捷。凫（fú）：野鸭。 ⑳若神：洛神本属于神，这里又说"若神"，当是作者有时又把她看成是人。㉑陵波微步：在水波上碎步而行。陵，踏。 ㉒罗袜生尘：李善注："陵波而袜生尘，言神人异也。" ㉓常则：一定的规则。㉔难期：难以预期。 ㉕转盼：转动眼睛观看。盼，一作"眄"，看。流精：目光有神。 ㉖光润玉颜：即玉颜光润。光润，光泽温润。㉗辞：话语。 ㉘气：气息。 ㉙华容：美丽的容貌。婀娜（ē nuó）：轻盈柔美的样子。

于是屏翳收风，[①]川后静波。[②]冯夷鸣鼓，[③]女娲清歌。[④]腾文鱼以警乘，[⑤]鸣玉鸾以偕逝。[⑥]六龙俨其齐首，[⑦]载云车之容裔。[⑧]鲸鲵踊而夹毂，[⑨]水禽翔而为卫。[⑩]于是越北沚，[⑪]过南冈。纡素领，回清阳。[⑫]动朱唇以徐言，[⑬]陈交接之大纲。[⑭]恨人神之道殊兮，[⑮]怨盛年之莫当。[⑯]抗罗袂以掩涕兮，[⑰]泪流襟之浪浪。[⑱]悼良会之永绝兮，[⑲]哀一逝而异乡。[⑳]无微情以效爱兮，[㉑]献江南之明珰。[㉒]虽潜处于太阴，[㉓]长寄心于君王。[㉔]忽不悟其所舍，[㉕]怅神宵而蔽光。[㉖]

【注释】

①屏翳(yì):风神名。 ②川后:水神。 ③冯(píng)夷:河伯,水神。 ④女娲(wā):女神名。相传她曾炼石补天,又首作笙、簧。 ⑤腾:升。文鱼:传说中一种有翅会飞、身上有纹的鱼。警乘:警卫车驾。警,一作“惊”。 ⑥玉鸾:玉制的鸾鸟形的车铃。偕逝:一起前驰。 ⑦俨(yǎn):庄严的样子。齐首:并首,指驾车的六龙排列整齐。 ⑧载:语首助词。云车:以云为车。容裔(yì):形容车行时起时伏,或舒缓自得的样子。 ⑨鲸鲵(ní):即鲸鱼。雄性为鲸,雌性为鲵。踊:跳跃。踊,一作“涌”。毂(gǔ):车轮中心有圆孔、可以插轴的部分。此代指车。 ⑩卫:护卫。 ⑪沚(zhǐ):水中的小块陆地。 ⑫纡(yū)素领,回清阳:回头相视。纡,回。素领,白颈。清阳,眉目之间,此指清秀的眉目。阳,一作“扬”。 ⑬动:一作“启”,开。朱:红色。徐:缓。 ⑭陈:陈说。交接:结交往来。纲:指纲常礼法。 ⑮殊:不同。 ⑯怨盛年之莫当:怨恨盛壮之年不能与君匹配。当,对偶。 ⑰抗:举。罗袂(mèi):罗袖。掩涕:掩面流泪。 ⑱浪浪:泪流不止的样子。 ⑲良会:指男女的欢会。 ⑳逝:往,去。异乡:不同的地方。 ㉑无:一作“抚”,持。微情:微末的心情。效爱:表示爱慕。效,致。 ㉒明珰(dāng):用明珠做成的耳坠。 ㉓潜处:深居。太阴:众神的居处。此指洛神住处。 ㉔君王:指曹植。㉕不悟:不知道。其:指洛神。舍:止。 ㉖宵:通“消”,消失。蔽光:隐去形体的光彩。

于是背下陵高,[①] 足往神留,[②] 遗情想象,[③] 顾望怀愁。

冀灵体之复形，[4]御轻舟而上溯。[5]浮长川而忘反，[6]思绵绵而增慕。[7]夜耿耿而不寐，[8]沾繁霜而至曙。[9]命仆夫而就驾，[10]吾将归乎东路。[11]揽骓辔以抗策，[12]怅盘桓而不能去。[13]

【注释】

①背下陵高：离开低地，登上高处。陵，登。 ②足往神留：脚往前走了，而心神还留在那里。 ③遗情：对洛神的爱恋之情存在心里。 ④冀：希望。灵体：神体，指洛神。复形：再现。⑤御：驾驶。上溯：逆流而上。 ⑥长川：长河，指洛水。反：通"返"。 ⑦绵绵：延续不断的样子。 ⑧耿耿：心绪不定。寐：入睡。 ⑨沾：浸湿。曙：天亮。 ⑩就驾：驾车。 ⑪东路：指返回鄄城之路。鄄城在洛阳东，故云东路。 ⑫骓(fēi)：四马驾一车在车辕两旁的马。这里指马。辔：马缰绳。抗策：扬鞭。策，古代的一种马鞭。 ⑬盘桓：徘徊。

【品评】

此赋写作的缘起，曹植在序中有明确的交代：黄初三年(222)他由京都洛阳东归鄄城经过洛水时，有感于宋玉的《神女赋》而作。此赋通篇用幻想的形式，写自己与洛神的恋爱，表现了他对美女的爱恋倾慕和不能如愿的惆怅。

此赋一方面用大量篇幅写人神恋爱，极力写彼此爱之深，爱之缠绵，同时又特别点明双方均能自持。写洛神"习礼而明诗"，写自己终于"收和颜而静志兮，申礼防以自持"。赋中所写的内容，有时代的印记，也有曹植个人的生活。曹植生活的时代，人们的思想比较解放，人的地位有所提升，男女之间的约束少了些，而曹植的生活又有追求自由、放纵奢华的一面。这就使他能够纵笔叙写男女的爱恋。但曹植生活的时代，人的解放和自由毕竟是有限的。儒家的礼教，逐渐居于统治地位。在男女恋爱方面，强调遵循礼法。就曹植个人来说，他写此赋时，已是中年，并经受了多种磨难，他在男女之情上自然会收敛一些。

这篇赋对洛神的描绘，在继承宋玉《神女赋》和《登徒子好色赋》的基础上，有新的创获。特别突出的是下面的叙写：

> 其形也，翩若惊鸿，婉若游龙，荣曜秋菊，华茂春松。髣髴兮若轻云之蔽月，飘飖兮若流风之回雪。远而望之，皎若太阳升朝霞；迫而察之，灼若芙蓉出绿波。

上面这段文字，作者选取了多种自然界中的优美景物，自然地转换角度，写出了洛神超然绝俗的美。这样的美是光明鲜洁的，又是绰约朦胧的。这样的叙写，符合洛神作为神女的身份，同时实虚结合，即实即虚，巧妙地把自然之美和女性之美融为一体。

曹植文选

与杨德祖书[1]

植白：数日不见，思子为劳，[2]想同之也。[3]

仆少小好为文章，[4]迄至于今，二十有五年矣。[5]然今世作者，[6]可略而言也。昔仲宣独步于汉南，[7]孔璋鹰扬于河朔，[8]伟长擅名于青土，[9]公干振藻于海隅，[10]德琏发迹于大魏，[11]足下高视于上京。[12]当此之时，人人自谓握灵蛇之珠，[13]家家自谓抱荆山之玉，[14]吾王于是设天网以该之，[15]顿八纮以掩之，[16]今悉集兹国矣。[17]然此数子，犹复不能飞轩绝迹，[18]一举千里也。以孔璋之才，不闲于辞赋，[19]而多自谓能与司马长卿同风，[20]譬画虎不成反为狗也。[21]前有书嘲之，反作论盛道仆赞其文。[22]夫钟期不失听，[23]于今称之。吾亦不能妄叹者，[24]畏后世之嗤余也。[25]

【注释】

①杨德祖：名修，字德祖，华阴（今陕西华阴）人。太尉杨彪之子。建安时，举孝廉，除郎中，署丞相仓曹属主簿。博学有才，深受曹氏父子器重，与曹植关系尤其密切，为其“羽翼”之一。后为曹操所杀。　②子：敬称，指杨德祖。劳：苦。　③想同之也：料想您思念我，也像我思念您一样。　④仆：自称，谦辞。　⑤有：

同“又”。年：年岁。 ⑥然：因而。 ⑦仲宣：王粲的字。独步：独一无二，无人能赶上。汉南：汉水之南，指荆州。王粲曾在荆州依附刘表。 ⑧孔璋：陈琳的字。鹰扬：像鹰一样威武飞扬。河朔：指黄河以北地区。陈琳曾在冀州任袁绍的记室。 ⑨伟长：徐干的字。擅名：独享盛名。青土：指青州之地。徐干是北海郡人。北海郡位于古代青州东部。 ⑩公干：刘桢的字。振藻：显耀文采。海隅：海边。刘桢是东平宁阳（今属山东）人。宁阳，靠近海。 ⑪德琏：应玚的字。发迹：指由卑微而得志显达。大魏：指魏都许昌一带。应玚是汝南南顿（今河南项城）人。南顿接近魏都许昌。大，一作“此”，或作“北”。 ⑫足下：敬辞，指杨修。高视：眼睛向上看，不把一般人放在眼里。这里指杰出。上京：谓京师洛阳。杨修随其父杨彪生长在洛阳。 ⑬握：持有。灵蛇之珠：即隋侯之珠。隋侯救了一条受伤的蛇，此蛇后来从江中衔珠以报之，因称隋侯之珠。 ⑭荆山之玉：即和氏之璧。楚人和氏在荆山下得一玉璞，曾先后献给厉王和武王。二王令玉人鉴定，均指为石。先后断去和氏两足。至文王即位，和氏又献其璞，剥得美玉。世称和氏之璧。 ⑮吾王：指曹操。建安二十一年(216)五月，曹操被封为魏王。天网：如天大的罗网，喻全面网罗人才的措施。该：容纳。 ⑯顿：振动。八纮(hóng)：八方极远之地。纮，绳。地有八方，故用八纮维系之。掩：取。 ⑰悉：一作“尽”。集：止。兹国：指魏国邺城。 ⑱飞轩：飞举。绝迹：不见行迹，形容极高，指最高成就。 ⑲闲：同“娴”，熟练。 ⑳司马长卿：司马相如，字长卿，西汉著名的辞赋家。同风：同样风采。㉑画虎不成反为狗：古代谚语。这里用来嘲笑陈琳妄自夸大。

㉒盛道：极力称说。 ㉓夫钟期不失听：钟期，钟子期。他和伯牙都是春秋时楚国人。伯牙善鼓琴，钟子期善欣赏。不失听：指不会错误地领会乐曲的含意。 ㉔妄叹：胡乱赞叹。 ㉕嗤：讥笑。

世人之著述，不能无病。[1] 仆常好人讥弹其文，[2] 有不善者，应时改定。[3] 昔丁敬礼尝作小文，[4] 使仆润饰之。仆自以才不过若人，[5] 辞不为也。敬礼谓仆："卿何所疑难？文之佳恶，吾自得之，[6] 后世谁相知定吾文者耶！"[7] 吾尝叹此达言，[8] 以为美谈。昔尼父之文辞，与人通流，至于制《春秋》，游、夏之徒乃不能措一辞。[9] 过此而言不病者，[10] 吾未之见也。

【注释】

①病：毛病，缺点。 ②好：喜爱。讥弹：指责，批评。其文：指自己的文章。 ③应时：及时。 ④丁敬礼：丁廙，字敬礼，丁仪之弟，曹植亲近的朋友之一。 ⑤若人：此人，指丁廙。 ⑥吾自得之：意即文责自负。 ⑦后世谁相知定吾文者耶：后世谁知道修改我的文章的人呢？当时修改文章者，不注明，后世无从知道。文章的好坏，都归之于作者。 ⑧尝：一作"常"。叹：叹赏。达言：通达的言论。 ⑨"昔尼父之文辞"四句：尼父，孔子。孔子，字仲尼，尼父是敬称。通流，交流，指互相讨论。游，言偃，字子游。夏，卜商，字子夏。二人都是孔子的弟子，熟悉文献。措一辞，即置一辞，提出一点意见。 ⑩过此：超此，即除此之外。此，指《春秋》。不病：没有毛病。

盖有南威之容,[1]乃可以论其淑媛;[2]有龙泉之利,[3]乃可以议于断割。刘季绪才不能逮于作者,[4]而好诋诃文章,[5]掎摭利病。[6]昔田巴毁五帝、罪三王、訾五霸于稷下,一旦而服千人。鲁连一说,使终身杜口。[7]刘生之辩,未若田氏。今之仲连,求之不难,可无叹息乎?[8]人各有好尚,兰茝荪蕙之芳,[9]众人之所好,而海畔有逐臭之夫。[10]《咸池》、《六茎》之发,[11]众人所共乐,而墨翟有非之之论,[12]岂可同哉?[13]

【注释】

①南威之容:南威那样美的容貌。南威,即南之威,春秋时的美女。 ②其:一作“于”。淑媛:美女。 ③龙泉:古宝剑名。相传为欧冶子所铸。泉,原作“渊”,唐人避唐高祖李渊讳改。④刘季绪:名修,东汉末刘表之子,官至乐安太守(一作东安太守),著诗、赋、颂六篇。才不能逮于作者:文才没能达到著作家的水平。 ⑤诋诃(hē):诋毁指责。 ⑥掎摭(jǐ zhí):指摘。利病:好坏。这里偏指病、坏。 ⑦“昔田巴”四句:田巴,战国时齐国的辩士。毁,毁谤。五帝,指黄帝、颛顼、帝喾、唐尧、虞舜。罪,责备。三王,指夏禹、商汤、周文王。訾(zǐ),诋毁。五霸,指春秋时的齐桓公、晋文公、宋襄公、秦穆公、楚庄王。稷下,指战国时齐国都城临淄稷门附近之地。当时文学游说之士,常聚会于此。鲁连,鲁仲连,战国时齐国人,喜为人排难解纷。杜口,闭口。⑧可无叹息乎:指对上面四句所讲的情况表示叹息。此句李善注《文选》作“可无息乎”。息,止。意思是像田巴这样的诋毁之辩可

以停止了。 ⑨兰茝(chǎi)荪(sūn)蕙:四种都是香草名。 ⑩而海畔有逐臭之夫:事见《吕氏春秋》卷一四《遇合》:"人有大臭者,其亲戚、兄弟、妻妾、知识无能与居者。自苦而居海上。海上人有悦其臭者,昼夜随之而弗能去。"海畔,海边。 ⑪《咸池》:相传是黄帝作的乐曲名。《六茎》:相传是颛顼作的乐曲名。发:发出,演奏。 ⑫墨翟:墨子。非之之论:指《墨子》中有《非乐》篇,否定音乐存在的必要。 ⑬岂可同哉:言人的好恶爱憎岂能相同。

今往仆少小所著辞赋一通相与。[①]夫街谈巷说,[②]必有可采;击辕之歌,[③]有应《风》《雅》。[④]匹夫之思,[⑤]未易轻弃也。[⑥]辞赋小道,固未足以揄扬大义、彰示来世也。[⑦]昔扬子云,[⑧]先朝执戟之臣耳,[⑨]犹称壮夫不为也。[⑩]吾虽德薄,位为藩侯,[⑪]犹庶几戮力上国,[⑫]流惠下民,[⑬]建永世之业,留金石之功。[⑭]岂徒以翰墨为勋绩、辞赋为君子哉?[⑮]若吾志未果,吾道不行,则将采庶官之实录,[⑯]辩时俗之得失,[⑰]定仁义之衷,[⑱]成一家之言,[⑲]虽未能藏之于名山,将以传之于同好,[⑳]此要之皓首,岂今日之论乎?[㉑]其言之不惭,恃惠子之知我也。[㉒]

明早相迎,书不尽怀。植白。

【注释】

①往:送去。一通:一份。相与:相交往。 ②街谈巷说:指

民间传说。 ③击辕之歌：击车辕而歌。指民歌。 ④有应《风》《雅》：指符合《诗经》中《国风》和《大雅》、《小雅》所表达的思想感情。 ⑤匹夫：一个人，泛指平常人。思：情思，见解。 ⑥易：轻率。 ⑦揄扬：宣扬。大义：指大道理。彰示：显示。 ⑧扬子云：扬雄，字子云，西汉的著名辞赋家。 ⑨先朝：指西汉。执戟之臣：执戟侍卫皇帝之臣。扬雄曾做过给事黄门郎。 ⑩壮夫不为：意谓作赋是儿童所习的小技，男子汉是不写它的。 ⑪藩侯：古代诸侯，保卫王室，常被比作藩篱，故称藩侯。此时曹植为临淄侯。 ⑫庶几：希望。戮（lù）力：并力，努力。上国：藩国称天子为上国，这里指东汉王朝。 ⑬流惠：流布恩惠。 ⑭留：一作“流”，传。金石之功：古人常把功绩铭刻在金石上，以期流传后世。金，指钟鼎之类。石，指碑碣之类。 ⑮岂徒：岂只。翰墨：笔墨，指文章。勋绩：功业。君子：本指有道德的人。这里代指道德。 ⑯庶官：众官，百官。庶，一作“史”。实录：实际的记载。⑰辩：通“辨”，辨析。 ⑱定仁义之衷：谓折中于仁义。衷：中，不偏不倚。 ⑲成一家之言：出自司马迁《报任安书》。 ⑳虽未能藏之于名山，将以传之于同好：同好，相同爱好的人。司马迁《报任安书》：“仆诚已著此书，藏之名山，传之其人。” ㉑此要之皓首，岂今日之论乎：意谓写这样的著作，到头发白了时，才能完成，岂是今天所能谈论的呢？此，原作“非”，《文选》作“此”。要（yāo），约定时间。之，至。皓首，白头发。 ㉒其言之不惭，恃惠子之知我也：恃，依赖。惠子，即惠施，战国时人，与庄子为知交，常同庄子辩论。惠施死后，庄子有“吾无与言之”之叹（见《庄子·徐无鬼》）。这里以惠施比杨修，自比庄子，谓彼此交情深厚，所以敢“言之不惭”。

【品评】

这封信是写给杨修的，杨修是曹植的亲密朋友。曹植在这封信里，袒露了自己的胸襟，直接表达了自己对文学的看法，同时还述及了自己的政治理想。

信中谈论文学，涉及的方面较广。归纳起来，主要有：一、评价当时的著名文人。二、提倡写作应当听取别人的批评。三、强调文学批评者必须具有高于作者的水平。四、重视民间文学。五、对辞赋的看法。上述这些，都是文学创作和文学批评中的一些重要问题。其中特别值得重视的是第二点和第四点。

关于第二点，曹植明确指出：“世人之著述，不能无病。”用简括的语言，揭示了著述中存在的一个普遍的真实现象。既然“世人之著述，不能无病”，自然就有修改、“去病”的必要。因此，曹植接着现身说法，说自己喜欢别人指出自己文章存在的毛病，并及时改定。还对好朋友丁廙让其修改文章，深表赞叹。

关于第四点，需要说明的是，曹植信中有关述及民间文学的六句话，从上下文看，并不是特别立意论述民间文学的，而只是把“街谈巷说”和“击辕之歌”拿来作比喻，谦称自己辞赋写得不好。但这六句话，却不自觉地流露出曹植对民间文学的重视。在建安文坛上，许多作家重视民间文学，主要体现在创作实践上，而曹植不仅在创作实践上，而且还从理论上予以论述，予以重视。尽管他的论述比较简略，但却是当时文人对民间文学有新认识的一个标志。

受儒家思想的浸染，中国古代的知识分子，多是在重视立德的根基上，把报效国家置于自己理想的首位，如果这一理想无法实现，就退而求其次，致力于存传历史文献。曹植也是这样。信中"吾虽德薄，位为藩侯，犹庶几戮力上国，流惠下民，建永世之业，留金石之功。……若吾志未果，吾道不行，则将采庶官之实录，辩时俗之得失，定仁义之衷，成一家之言"云云，就鲜明、集中、满带感情地表现了他的理想。曹植是在把写作辞赋同报效国家、存传历史文献加以比较的前提下来表述自己的理想的。他视辞赋为"小道"，只是比较而言，并不是轻视辞赋，更不是否定辞赋。

就主要内容来看，曹植的《与杨德祖书》，是属于文学理论批评著作。建安时期，是文学创作的自觉时期，也是文学理论批评的自觉时期。曹植此文，是中国历史上第一篇文学理论批评专论。它的地位和影响虽然逊于曹丕的《典论·论文》，但它早于《典论·论文》一年。因此，它具有开创的意义。

说疫气[①]

建安二十二年，疠气流行。[②]家家有僵尸之痛，[③]室室有号泣之哀。或阖门而殪，[④]或覆族而丧。[⑤]或以为疫者，鬼神所作。[⑥]夫罹此者，[⑦]悉被褐茹藿之子，[⑧]荆室蓬户之人耳。[⑨]若夫殿处鼎食之家，[⑩]重貂累蓐之门，[⑪]若是者鲜焉。[⑫]此乃阴阳失位，[⑬]寒暑错时，[⑭]是故生疫。而愚民悬符厌之，[⑮]亦可笑也。

【注释】

①疫气:疫病。疫,瘟疫。②疠(lì)气:能致瘟疫的恶气。③僵尸:死尸,此指死人。痛:悲痛。④阖(hé)门:全家。殪(yì):死。⑤覆族:一族所有的人。覆,尽,全。丧:死亡。⑥作:为。⑦罹(lí):遭遇。⑧被褐(hè):穿粗布衣。茹藿(huò):食豆叶。⑨荆室蓬户:用荆条蓬草搭建的住处。⑩殿处:住高大之屋。鼎食:列鼎而食,谓食肉。⑪重貂:多重貂皮之衣。累蓐(rù):多层褥子。蓐,可作褥子的草,此指用作铺垫的褥子。⑫鲜:少。⑬阴阳失位:天地失常。⑭寒暑错时:气候不正常。⑮悬符:古人迷信,画一种图形或线条,或用芦苇、桃枝等贴插在门上,以驱鬼神。厌:止。

【品评】

此文写建安二十二年(217)瘟疫流行、人多死亡的境况。文中特别把贫困人家和富门贵族加以对照,点明贫困人家死亡很多,富门贵族则少有死亡。曹植虽然没有明确指出上述现象产生的原因,但从“被褐茹藿”、“荆室蓬户”和“殿处鼎食”、“重貂累蓐”不同生活条件的叙写来看,已经透露了是相差悬殊的物质生活条件所造成的。由于迷信思想的影响,当时许多人认为,瘟疫的发生是“鬼神所作”,于是用“悬符”来制止。在曹植看来,这是愚昧可笑的。他指出,瘟疫的发生,是因为天地失常、气候失常。他的解释是基于朴素的唯物思想。这在迷信思想盛行的当时,实属不易。

求自试表[1]

臣植言：臣闻士之生世，[2]入则事父，出则事君。[3]事父尚于荣亲，[4]事君贵于兴国。故慈父不能爱无益之子，仁君不能畜无用之臣。[5]夫论德而授官者，[6]成功之君也；量能而受爵者，毕命之臣也。[7]故君无虚授，[8]臣无虚受。虚授谓之谬举，[9]虚受谓之尸禄，[10]《诗》之"素餐"所由作也。[11]昔二虢不辞两国之任，[12]其德厚也；旦、奭不让燕、鲁之封，[13]其功大也。今臣蒙国重恩，三世于今矣。[14]正值陛下升平之际，[15]沐浴圣泽，[16]潜润德教，可谓厚幸矣！而位窃东藩，[17]爵在上列，[18]身被轻暖，口厌百味，[19]目极华靡，[20]耳倦丝竹者，[21]爵重禄厚之所致也。退念古之授爵禄者，有异于此，皆以功勤济国，[22]辅主惠民。今臣无德可述，无功可纪，[23]若此终年无益国朝，将挂风人"彼其"之讥。[24]是以上惭玄冕，[25]俯愧朱绂。[26]

【注释】

①求自试：恳求任用自己。表：古代臣下上书君王的一种文体，多用于陈情谢贺。此表最早见于《三国志·魏书·陈思王植传》。 ②生世：活在世上。 ③入：指家居。出：指出仕。④尚：崇尚。 ⑤畜：养。 ⑥论德：考察德行。 ⑦毕命：尽力

效命。 ⑧无虚授：不能无故而给予官位。 ⑨谬举：错误地起用。 ⑩尸禄：不做事，白享俸禄。 ⑪《诗》之“素餐”：《诗经·魏风·伐檀》：“彼君子兮，不素餐兮！”素餐，谓不劳而获，吃闲饭。⑫二虢（guó）：指虢仲、虢叔，均为周文王之弟。因有功，虢仲被封于东虢，虢叔被封于西虢。 ⑬旦、奭（shì）：指周公旦、召公奭，旦被封于鲁，奭被封于燕。 ⑭三世：指魏武帝曹操、文帝曹丕、明帝曹叡三代。 ⑮陛下：指魏明帝。升平：太平。 ⑯泽：恩泽。⑰位窃：位居。一作“窃位”。窃，自谦之辞。东藩：指被封为雍丘王。雍丘（今河南杞县）在京都洛阳东。 ⑱上列：指王爵。王爵在百官之上。 ⑲厌：足。 ⑳华靡：华丽奢靡，指美色。 ㉑丝竹：指音乐。丝，指弦乐器。竹，指管乐器。 ㉒功勤：功劳。济：益。 ㉓纪：同“记”。 ㉔风人：诗人。《诗经》有“国风”部分。后世因称诗人为“风人”。“彼其”之讥：《诗经·曹风·候人》：“彼其之子，不称其服。”谓那些高官的才德和功绩，与他们高贵华美的朝服不相称。彼其，一作“彼己”。 ㉕玄冕：黑色的王冠。㉖朱绂（fú）：古代系佩玉或印章的红色丝带。

方今天下一统，九州晏如。[1]顾西有违命之蜀，[2]东有不臣之吴，使边境未得脱甲，[3]谋士未得高枕者，诚欲混同宇内以致太和也。[4]故启灭有扈而夏功昭，[5]成克商、奄而周德著。[6]今陛下以圣明统世，将欲卒文、武之功，[7]继成、康之隆，[8]简贤授能，[9]以方叔、召虎之臣，[10]镇卫四境，为国爪牙者，[11]可谓当矣。然而高鸟未挂于轻缴，[12]渊鱼未悬于钩饵者，[13]恐钓射之术或未尽也。昔耿弇不俟光武，亟击张步，言不以贼遗于君父。⑭故车右伏剑于鸣毂，雍门刎首于齐境。⑮若此二士，岂恶生而尚死哉？诚忿其慢主而陵君也。⑯夫君之宠臣，欲以除患兴利；臣之事君，必以杀身靖乱，⑰以功报主也。昔贾谊弱冠，求试属国，请系单于之颈而制其命；⑱终军以妙年使越，欲得长缨占其王，羁致北阙。⑲此二臣，岂好为夸主而耀世俗哉？⑳志或郁结，欲逞其才力，㉑输能于明君也。㉒昔汉武为霍去病治第，辞曰："匈奴未灭，臣无以家为！"㉓固夫忧国忘家，捐躯济难，忠臣之志也。今臣居外，非不厚也，而寝不安席，食不遑味者，㉔伏以二方未克为念。㉕

【注释】

①晏如：安乐的样子。 ②顾：但是。 ③边境：指守卫边境的将士。脱甲：解甲，脱掉铠甲。脱，一作"税"。 ④混同宇内：统一天下。太和：太平祥和。 ⑤启：夏后启，夏代国王，夏禹之子。有扈(hù)：夏代同姓诸侯国。禹死后，启继王位。有扈氏不服，被启攻灭。昭：明显。 ⑥成：周成王，周武王之子。商：指商纣之子武庚及商之遗民。成王即位时，管叔、蔡叔挟武庚及商遗民作乱，成王命周公讨平叛乱。奄：古国名，商的盟国，在今山东曲阜境内。成王时，随武庚和东夷反周，为周公所灭。 ⑦卒：完成。文、武：指周文王、周武王。 ⑧成、康：指周成王、周康王。隆：兴盛。 ⑨简：选拔。 ⑩方叔、召虎：皆周宣王贤臣。方叔曾率军降服北方的猃狁和南方的荆蛮。召虎曾率军战胜淮夷，并奉命经营谢邑。 ⑪爪牙：喻指武将。 ⑫高鸟：高飞之鸟，喻

蜀。绁(guà):绊住。缴(zhuó):拴在箭上的生丝绳,为射鸟所用。⑬渊鱼:深水之鱼,喻吴。钩饵:钓钩、鱼饵。 ⑭"昔耿弇(yǎn)不俟(sì)光武"三句:耿弇,字伯昭,东汉开国功臣,为建威大将军,封好畤侯。俟,等待。亟,急。张步,为齐地割据势力。遗,留给。君父,指皇帝。 ⑮故车右伏剑于鸣毂,雍门刎首于齐境:车右,卫士。古时车乘,御者(驾车人)居中,将在左,武士居右。毂,车轮中心的圆木,有圆孔,用来插车轴。雍门,即雍门子狄,齐臣。《说苑·立节》:"越甲至齐,雍门子狄请死之。齐王曰:'鼓铎之声未闻,矢石未交,长兵未接,子何务死之?为人臣之礼耶?'雍门子狄对曰:'臣闻之,昔者王田于囿,左毂鸣,车右请死之,而王曰:"子何为死?"车右对曰:"为其鸣吾君也。"王曰:"左毂鸣者,工师之罪也。子何事之有焉?"车右曰:"臣不见工师之乘,而见其鸣吾君也。"遂刎颈而死。知有之乎?'齐王曰:'有之。'雍门子狄曰:'今越甲至,其鸣吾君也,岂左毂之下哉?车右可以死左毂,而臣独不可以死越甲也?'遂刎颈而死。" ⑯慢:轻侮。陵:侵犯。⑰靖:平定。靖,一作"静"。 ⑱"昔贾谊弱冠"三句:贾谊,西汉文帝时的政治家和文学家。弱冠,古代男子二十岁行冠礼,表示成年。属国,官名,掌管与外族交往之事。单(chán)于,匈奴君长的称号。制,控制。 ⑲"终军以妙年使越"三句:终军,字子云,汉武帝时人。妙年,少年。终军十八岁,选为博士弟子。使越,出使南越。南越,今广西、广东一带。缨,绳子。占,一作"缨",系。羁,捆缚。北阙,指朝廷。 ⑳夸主:在君主面前夸大自己。耀世俗:在世人面前炫耀自己。 ㉑逞:尽。 ㉒输能:贡献才能。㉓"昔汉武为霍去病治第"四句:霍去病,汉武帝时名将,官至骠骑将军，封冠军侯。治第，建造府第。㉔食不遑味：吃饭时无暇辨别滋味。遑，闲暇。㉕二方：指吴、蜀。克：平定。

伏见先武皇帝武臣宿兵，①年耆即世者有闻矣。②虽贤不乏世，宿将旧卒犹习战也。窃不自量，志在授命，③庶立毛发之功，④以报所受之恩。若使陛下出不世之诏，⑤效臣锥刀之用，⑥使得西属大将军，⑦当一校之队，⑧若东属大司马，⑨统偏师之任，⑩必乘危蹈险，骋舟奋骊，⑪突刃触锋，⑫为士卒先。虽未能擒权馘亮，⑬庶将虏其雄率，⑭歼其丑类，必效须臾之捷，⑮以灭终身之愧，使名挂史笔，⑯事列朝策。⑰虽身分蜀境，首悬吴阙，⑱犹生之年也。如微才弗试，⑲没世无闻，徒荣其躯而丰其体，生无益于事，死无损于数，⑳虚荷上位而忝重禄，㉑禽息鸟视，㉒终于白首，此徒圈牢之养物，㉓非臣之所志也。流闻东军失备，㉔师徒小衄，㉕辍食弃餐，㉖奋袂攘衽，㉗抚剑东顾，㉘而心已驰于吴、会矣。㉙

【注释】

①伏：俯伏，表示尊敬。先武皇帝：指魏武帝曹操。宿兵：旧时的兵卒。兵，一作“将”。②年耆（qí）：年老。即世：去世。③授命：效命，献出生命。授，一作“效”。④毛发：比喻细小。⑤不世：非常。⑥锥刀：喻微小。⑦大将军：指曹真。太和二年（228）五月，魏遣大将军曹真击蜀诸葛亮于街亭。⑧当一校

之队：自谦愿为大将军部下。校，古代军队的一种编制，五百人为一校。 ⑨若：或。大司马：指曹休。太和二年大司马曹休率军征东吴。 ⑩偏师：全军的一部分。师，一作“舟”。 ⑪骊（lí）：黑色马。这里泛指战马。 ⑫突刃：冒着刀刃。 ⑬权：孙权。馘（guó）：古代战时割取所杀敌人或俘虏的左耳，以计数报功。这里指擒获。亮：诸葛亮。 ⑭雄率：大将。率，通“帅”。 ⑮须臾：片刻之间。捷：胜利。 ⑯史笔：史书。 ⑰朝策：朝廷的策书。策，一作“荣”。 ⑱吴阙：吴国的宫阙。 ⑲弗试：不被任用。 ⑳损：伤。数：指国家的命运。 ㉑虚荷：白白承受。忝（tiǎn）：辱，愧。自谦之辞。 ㉒息：呼吸。 ㉓圈（juàn）牢之养物：指圈养的牲畜。 ㉔流闻：传闻。东军：指曹休伐吴之军。失备：失去警戒。 ㉕师徒：将士。衄（nǜ）：挫败。 ㉖辍食：停止饮食。 ㉗奋袂（mèi）：挥起衣袖。攘衽（rèn）：扯开衣襟。㉘抚剑：按剑。 ㉙吴、会（kuài）：指吴郡、会稽郡。今浙江、江苏一带，时属东吴。

臣昔从先武皇帝南极赤岸，[1]东临沧海，[2]西望玉门，[3]北出玄塞。[4]伏见所以行军用兵之势，可谓神妙矣。故兵者不可豫言，[5]临难而制变者也。[6]志欲自效于明时，立功于圣世。每览史籍，观古忠臣义士，出一朝之命，[7]以殉国家之难，身虽屠裂，而功铭著于鼎钟，[8]名称垂于竹帛，[9]未尝不拊心而叹息也。[10]

臣闻明主使臣，不废有罪。[11]故奔北败军之将用，秦、鲁以成其功；[12]绝缨盗马之臣赦，楚、赵以济其难。[13]臣窃感先帝早崩，[14]威王弃世，[15]臣独何人，以堪长久！[16]常恐先朝露，[17]填沟壑，[18]坟土未干，而身名并灭。臣闻骐骥长鸣，则伯乐照其能；[19]卢狗悲号，则韩国知其才。[20]是以效之齐、楚之路，[21]以逞千里之任；[22]试之狡兔之捷，以验搏噬之用。[23]今臣志狗马之微功，窃自惟度，[24]终无伯乐、韩国之举，是以於悒而窃自痛者也。[25]

【注释】

①极：到达。赤岸：地名，在今江苏六合东南。 ②沧海：指渤海。 ③玉门：关名，在今甘肃敦煌西北。 ④玄塞：指长城。古以北方色黑，故称"玄"。玄，黑色。 ⑤兵者：指作战。豫言：预言。言，一作"图"，谋划。 ⑥难：敌人。制变：应变。 ⑦出一朝之命：献出短暂的一生。一朝，一旦，言时间短暂。 ⑧功铭著于鼎钟：功勋铭刻在钟鼎上。鼎钟，一作"景钟"。春秋时，晋国将领魏颗击退秦军，功勋被铭刻在晋景公时铸造的钟上。 ⑨垂于竹帛：记在竹帛上。 ⑩拊(fǔ)心：捶胸。 ⑪废：弃。 ⑫故奔北败军之将用，秦、鲁以成其功：春秋时，秦穆公不计较其将孟明视、西乞术、白乙丙曾被晋国打败而被俘，仍用他们为将，后来终于打败了晋军。鲁庄公之将曹沫曾三次被齐国打败，鲁国被迫割地求和。后来齐桓公与鲁庄公会盟，曹沫执匕首劫持齐桓公，迫其答应尽还侵鲁之地。奔北，败后往回逃跑。北，通"背"。⑬绝缨盗马之臣赦，楚、赵以济其难：春秋时，楚庄王与群臣夜宴，烛灭。有人趁黑暗牵庄王美人衣。美人扯断其冠缨，以告庄王。庄王曰："赐人酒，使醉失礼，奈何欲显妇人之节而辱士乎？"命左

右曰："今日与寡人饮，不绝缨者不欢。"群臣百余人都绝去冠缨，然后点亮烛火。过了两年，晋与楚战，牵美人衣者奋勇前战，取得胜利，以报庄王。冠缨，系帽的带子。秦穆公乘马走失，被野人所食。穆公不以为罪，还赐酒让他们遍饮。后秦、晋韩原之战，野人三百余人为秦力战，大败晋军。这里称"赵"而不称"秦"，是因为赵、秦共祖，又为避免与上文"秦"字的重复。 ⑭先帝：指曹丕。崩：讳称天子死。 ⑮威王：指任城王曹彰，曹植同母之兄，死后谥曰威。 ⑯堪：任。 ⑰先朝露：比朝露干得还快，喻很快死亡。 ⑱填沟壑：指死后埋葬。 ⑲臣闻骐骥长鸣，则伯乐照其能：骐骥，千里马。伯乐，春秋时人，善相马。照，明察。照，一作"昭"，明白。 ⑳卢狗悲号，则韩国知其才：卢狗，即韩卢，天下跑得最快的猎犬。韩国，刘国人，善相狗。 ㉑效：验，试验。齐、楚：一北一南，喻道路遥远。 ㉒逞：见。任：用。 ㉓噬（shì）：咬。 ㉔惟度（duó）：思量。 ㉕於悒（wū yì）：忧郁愤懑。

夫临博而企竦，[①] 闻乐而窃抃者，[②] 或有赏音而识道也。[③] 昔毛遂，赵之陪隶，犹假锥囊之喻，以寤主立功，[④] 何况巍巍大魏多士之朝，[⑤] 而无慷慨死难之臣乎！夫自衒自媒者，[⑥] 士女之丑行也；干时求进者，[⑦] 道家之明忌也。[⑧] 而臣敢陈闻于陛下者，[⑨] 诚与国分形同气，忧患共之者也。[⑩] 冀以尘雾之微补益山海，[⑪] 荧烛末光增辉日月[⑫]。是以敢冒其丑而献其忠，必知为朝士所笑。圣主不以人废言，伏惟陛下少垂神听，臣则幸矣。[⑬]

【注释】

①博：古代棋弈之类的游戏。博，一作"搏"。企：踮起脚跟。竦：立。 ②窃抃(biàn)：私下击节。 ③道：指棋弈之类游戏的路数。 ④"昔毛遂"四句：秦国围赵国邯郸，赵王使平原君往楚国求救。门客毛遂自荐同往。平原君说："夫贤士之处世也，譬若锥之处囊中，其末立见。今先生处胜(平原君名)之门下，三年于此也，左右未有所称诵，胜未有所闻，是先生无所有也。先生不能，先生留。"毛遂说："臣乃今日请处囊中耳！使遂早得处囊中，乃颖脱而出，非特其末见而已。"于是平原君与毛遂同行。至楚，毛遂按剑而上，说服楚王，解邯郸之围而立功。陪隶，指毛遂为平原君家臣。假，借。寤，通"悟"，醒悟。 ⑤巍巍：高大的样子。⑥自衒：指士人自我炫耀其才能。自媒：指女子自我做媒。⑦干时：求合于时俗。进：仕进，指功名。 ⑧明忌：显明的忌讳。⑨陈闻：陈述而使闻知。 ⑩"诚与国分形同气"二句：国，代指魏明帝。分形同气，谓骨肉之亲。分形，从同一身体中分出的形体。同气，气血相同。 ⑪雾：一作"露"。 ⑫荧：一作"萤"。末光：微光。 ⑬必知为朝士所笑。圣主不以人废言，伏惟陛下少垂神听，臣则幸矣：此四句，《三国志·魏书·陈思王植传》无。据《文选》补。少，稍微。垂，留意，用于上者对下者。神听，听取。神，表示对皇帝的敬意。

【品评】

这是曹植太和二年(228)写给魏明帝的一篇奏章。

曹植胸怀大志，自恃才高，常以"王佐才"自命，但曹丕父子为了维护自己的地位和权力，一直对曹植怀有猜忌之心，使他壮志难酬，报国无门。但曹植的报国之志，不仅没有因此而动摇，反而随着时光的流逝和年龄的增长，变得愈来愈强烈。这种情思，在此表中，表现得十分明显。在表中，他以古代有志之士能"荣亲"和"兴国"为准则，痛述自己身为藩王，却"无德可述，无功可纪"、"无益于国"，故深感惭愧。他关心当时国家的形势，看到北方虽然统一，但"西有违命之蜀，东有不臣之吴"。这使他"寝不安席，食不遑味，伏以二方未克为念"。他得知攻打东吴的军队受到挫败时，"辍食弃餐，奋袂攘衽"。这使他进一步感到，自己应当效命立功，使自己"名挂史笔，事列朝策"，而不想"虚荷上位"，像禽兽一样生活。他抚今追昔，承认自己"有罪"，希望明帝能"不废有罪"之臣。他为没有人能够举荐他而悲伤愤懑。他不顾"自衒自媒"的耻辱而上书言志，是基于自己与明帝有骨肉之亲而忧患与共。全文围绕希望能够任用自己这一中心，引古说今，有臣下对君主的忠诚，也有基于血缘关系的骨肉之情。全文叙事抒情，写得恳切愤怨。同时，曹植对自己的处境也有所认识，为了在有生之年能够被任用，实现自己的志愿，文中也流露出自己的不安、焦虑和恐惧。这使他有时也不得不说些委屈自己的话，表现了他处境的艰难和用心的良苦。

名家精注精评本已出书目

书　名	主要编选者
李白集	郁贤皓（中国李白研究会原会长）
杜甫集	张忠纲（中国杜甫研究会原会长）
韩愈集	卞孝萱（中国韩愈研究会原会长）
白居易集	严　杰（南京大学教授）
王维集	董乃斌（上海大学教授、中国唐代文学学会副会长）
李商隐集	周建国（中国李商隐研究会理事）
柳宗元集	尚永亮（武汉大学教授、博导）
刘禹锡集	吴在庆（厦门大学教授、中国唐代文学学会理事）
杜牧集	罗时进（中国唐代文学学会副会长）
柳永集	王星琦（南京师范大学教授）
欧阳修集	刘扬忠（中国宋代文学学会副会长）
苏轼集	陶文鹏（中国社科院文学所研究员、博导）
三曹集	张可礼（山东大学中文系教授、博导）
陶渊明集	陈庆元（福建师大教授、博导）
二李集	蒋　方（湖北大学教授）
辛弃疾集	刘乃昌（中国李清照辛弃疾学会原会长）
王安石集	王兆鹏（武汉大学教授、博导）
陆游集	蒋　凡（复旦大学教授、博导）
李清照集	王英志（苏州大学教授、博导）
黄庭坚集	蒋　方（湖北大学教授）
李贺集	吴企明（苏州大学教授）
纳兰性德集	施议对（澳门大学教授）